SV

Friederike Mayröcker
Die Abschiede

Suhrkamp

Erste Auflage 1980

Druck: MZ-Verlagsdruckerei GmbH, Memmingen
Printed in Germany

(*Introitus* / oder Das
Vordringen einer Wüste:

beim Eintreten beschlugen
sich seine Gläser vollkommen,
er verharrte regungslos in der
Mitte des Schankraums,
streckte die Arme wie verlegen
ein wenig nach hinten vom
Körper ab, *verstellte die
Flügel* . .)

(*Exodus* / oder DAS SÜSSE ENDE:

indem sie einem lang unterdrückten Bedürfnis nachgab, nämlich das vertraute Anredewort einer solchen Rückverwandlung zu unterziehen, wie es dem unversehrten und absichtslosen Zustand ihrer frühesten Begegnungen entsprochen haben mochte, erhoffte sie die Aufhebung jener Qualen welche ihr durch das verhängnisvolle Geschehen seiner *Annäherung und schrittweisen Abrückung und Loslösung* beigebracht worden waren ..)

Indes der Abend zu sinken beginnt und ich Ihre Frage zu beantworten suche und nach Worten suche, und Sie inzwischen einwerfen daß der Abend zu sinken beginne, und ich erstaunt bin daß Sie es nicht längst wüßten, und daß ich es Ihnen sagen solle und daß es mich in große Verwunderung setze weil wohl jedes Kind es wisse, weil wohl jedes Kind die Kuckucksrufe zähle, weil wohl jedes Kind es wisse daß die Kuckucksrufe einem die Lebensjahre voraussagen können also für jeden Kuckucksruf ein zu erwartendes Jahr sage ich, eine Kette von Weissagungen, ein Natur-Orakel, eine Sprachstätte, ein Erfindungsbuch (»in Wolken Wohnungen .. und kleines Eselsglück ..«) : nämlich aus jeder Sache eine Vorbedeutung ziehen, Dinge zum Orakel machen also etwas Landläufiges – so wandten Sie sich endlich an mich und blickten mich voll an : Es bleibe ja alles an seiner Stelle!
als ob auf der staubigen Landstraße der wir folgten, an unserer Seite immer wieder Fahrzeuge zum Stehen gebracht worden wären : Wagenschläge sich öffneten : freundliche Köpfe sich zu uns wandten : ob es nicht mühsam sei am Rand der Straße zu wandern, man wolle uns gerne einsteigen lassen – – die Lauchblumen! rufen wir,

ach die Efeubäume, die Lauchblumen, auch wollen wir die genießbaren Düfte atmen sehr wallenden Düfte den ganzen beherzten Wald, nämlich in solcher *Caspar David Friedrich Landschaft* uns lange ergehen / es sei eine Wohltat zu wandern, unseren Füßen Bewegung, unseren Köpfen und Herzen Ruhe zu verschaffen, aber es brauche eine lange Zeit um durch Bewegung zur Ruhe zu kommen, und obwohl die Uhren gleich nach dem Überschreiten der Grenze anders gehen, brauche es eine lange Zeit ehe man durch genügend Bewegung zur Ruhe gelange, so schrieben Sie, und Ihre Taugenichts Figur mit dem tief in die Stirn gezogenen braun-scheckigen Filz (»Ihr dampfender Filz / drappfarbiger Schützengrabenmantel . . !«), habe wie in tiefer Verlorenheit beide Hände zum Trichter geformt, und zu einem Schrei angesetzt, ins schattende Tal – – aber Ihre Stimme sei ungehört geblieben . .
seine Stimme zusammengedrückt, sein Blick über der Hügelkuppe verloren – und habe er sie nicht damals am Morgen vor seiner Tür gefunden zusammengefaltet wie einen Brief, schlafend in gekrümmter Haltung, Kauerstellung des Bergs? : und wäre beinahe gestolpert über sie, ja, hätte beinahe den Fuß auf sie gesetzt / ach sie habe sich schon als Kind unter den Schreibtisch des Vaters geflüchtet sobald die Türglocke schellte, und habe dort stundenlang in zusammengekrümmter Haltung verharrt / und der Brief! er müsse lange auf

der Schwelle vor seiner Tür gelegen sein, er habe ihn dort gefunden als er das Haus am frühen Morgen verlassen wollte – wer weiß, sage ich, wenn Sie nächstens aus Ihrem Fenster blicken, sehen Sie vielleicht einen Schatten vorübergleiten der dem meinen ähnlich ist..
den andern Morgen waren Sie völlig vom Studium der Bücher und Briefe die ich Ihnen geschickt hatte in Anspruch genommen, ja, *mit Händen und Füßen beschäftigt* : Ihr Zeichnen, Sandzeichnen mit dem Fuße, die Zeichen im Sand : ein wachsames Auge unter einem brennenden Brauenbogen, und tastendes Schauen : Wißbegierde des Herzens .. Ihr Fuß wie scharrend wie Vogel sich nähernd Gemurmel, Abzeichen Ihres Verlangens, Unbekanntes erkunden zu wollen, in Gottes Storchenordnung mächtig einzugreifen, und, Farbmischungen für den Maler : eine durch ein Donnerwetter unterbrochene Landschaft erneut an die Nähe des Lichts einer zögernden Hirtensonne zu rücken – keiner von uns aber mochte es über sich bringen, dem andern in ausführlicher Weise über die Beobachtungen während der Reise zu berichten (am wenigsten mehreren anderen), so wollte jeder alles für sich behalten, und rückte dann einer wie beiläufig ein gröbliches Stück heraus, gab es ihm das Gefühl eines Unbehagens, als hätte er etwas gegen seinen Willen getan, KRÖTEN AUS SEINEM MUND, als hätte er Kröten aus seinem Munde entlassen,

unreine Geister, und gäbe sich endlich der Bedrängnis einer schweren Übelkeit hin, würde seekrank von seinem Kopf in welchem alles sehr ungeordnet und in quälender Weise durcheinander gehe / *nämlich das Wiedergefrieren von Wasser zu Eis*

schier in Stille, so schwerer Aufenthaltsort : die Empfindung gehabt, an grausame Felsenklippen einer brennenden Insel geworfen worden zu sein wenn Sie wieder so lange nicht schreiben, und langsames Ausgesetztsein an eine überschwemmende Mattigkeit während in Ihrem *Landschaftszimmer* (Erfindungsort) die Kuckucksrufe unsere vorwärts und aufwärts strebenden Schritte in regelmäßiger Wiederkehr zu begleiten scheinen und unsere Rede ins Stocken geraten lassen und wir mit fragenden Blicken einander ansehen und ich auf Ihrem Gesicht ein schwaches Lächeln erkennen kann, als wollten Sie, indem Sie mir zulächelten, erfahren was es bedeute was es zu bedeuten habe : und sei es ein *musikalisches Akkompagnement?*

(»und plärren scheckig ..« stumpfen Sinnes und Tier) während wir bei äußerster Wind- und Regenstimmung von neuem das Orakel befragen, die Sprachstätte : der umgestülpte Rand eines Schotterbettes : wie wenn Sie nach einer langen Abwesenheit zum ersten Mal wieder zuhause schlafen und am Morgen nicht wissen wo Sie sich wirklich befinden, und ein Orakelnehmen, wenn

Sie unter dem Stein den Sie mit dem Fuße umwenden, um seine Rückseite betrachten zu können, den aufgerichteten Stachel eines Skorpions erblikken müssen, und heftig gegen Ihr Auge NÄMLICH DER ANGEGRIFFENE LINKE KÖRPER, so habe sich alles verkrampft verknotet versteint und der Schmerz habe termitengleich an Ihrem Herzen genagt und es in die Tiefe gehöhlt . .
Blick vom Habicht also aus dem Habicht, nebenbei durch ein paar tiefe Täler gegangen (Sprachstätte) : wenn Sie den Flaum verschiedener Vogelarten auf Steinen und über ein ganzes Schneefeld verstreut aufgefunden haben und beobachten können wie vereinzelte Federchen, während Ihres Hinsehens, sich in winzige Mulden betten um schließlich im Schnee zu versinken / (Sprachfolterung) : »hatte sie etwa der Wind verblasen?« / oder wenn der bläuliche Schein Ihrer Bergmannslampe mir den Lichtbogen eines Wolkendunstes um Sonne und Mond vorspiegeln will und Sie *in Anführungsstrichen rufen* : verweht ach verweht ach verweht . .
und ich an die Vorstellung der unreinen Geister anknüpfen will, und Sie mit einem Schwenken des Halses mir anzuzeigen scheinen, daß Sie die Fäden unseres Gesprächs von neuem zu knüpfen bereit seien und obwohl die meinen immerzu abzureißen drohen . . die Maigewänder, Sie ließen nicht ab, mit feiner Wißbegierde und klugem Sinn über dieses und jenes zu reden, die Maigewänder,

rufe ich, eine behutsame, ja, zärtliche rhetorische Pose, eine Depeschensprache, ein unsteter Zyklus Schreibkunst – SOBALD MAN ABER VON DER MASCHINE AUFSTEHT ODER DAS BUCH HINLEGT WIRD MAN SICH DER SCHÖNEN TÄUSCHUNG UMSO NACHDRÜCKLICHER BEWUSST –

also aus der Zeile gebrochen, der *schwalbe* Gruß, das Blitzen Ihres Angesichts im Widerschein des Tages, Ihr weiß gefiederter Hals voll Wißbegierde und Würde *in die Gesellschaftsszene geschlungen* – in einem Mondwechsel, rufe ich, die Bewegung der Schiffe : die Feuermasse der Schiffe, Ihr Fuß wie scharrend wie Vogel sich nähernd Gemurmel : als würden Sie, lieber Valerian, soeben das Postschiff betreten haben das Sie übersetzen soll, während die Sonne durch die Luken des Schiffes dringt, auf dessen Untergeschoß Sie sich eingerichtet haben um durch das Bullauge einen ersten schaukelnden Blick auf das Wasser zu werfen welches im Umkreis des Schiffes in gleißendem Widerschein zu kleinen wellenförmigen Wirbeln ansetzt . . nämlich das Sonnenrad der gelbe aufgespannte Schirm so nehme ich sachte den Schirm den Sie über unsere Köpfe gespannt haben aus Ihrer Hand was Sie erschreckt, als hätte ich Sie angestoßen (»so trat ich fehl und stieß mit dem Kopfe an, weil meine Gedanken zerstreut, und wie Mühlenräder im Wind . .«)

(»Küvette / Künette / Blatt des Herzens veraltet«) ich sende Ihnen heute das Bild Reiterin am Springbrunnen das ich in dem alten Schlosse gefunden habe, das immer mehr verfällt und durch welches ich des öfteren Streifzüge unternehme, auch zwei russische Tagebücher und mehrere Stücke zerrissener Plakate, welche, in Öl auf Papier oder Stoff gemalt, fast wie Heiligenbilder wirken .. *die moderierenden Briefe*, so daß die Ordnungsbestimmungen wie von selbst sich als tägliche Ausrüstung anbieten, wenn ich etwa beim Aufschlagen der Bücher immer die gleichen Hinweise bekomme : dort wo die Seiten sich wie von selbst scheiteln, empfindet mein Auge den Zwang, immer von neuem die gleichen Worthürden zu nehmen oder bei den nämlichen Stellen zu verweilen : Küvette / Künette des Herzens Blatt, veraltet, Innendeckel der Taschenuhr .. grobianisches Ansinnen : *Uhrkette, Taschenuhr aus Papier* : gefaltet, geflochten, mit gelber Farbe bepinselt, und an Sie abgeschickt : nachdem Sie am Vorabend meinen Blicken auszuweichen suchten (der virtuosen Auszierung einer dem endgültigen Schluß vorausgehenden Tonfolge vergleichbar), schien jetzt das Gebot über Ihre Sinne in rascher Folge wechselweise aufgehoben und von neuem verhängt zu sein, sekundenweise ließen Sie es zu, daß Ihre Blicke den meinen be-

gegneten, daß Ihre Füße sich auf mich zubewegten, gleich darauf aber, als würden Sie von scharfen Zügeln zurückgerufen, wandten Sie scheuend den Kopf, bäumten sich hoch, rissen aus, und ich konnte noch Ihre Zunge das Unverständlichste stammeln hören, während Sie fortliefen . .
sende Ihnen den Mond über China dort wo dieses Blatt liegt und sich aufschlägt, in Nîmes zum Beispiel findet man so ins Grüne gehaust, in Nîmes im Park zwischen Moos und Eichenblättern hinter dem römischen Tempel der Diana welche Quelle ein Nymphen Nest (sei)
: (*»bitte vorsichtig wie eine Uhr!«*)
vermeine den Antrieb des Postschiffes verfolgen zu können, inmitten von Bäumen Spalieren, in einer Ebene zu Füßen, und, IM SCHLAF IHRER SINNE, auf einem Pfade der sich zu einem stillen Bache hinschlängelt : Ihr Bleistiftgeschnörkel : eine Gruppe von Bäumen mit Steg : und aufgepustet : Ockerfarbe der Erde : ein Margaritenfeld eine Sportwiese : der alte Tennisplatz mit gußeisernen hohen Einfriedungen, und hinter uns an unsere Fersen geheftet *die beiden schwarzen verstohlenen Kinder . . Fliegenvolants . .* / das Hakenschlagen das schräge Trollen, und bei versiegeltem Munde : Kinderschnee –
Tonabschnitt für Tonabschnitt : ein Vorspiel zu ambivalenter Schwärmerei : vom Ozeanischen sprachen Sie dieser Insel daß man es hören konnte so daß man wußte in welcher Stimme Sie wären /

allerdings, rufe ich, sei der Begriff des Geschmacks nur außerhalb der Kunst anwendbar, die Forderung eines harmonischen Grundgerüstes in Frage gestellt –

rieselnd ein Glimmer, auf Scharlachgrund, vermeine von neuem, inmitten von Bäumen Spalieren, den Antrieb des Postschiffes, die Bewegung der auslaufenden Schiffe verfolgen zu können / und indem Sie Ihren weißen weißgefiederten Hals in die Luft strecken, und flüstern und in die Nähe murmeln zu mir, und Ihr Fuß etwas in den Sand malt wie das Abzeichen eines wachsamen Auges (schwere Schlingbänder Ihrer Lider ..), rufe ich Ihnen zu: sehen Sie sich vor! ach sehen Sie sich vor daß Sie nicht mit bloßen Füßen, daß Sie nicht mit Ihren Füßen in die Spiegelscherben geraten, alle Spiegel zerbrochen / verhängt .. und aus dem Wasser tauchend, das Blitzen, das Blitzen Ihres Angesichts das Schiff am Morgen, das gesprungene Glas –
folge Ihnen mit meinen Blicken wenn Sie das Schiff betreten, das Innere des Schiffes erkunden, im ersten Blitzen der Morgensonne durch die Luken auf das schaukelnde Wasser spähen, solche Einweihung sich wißbegierig lächelnd gefallen lassen, später inmitten, im Mittagsflügel des Sonnenzelts flüstere ich zu Ihnen, wie, was für hinreißende Erfahrungen würde Ihr Auge am vierten

Tag der Reise, wenn das Schiff die Insel angelaufen hätte, wenn alles in großes Strahlen getaucht wäre, wenn die Küste bei Sonnenaufgang erglänzte, wenn das Wasser die Farben des Himmels widerspiegelte, *erfunden haben* : an diesem vierten Tag der Schiffsreise, flüstere ich zu Ihnen, wenn die Küste im tiefen Feuer des Sonnenaufganges erglänzte und das Wasser in den wechselnden Farben des Himmels aufzuleuchten begänne, mochte sich Ihrer die Empfindung bemächtigt haben, Sie seien nicht zum ersten Mal gekommen, sondern hätten diesen Anblick schon zu einer anderen Zeit geschaut nämlich den Küstenort und wie er eben in immer näheren Einstellungen sich in den Einzelheiten seiner Formen und Farben auffaltend Ihnen darbot so daß Sie die Vorstellung nicht mehr würden abweisen können, Sie wären diesem Ort wiederbegegnet, oder aber : Sie hätten diesen Ort diese Landschaft auf geheimnisvolle Weise wiederentdeckt –
musikalische Stimmungen, lieber Valerian, daß es uns plötzlich den Atem benimmt, das Herz beklemmen will, eines Äthers dampfende Röhren, Erfindungsbuch : was in der Erfindung vom stärkeren zum schwächeren Ausdruck übergehend die Frage aufkommen lasse ob wir tatsächlich, im eigentlichen Sinn, einzig aus unserem Kopfe schreiben?
oder schmerzlich, rufe ich, wie das wiederholte Abbrechen einer anmutig verschlungenen Melo-

die an ihrem reizvollsten Punkt : intime Abdrehung, Schlußfall der Stimme –
bei verhängtem Himmel am frühen Morgen : ein kleiner Singvogel aus dem Garten habe sich in Ihr Zimmer verirrt, darüber seien Sie aufgewacht und hätten zu ihm den Kopf gedreht da sei er durch das halbgeöffnete Fenster davongeflogen und habe den zarten Abdruck seines Fußes auf den Gegenständen Ihres Zimmers zurückgelassen / die anderen Luftgeister, zierlichen Abkömmlinge, seien dann noch wie zum Abschied einige Zeit oben, am First, stehen geblieben wie Dachreiter, oder hätten sich mit langsamen Trippelschritten von einer Firstseite zur andern bewegt und zum blendenden Himmel gehoben / Farbmischungen für den Maler, den Nacken prächtig und so ins Grüne gehaust, und Kinderzurufe ADE VÖGELCHEN ADE . . reisten endlich mit der Geschwindigkeit von Gedanken in Fahrzeugen von Licht vorüber (hinweg) . . welche Fußnote uns einer wandernden Quelle gleich zu begleiten schien *nämlich das einfallsmäßige Denken* / allerdings, rufe ich endlich, die Reflexe seien ausgeblieben, in Ihren Augen –
mit abgewandtem Blick, so flüstern Sie zu mir, es sei auch Ihnen wiederholt in Vergessenheit geraten, und immer aufs neue von Jahr zu Jahr : daß die Vögel in dieser Jahreszeit schwiegen, ach! rufen Sie plötzlich, als hätten Sie sich eben wiedererinnert : sie singen jetzt nicht : die Vögel

singen jetzt nicht, Sie hätten es beinahe wiedervergessen!
bei rosa Bergspitzen zwischen rostgelben Lärchen begegnete ich Raubvögeln in einsamen Tälern, und Rehen, in eiskalter Frühabendstille, ich gehe, und treffe keinen Menschen in dieser Einsamkeit, nur Tiere, und Pflanzen, die rieselnden Bäche! der Boden oft lautlos von Lärchennadeln! / die Landanstalt und fingertupft mein Herz! –
meine steilen Träume auf ein Spalier gezogen, lieber Valerian, und von einem Blütenstand zum andern gehüpft, *solcher Vogelreise* also in alter Tracht und verschossenen Farben / was ich nachzuvollziehen mir zumute wenn Sie schreiben, die Hirtensonne neige sich Ihnen von Tag zu Tag tiefer zu, so laufen mir immer dieselben Gestalten über den Weg und im Spiegel der lebhaftesten Träume kann ich erkennen wie Sie, auf Überborden und reinen Fluten die frisch gekalkten Kirchen betreten, die blumengeschmückten Dörfer durchschreiten, und zwischen Moosen und Eichenblättern zu Füßen des Tempels der Diana verweilen welche Quelle ein Nymphen Nest (sei) : »Festtage über Festtage, und fließend endlich nun fließend wie Wasser-Farbe ..«
mit leichten Poren zu allen Stunden der Nacht, so rufe ich Ihnen zu, ach wo werden Sie diese Nacht Ihr Haupt betten? Stern des Grases, und Fastensequenz, Ihr seliger Hirtenstand, und mögen beglückende Träume Sie heute umfangen .. kleine

Äolsharfe Windharfe zwischen den Zähnen, Geisterharfe, Schlingbänder Ihrer Lider, Ergriffenheit Ihrer Stimme, Zerstreuung Ihres Herzens (»Diaspora / Samen / Sie verstreuen ja alles, ach Sie streuen ja alles aus : Ihr Birkenblut / Rauchmantel / steifer Ärmelabschluß / Ärmelchen / aus welchem die verkohlten Ähren sprießen ..«)
so laufen mir immer dieselben Gestalten über den Weg und im Spiegel der lebhaftesten Träume kann ich erkennen wie Sie sich abwenden und das Zimmer verlassen ohne mir zum Abschied einen Blick zugeworfen zu haben, meine Hände berührt zu haben, meine Wange geküßt zu haben / oder wie Sie, mit einem über Ihren Kopf gestülpten Kissen ans Fenster treten als wollten Sie die Wind- und Regenstimmungen messen, die Tiefe des grünen Gartens ergründen während Sie mit einer ausfahrenden Bewegung mir zu bedeuten scheinen, der Schmerz im Nacken habe wieder eingesetzt / und ich für einen Augenblick Ihren blonden Nacken zu sehen bekomme was mir eine schmerzliche Empfindung beibringt /
auf Widersprache auf Widerspruch, rufe ich Ihnen zu und endlich, um zu erfahren wie die Welt sich spiegelt in Ihren Augen : nämlich Herolde gewisser Personen, sage ich, sie treten auf und künden jene Personen an die wir suchen, indem sie *beinahe* ihre Gestalt annehmen, ja, zuweilen gelingt es ihnen, eine solche Ähnlichkeit vorzutäuschen, daß wir auf sie zugehen wollen

um sie in die Arme zu schließen und um ihnen zu sagen wie lange wir schon auf sie gewartet hatten / aus solchem Augen-Schein gerissen, kommt die erwartete Person erst viel später auf uns zu, der wir vermeintlich schon vorher begegnet waren .. erinnern Sie sich, der kleine alte Mann auf der Stiege, und wie er zu Ihnen, in der nächsten Etage, aufwärtszusprechen sich mühte aber immerzu unter oder über Sie hinwegredete, indem er den Verwalter der Sie ein paar Stunden später in Ihrer Wohnung aufsuchte, ANKÜNDIGTE

(Xenia, Schönblindheit ..) : ein Déjà-vu gehabt, sage ich, zu allen Stunden der Nacht, und stammelnd, mit leichten Poren von einem Blütenstand zum andern gehüpft nämlich die Frau im Garten, Sie sahen die Frau im Garten sitzen, und über ein Buch gebeugt und Sie konnten es von Ihrem Fenster aus beobachten wie sie die Seiten umwendete während das Kind, im Grase, neben ihr, zu ihr blickte oder den Kopf an sie schmiegte .. und Sie mochten sich dorthin versetzen und in einer gewissen Entfernung stehenbleiben und warten bis die Frau zu Ihnen aufblickte und sie dann fragen welches Buch es sei in dem sie gerade lese, und würden, nachdem die Frau geantwortet hatte, von neuem zu ihr zu sprechen beginnen : daß Sie es als gewiß angenommen hätten daß sie einen Roman von Robbe-Grillet lese, und schließlich wollten Sie noch erfahren ob es eine gute Übersetzung sei, oder ob sie französisch zu lesen verstünde .. dabei würden Sie nahe herangetreten sein, Sie würden nahe herangetreten sein so daß das Zartgefühl in Ihrem Eifer ebenso wie die Zurückhaltung in Ihrer Wißbegierde sich beinahe sichtbar von Ihnen zu ihr zu bewegen schienen –

und unter Blumen gefangen, rufe ich, *also waren Sie eingeweiht?*
die fackelartigen Strahlen Flämmchen und Tauben während Sie mit je einer Pilgerflasche in Ihrer Hand, mit je einer Jagdtasche an Ihrer Hüfte von Nähe zu Nähe sich vortasten, als sei eine tiefe Dunkelheit über uns hereingebrochen : gewissenhafter Vorfuß : und nahe an mich heran, mit stiller Besonnenheit, zärtlichem Eifer als ob das geheimnisvolle Regelwerk Ihres Sensoriums mich vollkommen einzuverleiben wünschte, antizipatorischer Nacken so daß ich immer nur Ihren Nacken sehe / dann will es mir scheinen ich könnte sogleich mit Ihren Augen mit Ihren Ohren mit Ihren Poren die Welt erfahren : erfinden, ja, Ihrer seligen Phantasie schweifend mich beigesellen und die geringsten ebenso wie die mächtigsten Regungen Ihres Lebens mit den meinen verflochten wissen ..
es sollten nur zwei, drei Tage sein – jetzt sind drei Wochen daraus geworden, einfach weil ein Tag

sich an den anderen reiht – das verschobene Sommerfest (»Nymphenszene«) lieh sich, darüberhinaus, wohl auch als Vorwand .. Ihnen hätte das Feuerwerk wahrscheinlich Vergnügen bereitet .. jetzt rollen wir übers Gebirge nordwärts, und manchesmal wenn es steil nach oben geht daß der Wagen nur langsam vorankommt, trete ich während der Fahrt auf die offene Plattform um die Luft ganz nah an meinem Nacken an meiner Stirn an meiner Wange zu fühlen, und das blühende Gras, am Bahndamm, zwischen den Schienen lange betrachten zu können : die wilden Kamillen, Schafgarbe, Distel und Mohn – und indem ich den Blick einmal an den höchsten Wipfeln der Bäume, ein anderesmal über den Gratspitzen der uns umgebenden Berge verweilen lasse, will eine sehnsuchtsvolle Ahnung nicht von mir weichen, Sie hätten mit Ihrer Hand mich eben berührt / so nah, und zu atmen / Herztrieb gegängelt, Deichgrafenkind oder Anschaulichkeit der Form des menschlichen Herzens, ein eigentümliches Gefühl, wenn man bedenkt, daß wir hier auf der Höhe von Neapel sind, aber Topographie und Geographie sind nie real –
in einer Stunde, morgen vielleicht, sage ich, Ihrer gedenkend so fern und nah, auf Ihrem Hirtenpfad, im grünen Gewölbe : Ihr Hinsinken! Hinblühen! Hinblicken! und während Sie, Ihre Weihen zu empfangen, sich hinstrecken auf den Boden, sich hinwerfen zum Fußfall, und im

Moos, die Tränen aus Ihren Augen springen, setze ich von neuem an, Sie mit Fragen bestürmen zu wollen, in einer Stunde, morgen vielleicht, ach, wie können Sie nur inmitten solcher Widersprüche sich zurechtfinden? Sie drücken die große Meermuschel lächelnd ans Ohr und flüstern mir zu daß Sie den Wind darin hören können der sich mit dem Rauschen des Meeres vermischt, und wenn Sie mit verhaltenem Atem horchten, würden Sie auch die anderen Nachtgeräusche vernehmen können, Amseln, Nachtigallen, Oleandervögel, Möven, und Grillen – in schwindelnden Höhen, rufe ich, und wie es alle Poren durchdringt, und wie Sie, immer noch lächelnd, mit abgewandtem Gesicht in einer mir Schmerz bereitenden heiteren Sanftmut zum Fenster unseres Wagens hinaus reden : SO FAHREN WIR JETZT AN ALLEN VERTRAUTEN PLÄTZEN VORÜBER . .
wie hätte ich Sie auch, flüstere ich immer von neuem, vor den törichten Anfechtungen meiner ungeduldigen Zuneigung welche die Erfahrung Ihrer zärtlichen Nähe fortwährend zu wiederholen trachtete, schützen können? ohne Unterrichtung gerast und zum Ende der Fastenzeit / als ich mit wundgeschlagenem Schädel und taumelnd vor Schmerz mich Ihnen zu nähern suchte, gleichzeitig – welch ein Widerspruch – vor Ihnen zu fliehen wünschte / Retusche benachbarter Rotbuchen / gemagertes Glück : zuweilen schien es mir zu genügen, die wenigen ungenauen Einsichten in

Ihr äußeres Leben nachzuziehen, aus der Ferne die Umstände und Verläufe ergänzend zusammenzusetzen, oder ihre verschwommenen Umrisse ahnungsvoll zu erfassen /
Flurvogel? Flugkörper? Fabeltier? der Kopf des Fasans! ein schräges Poltern und Plärren ein Hakenschlagen schrilles Trollen und Pusten als hätte er seine Flughöhe verfehlt / als hätte ich meine Flughöhe verfehlt, hätte mit einem schrecklichen Aufprall gegen die Stirnseite des Wagens geschlagen und wäre gleich einem Wurfgeschoß ins tiefe Kleefeld am Rand der Straße gerast / *aber der Körper wollte das Blut nicht herausgeben* /
es sei keine gewöhnliche Erfahrung gewesen, er habe vielmehr auf anmutigste Weise mit ihr kommuniziert auch habe er die ganze Zeit ein leichtes Prickeln der Haut verspürt nämlich beliebiges Spiel, einer oberflächlichen Erregtheit, perlende Flut und Strömung, Einschübe in Atemstößen : kleine Stöße Brautstöße, ein Wintergedicht und Mehrerlei / in Zeitsprüngen, sie erinnere sich, er habe ihr einen winkenden Gruß mit den Augen gesandt, später jedoch habe er ihr einen solchen Gruß versagt, er sei vielmehr mit geschlossenen Lidern und eingezogenen Wangen in einem Winkel gesessen und habe lange zu ihr geschwiegen oder zu allgemeinen Gesprächsthemen Zuflucht genommen / auch habe er *mit seinen Händen* alles abzuwehren gesucht was seiner Denkweise wider-

sprach, er habe sich durch geringfügige Zeichen (»Abweichungen der Außenwelt«) in eine tiefe Unruhe versetzt und während mehrerer Tage angegriffen und heftig betrübt gefühlt / es sei ihm wie giftige Pfeile ins Fleisch gedrungen wenn ihrer beider Vorstellungen in gegensätzliche Richtungen auseinander strebten, ihrer beider Wünsche und Neigungen einander ausschlossen, also jegliches Suchen einer Angleichung fehlschlug –
in solcher *Verbergung*, Kauerstellung des Bergs : *Sie sehen, etwas Panisches!*
in solcher *Verblendung*, als Sie mit Ihren Händen Ihr Gesicht zu *verbergen suchten* indes wie unter Tränen das Blitzen Ihres Angesichts auftauchte, als würden Sie unter Tränen, zwischen den Fingern die Ihr Gesicht bedeckten, hervorlächeln wollen –
in solcher Verbergung : sich unterhügeln ein Erbsenschnee : habe er, einer inneren Regung folgend, die wiederholten Male mit seinen Fingerspitzen zur Musik auf die Tischkante geklopft, und im grünen Gewölk (im Astwerk) sich hingestreckt, zum Fußfall ins junge Moos sich niedergeworfen, im Felde, im Gras, an schaukelnden Schäften mit bloßen Füßen die Tautropfen betastet, daß sie im ersten Blitzen der Sonne gleich Spiegelscherben aufleuchteten und glitzernd zu Boden rollten, indes Levkojen Liguster Jasmin und beigesellig Lerchen und Tauben in seinem Kopfe mit gedämpfteren Tönen zusammenzuflie-

ßen schienen : ein nach oben offener Einklang unten jedoch zusammengefaßt, die Federschaft miteinander verbunden / nämlich die schweren Krähen, rufe ich, wie sie schwer durch die Luft schwingen und lange, mit ihren brausenden Nachtstimmen, und die Stare, rufe ich, wie sie zu endlosen pfeilartigen Formationen gereiht, in ihren grünen Gewölben dahinziehen / und die violetten Tauben wie sie in ihren Binsenkäfigen auf und nieder trippeln, und die Störche, rufe ich, während wir unverwandt die Störche betrachteten : das lichte Farbenspiel ihres Federkleids in den grünen schattenden Übergängen der Wälder nämlich die Störche *als flögen sie auf wie Schwäne*, obgleich, sie seien an der roten Farbe der Beine auszumachen gewesen, *sie fliegen dann auf wie Schwäne*, und über die Schneisen, und man könne das Surren ihrer Flügel vernehmen und das leicht schabende und schleifende Antriebsgeräusch in den Schultern, im Astwerk, rufe ich, die Wege mit Blüten übersät, und während ich voranschreite, kann ich etwas wie das Echo Ihres Schrittes hinter mir hören, aber ich hatte auch oftmals die Empfindung gehabt, daß Sie in dem Maße als Sie sich von mir entfernten immer näher mich einzuholen versuchten, daß Ihr Schritt sich eng an den meinen heftete – (»hatten Sie sich damals nicht als zärtliche Weißdornranke um meine beiden Fußgelenke gewunden ..?«) –
auch schien Ihnen, so nah an meiner Seite, nichts

entgangen zu sein, denn Sie flüsterten lächelnd zu mir ACH! SIE SIND JA PLÖTZLICH SO GROSS – daß ich stehenblieb und auf Sie blickte und aus den Schuhen schlüpfte als wollte ich Ihnen sogleich meine tatsächliche Höhe vorführen, und was Sie ein wenig verlegen machte, denn Sie starrten lange auf meine Schuhe, die nun neben mir am Wiesenrand standen, indem Sie, leicht vorgebeugt, murmelnd das Firmenetikett vom inneren Sohlenblatt ablasen – es klingt wie ein Mädchenname! rufen Sie, also VIELLIEBCHEN : wenn zwei Personen im gleichen Augenblick zufällig genau dasselbe aussprechen . .
Achtzehnbittengebet hebräisch – lieben Sie es, profane Gegenstände in Ihre Kunst miteinzubeziehen?
ach die Brieftafeln, rufen Sie, Gottesmutter von Wladimir . . und befinde man sich nicht die meiste Zeit in einem vollkommenen Ausnahmezustand? die geneigten Briefe, die gemäßigten Briefe – die Außerordentlichkeit dieses Briefstils! als hätten alle inneren Vorgänge, und Entwicklungen, wie von selbst KORRESPONDENZHALTUNG annehmen wollen – fortlaufend geschrieben wenngleich in Absätze unterteilt : schon hat es sich fest mit meinem Herzen verwurzelt sodaß ich beinahe nicht mehr weiß ist es von Ihnen oder mir? und Ihre jähen Wechsel und Umschwünge liegen mir, denn ich muß sie gegen die alltägliche Neugierde halten als einzige Abweisung –

MAN HATTE NOCH MUT! rufen Sie mit zärtlichem Feuer, MAN HATTE NOCH MUT! es waren geneigte Briefe, moderierte Briefe, in ihrer beseelten Durchdrungenheit, in ihrer duldsamen Arglosigkeit: *die gemäßigtesten Briefe!*
ach wie weiß Sie heute gekleidet sind, rufe ich, gesellige Phantasie / in einer Stunde, morgen vielleicht / bei aufgebrochener Laune, aufgeriebenem Licht .. die verhüllende Sonne, ich war genarrt, von allerlei eingebildeten oder wirklichen Vorstellungen ins Schwärmen Schwirren und Schwingen geraten, ins Hüpfen und Schleifen, Trippeln, Trotten und Taumeln, INS DICKE HUMPELN, auf Schusters Rappen, so schwarz und schnaubend, Sie rufen mit schöner Kopfstimme und indem Sie besorgt mein abgetragenes Schuhwerk betrachten, HINKEN SIE? .. ACH! SIE HINKEN JA! .. und während ich triefend vor Nässe nach dem Platzregen Ihnen bedeute, daß ich mich zum Umziehen der Schuhe auf Sie stützen wolle, strecken Sie mir schon die Hand entgegen die ich sogleich ergreife / und Hymen ameishaft, Grüße der Jahreszeit – wie oft Sie mir weitergeholfen haben! rufe ich, und wenn ich müde geworden war, mir ein ermutigendes Lied geträllert haben .. Erfindungsbücher Seele und Leib, betörende Federschaft .. in Mundräumen .. die Bodensenke vor Augen, den Apfelschimmel, das auffliegende Rebhuhn über dem Hang .. im Geäst und Geakker .. im langen Zurückblicken – bei mäßigem

Wind, die Sterne fahren über den ziehenden Wolken dahin, Sie senken verwirrt den Kopf, auch läßt es mein jetziges Leben nicht zu, rufe ich, auch läßt mich mein jetziges Leben zu gar keinem Plänemachen niedersitzen –

viel Tau am Morgen, die Dohlen kreisen nun auch im Tal, oder lassen sich auf die Schornsteine nieder –
aber die Wirklichkeit, lieber Valerian, dieser Ansichtspostkarte von Ihnen, die *jetzt als Tröstung kommt so lange nach Ihrem Abschied,* stellt etwas wieder her das ich verloren geglaubt hatte in diesen letzten Tagen und Wochen : der anschwellende Pfeil DAS LACHEN ist ein Teil des Sprechens, nicht das Weinen!
der ovale Tisch, als Opium, habe unter dem Druck unserer Fußsohlen nachgegeben, habe sich aufgemacht, sei dahingegangen, habe vor unseren erstaunten Blicken Wellen geschlagen, habe fortzutanzen begonnen : ein einzelner Mohrenjüngling im Gartensaal .. die blassen Veduten des Gartens, rufe ich, so war ich plötzlich betrübt, die wechselnden Zimmerechos, daß es mir schien, die Schallwellen würden gleichzeitig in verschiedene Richtungen gelenkt, ich sah in der Dämmerung eine Ringeltaube tot auf dem Rücken liegen, eine atemlose Zärtlichkeit wollte mich befallen, und als der Abend zu sinken begann und die Straße

uns immer noch weiterführte, ließ mich mit einem Mal der Gedanke erzittern, wir würden in wenigen Stunden uns trennen müssen und Ihre Liebe würde wie das Licht dieses Tages schwinden, die Sterne und der aufgehende Mond malten Schatten um Sie als Sie voranschritten – ach, rufen Sie, zarte Luftmalereien, und aus der Zeile gebrochen, in Wolken Wohnungen und blumenähnliche Tiere : das letztemal als ich auf einer Reise war wußte ich was auf mich zukam, nämlich als ich diese Reise *beinahe* machte, hatte ich einen Anfall von äußerster Benommenheit dem ein Zustand großer Erregung folgte, der Kopf fühlt den Kopf wie einen Vogelbauer vor dem Fenster . .
rosa oder gesprenkelt, in rigoroser Verblendung, sage ich, zweischattiger Garten so schwerer Aufenthaltsort, am Morgen habe der Schnee die dunkle Erde gesprenkelt, das starke Rauschen der Bäume im Wind, die Felder des Dorfes in Schnee verstöbert, wir äugten zum Himmel . . aber ich schreibe lieber eine Schlittenfahrt, und später habe ich Sie mir ganz weiß angezogen vorgestellt, nämlich die Natur solcher Erscheinungen, als hätten wir inmitten von Bäumen, Spalieren und welken Blumen, außerhalb der Stadt, eine gemeinsame Mahlzeit eingenommen, uns auf dem kalten Boden hingestreckt und lange den Himmel betrachtet, die wechselnden Wasserfarben verfolgt, und zuweilen den Blick nach unten gelenkt zu den silbernen Lichterfäden der Stadt / Fistel

oder Fensterchen : aber auch dies entnahm ich dem Traum : ich dürfe Sie nun nicht wieder aus den Augen verlieren –
Vermächtnis der Harpyien : mit Fisteln und seitlich des Mauls ein Krustenbilden, Antönen, Beitönen, Nachäffen (»poisson .. ist ein Fisch, läßt sich nicht fangen ..«)
Fistel oder Fensterchen, Erdmaul mit Speiseraum, artistische Anstalt, riesige Wohnhöhle, ich suchte Sie gerne dort auf, und das Auge, rufe ich, fühlte sich angezogen von der geräumigen Tiefe des Gartens, in welchem die Bäume in Gruppen und regungslos wie unter Wasser standen – wir lehnten dann lange gegen das halbgeöffnete Fenster, blickten ins verschwommene Grün, auf die Wipfel der Bäume und hielten einander schweigend im Arm / ein Vergnügen aus schwindelnder Höhe welches erregend durch alle Poren drang, ach! der rauchende Fuß! die Grille am offenen Fenster die dreimal schnarrte! der bebende Schmetterling zwischen den Scheiben und wie er ängstlich gegen die Hand flatterte, die ihn zu befreien suchte ..
es war mir nicht zumute, im Gewölbe sah ich eine Taube, die saß unbeweglich wie ohne Leben, auch besaß ihr Gefieder einen künstlichen opalisierenden beinah funkelnden Glanz, die leibliche Auferstehung, die Mondscheibe rot schien höher und höher zu schweben, ich näherte mich wie beiläufig Ihrem WELT-GEFÜHL, das regungslose Tier

auf der Konsole klappte mehrere Male leicht mit den Lidern, schien lauernd Ausschau zu halten, die strengen Anschauungen und Verknüpfungen, rufe ich, übertönten alles in meinem Kopf, Sie blickten mich lange und zärtlich an, vielleicht, sage ich, um zu trösten : um Trost zu empfangen, bräuchten Sie mich nur ganz fest in Ihre Arme zu schließen – wenn ich es könnte, sagen Sie, hätte ich es längst getan, *aber der Schlaf sei der Schlaf* die geneigten Vertiefungen Ihrer Brust Buchten und Windungen Flanke der Alpen, und stammelnd Ihr Konjunktiv *der Schlaf sei der Schlaf*, allsehendes Auge, ein merkwürdiges Kopfnicken Sie bleiben vor einer Baumgruppe stehen, lenken meine Aufmerksamkeit dorthin indem Sie den Arm strecken, dieses Wäldchen, rufen Sie, eine täuschende Ähnlichkeit mit den Zypressenhainen auf jener Insel, Sie könnten sich sogleich wieder an jenen Ort zurückversetzt fühlen, gelänge es Ihnen, den gegenwärtigen Augenblick aufzuheben / solch dunkel schweifende Zeitlupe . .

das nächtliche Grollen als hätte es mir gegolten, als wollte der Regen näherkommen und eindringen, das Unwetter anschwellen vor meiner Tür, die Wasserkette sich schließen, der Zweig der vom Wind in den Korridor hereingetragen worden war, hatte sich an meine Ferse geschmiegt,

das Fenster sei aufgesprungen und der Sturm habe Ihren Hut vom Kleiderständer geweht und zu Boden gerollt, ach der rauchende Fuß / Verwirrung und Furcht seien in mein Leben getreten, die Grille am offenen Fenster die dreimal schnarrte, das nächtliche Grollen, die rote Wolke am Morgen, bei verhängten Spiegeln, Geheimnisse Ihrer Hand, das nächtliche Grollen als hätte es mir gegolten, ein Gastmahl bei welchem Sie selbst die Speise sind, die Hummel die abends ins Zimmer geflogen kam, Marie Elend die Wasserkette / *und weil Sie so schöne Verse machen*
Festtage über Festtage und sei man gemeinsam gestimmt? die Türklopfer Dahlien, Dolden Ähren Kerzen Buketts, das silberne Tischbesteck, Weihrauch Gewürze Immergrün Klee, mit bedachtsamen Schritten, zwischen Speisezimmer und Küchenraum wechselnd, tragen Sie das Tafelgeschirr einzeln auf, Ihre stille lächelnde Hinneigung, im blendenden Feuerschein, und während Sie Ihren Nacken beugen kann ich plötzlich das Bedeutungsvolle Ihrer Handlung erkennen –
in der Felsnische der Insel, rufe ich, und geblendet vom Feuerschein, als hätten wir ein großes Holzfeuer in der Mitte des Zimmers errichtet, und schritten nun suchend umher, und immer von neuem die schattende Höhle ab, setzten über fadendünne Quellen, betasteten steinerne Barken oder versenkten, zur Kühlung des Weins, kleine Gebinde in plätschernde Brunnenbecken / indes

Sie der Natur solcher Erscheinung durch Ihr besonderes Schauen und Staunen, Betrachten, Begreifen, durch Ihr vergnügliches Wiedererkennen und Annähern die empfindlichste und ahnungsvollste Bedeutung verliehen / Ausschnitte dieses Körpers, als habe sich nichts verändert : es vermittelte mir den Eindruck, Sie hätten sich nur eben zurückgezogen oder für eine kleine Weile von mir entfernt, Ihr Schreibgerät auf dem Tisch, wie sonst in Ihrer persönlichen Ordnung verteilt – mein Körper wie von einem Aufruhr befallen, eine alte Maske (Ersetzungstraum!) weiß gepudert, mit feinen Kinnhärchen, trat in die Nähe zu mir, *aber von Ihnen war ein Bildnis nicht auffindbar* . .

die Beschwerlichkeit der Reise läßt es nie zu, aber wir alle kennen jene ratlose Regung, sage ich, einen eben erreichten Ort sogleich wieder verlassen zu wollen um nachhause zurückzukehren, dort nach dem rechten zu sehen, sodann den fremden Ort neuerlich aufzusuchen, und immer so fort / als umkreisten meine Gedanken immerzu einen einzigen Punkt, sage ich, etwas Landläufiges, oder ein Fiebertraum aus welchem, wie aus einer andern Natur der weißgeschminkte Mime von neuem hervortrat, ein Ersetzungstraum, und allgemein retuschiert, unsere Felsnadel, rufe ich, materielles Glied, oder Papyrusstaude mitten im

Zimmer, Strandgang, Immergrün, Klee, die Schattenlängen der Sonnenuhr hätten sich mit Hilfe ihres senkrecht stehenden Stabes ohne Schwierigkeit ablesen lassen / elektrisches Cédille 2 Unzen schwer, und 3 Schuh lang und innen hohl auf welchem Scharlachgrund ..
so sehe ich Sie von den Handlungen verschlungen immerzu vor mir, oder perseverierend den Anblick von uns beiden nämlich das Hängenbleiben an einer Vorstellung (vielleicht täuschende Spiegelung eines Traums) : während wir immer noch auf der Landstraße wandern aber behender ausschreiten, treffen wir ein weiteres Mal mit jenen freundlichen Reisenden zusammen, die uns einige Stunden vorher eingeholt und zum Mitfahren eingeladen hatten, sie kommen jetzt in entgegengesetzter Richtung, langsam auf uns zu, so daß wir stehenbleiben um mit ihnen zu reden, und ihnen winken wenn sie davon fahren, und bis sie unseren Blicken entschwunden sind /

auf der Landstraße fortgewandert, rufe ich, von unseren Handlungen nämlich verschlungen, das Abendlicht lange um Ihre Gestalt, als hätten wir uns ohne es zu wissen in ungewöhnliche *Zimmerzustände* begeben, ja, als hätten wir entgegen einem unbestimmbaren Widerstand Einlaß gefordert, mein plötzliches Erschrecken, der Tag könnte enden ehe wir Abschied genommen hatten, ein verwirrendes, beklemmendes Gefühl, die Frist sei schon abgelaufen, es sei schon zu spät geworden, eines der Rasthäuser zu betreten die linkerhand die Landstraße säumten / ein über und über grünendes Auto, rufe ich, und bemoost, ein durchaus bestücktes Mädchen rote Erde und Tuff : korallrote Kappe und Mantel, sie habe sich die lebhaften Farben auch ins Gesicht gemalt, sie schien uns aus einem Seitenflügel des Schankraums in welchem wir saßen, durch ein winziges Fenster heimlich zu beobachten, ich las bekümmert die Uhr ab / wie hätte es uns auch gelingen sollen das unabwendbare Ende jenes Tages aufzuheben?

und während Sie den Deckel Ihrer alten Taschenuhr aufklappen und die Zeit ablesen aber so daß ich erkennen kann daß es tatsächlich eine andere Zeit sei die Sie abzulesen verstehen, flüstere ich zu Ihnen, ich würde unausgesetzt von allerlei eingebildeten oder wirklichen Vorstellungen genarrt, welche in ihrer zwanghaft und beharrlich wiederkehrenden Undeutbarkeit einem lange zurückliegenden Traumgeschehen entlehnt zu sein scheinen, seltsam quälend, rufe ich, vielleicht täuschende Spiegelung eines Traumes –

ach, rufe ich, das Gefühl eines verwirrend andrängenden Erscheinungsbildes, und welches im Prozeß der Gestaltwerdung sich immer von neuem entziehen will, und manchesmal, wenn man glaubt es sei nun ganz nahe herangerückt, ent-

schwinde es wieder, tauche beinahe wieder auf, kehre im Gefolge älterer Erinnerungsverläufe wieder, sei jedoch nie zu fassen, schattenhafte Umrisse eines Zustandes, einer häuslichen Szene vielleicht, ein großer Raum, mit mehreren Personen die einander gut kennen, ein leichter ovaler Tisch, vier niedrige Sitzgelegenheiten ohne Rükkenlehnen in die vier Ecken des Zimmers wie eingepaßt, aber schemenhaft, rufe ich, alles schemenhaft also nur die Ahnung einer sinnlichen Wahrnehmung am ehesten Geruch und Geschmack ..
die Seitengemächer, rufe ich, zeigen Sie mir noch einmal die Seitengemächer!
stattdessen öffnen Sie eines der Fenster, ich sehe die Zweige vor Ihrem Fenster glänzen, und wie ein fächelnder Wind erregende Freude auf Ihre Züge zaubert, Ihr eindringlicher wacher Blick verweilte lange auf mir, so daß mir die Sprache abhanden gekommen schien / als hätten sich meine Gedanken arg verwirrt als sei jeder zusammenhängende Sinn mir verlorengegangen als hätte ich alle Erinnerung plötzlich eingebüßt – eine empfindliche Beklemmung, rufe ich, ein erschreckendes Bewußtsein von Unwirklichkeit habe Besitz ergriffen von mir, ein ausführliches Gefühl einer *Abseitigkeit*, als hätte ich eine Grenze endgültig überschritten und sei in eine Unterbühne eingegangen ..
der Tisch gab nur die äußerste Ecke frei, so saßen

wir eng beisammen, Sie riefen mir leise zu wie merkwürdig fremd ich Ihnen erscheine in meinem weißen Gewand, und von stiller Natur / es brauche eine lange Zeit um durch Bewegung zur Ruhe zu kommen, so flüsterten Sie, und obwohl die Uhren gleich nach dem Überschreiten der Grenze anders gehen brauche es eine lange Zeit ehe man durch genügend Bewegung zur Ruhe gelange – nämlich, als seien wir schließlich auf Grund gelaufen, so saßen wir fest, rufe ich, und sahen einander lange mit staunenden Blicken an, der Übergang habe sich schmerzlos vollzogen vielleicht weil ich es aufgegeben hatte, in den Ablauf der Geschehnisse eingreifen zu wollen

Leiervogel, Flüßchen des Januar / vielleicht erkennen Sie meinen Namen, Maria heißt : die Farbe, und Bitterkeit, auch treffe ich viele Gestalten in meinem Traum, Sie rufen zu mir wie umfassend die Stille sei die uns einhülle – der Tisch gab nur die äußerste Ecke frei, so saßen wir eng beisammen, ach! Ihre Vorliebe, mit flüsternder Stimme zu sprechen .. auch wollte es mir vorkommen, sage ich, einer vergessenen oder nie erlernten Sprache mächtig geworden zu sein, geschabte geschliffene Töne Zungenrede Reflexe Triebe und Knospen, *im Augengewerbe tätig*, das erfundene Schmettern der Vögel und ach wie hell es schon sei! daß die Glassplitter auf dem Fußboden in der

Spiegelung des eindringenden Sonnenlichts wie blitzende Tautropfen aufzuleuchten begannen, und wir mit den Händen unsere Blicke schirmten / auf Stirn und Wange, so drückte Sie Schnee – das erfundene Schmettern der Vögel : daß sie mit Hingabe sängen, auch winters, an seinem frischen Grab habe sie zu Häupten ein mit Futterringen geschmücktes Fichtenbäumchen gesetzt ebenso die beiden Laternen und die Verzierungen des Grabkreuzes mit Meisenkästchen behängt : beim Einsetzen des Bäumchens sei sie mit je einem Fuß auf die steinerne Einfassung und den Hügel des Grabes zu stehen gekommen, da habe die aufgeschüttete Erde leise nachgegeben und sie sei *einen Augenblick lang in die Tiefe gesunken* : sie habe einen entsetzten Schrei ausgestoßen, die Arme in die Luft geworfen und sei, wie um das Gleichgewicht wiederzugewinnen, strauchelnd zur Seite gewichen, nämlich ein tiefes Erschrecken in ihr sei ein tiefes Erschrecken gewesen /
(Schmächtigkeit von Sakrament : ziemlich zu küssen und küssend die Worte solcher LIEGEORDNUNG), der Glanz der Gestirne ein Medaillon oder aus Wolken : so war sie ins Herz getroffen
also in seiner Unterbühne befangen, und rot gefärbte Wolke : Gesicht in Farben, sie habe lange an seiner Tür geläutet EIN ERSCHRECKEN IM TÜRGUCKER : sie habe den Gesichtsausschnitt im Gucker nicht wiedererkannt, sein starr blickendes Auge und ohne Brille, da habe sie der Gedanke

durchzuckt, sie mochte sich an der Tür geirrt haben was einen sofortigen Schweißausbruch zur Folge hatte, auch wollte sie seinem stetig auf sie gerichteten Blick entkommen indem sie die Lider senkte, so sei sie minutenlang zitternd vor seiner Tür gestanden und habe mit geschlossenen Augen gewartet bis er sie einlassen würde : er habe schließlich beim spaltweisen Öffnen der Wohnungstür wirr durcheinander geredet und sie gefragt ob der Zug schon abgefahren sei ohne sie, er müsse von einer Sekunde zur nächsten in tiefen Schlaf gesunken sein und so ihr Kommen überhört haben . .

Unmut's Stimme ich erwache dann, in der Verlaufsweise und Empfindung ich hätte während des Träumens einen Bestandteil meiner selbst eingebüßt, oder als sei mir ein wesentlicher *Gesichtspunkt* abhanden gekommen, bis in die Gartenstube, lieber Valerian, und was mir ein nachhaltiges Unbehagen beibringt / allenfalls Lerchenfeld

wir stehen dann wieder ans offene Fenster gelehnt ohne Worte zu wechseln und lassen die Blicke über den Gartentrakt schweifen und auf die besonnte Fassade im Hintergrund, während die Feldlerchen, rufe ich, von funkelnden Lerchenspiegeln betört das Weite suchen so daß im Tränengefolge nämlich Wollgras und Haselrute, in den Gehölzen, die Blüte von Goldlack mir wieder und wieder erscheinen will –

und wie unter Blumen gefangen, so schwerer Aufenthaltsort, später sitzen wir im Schatten eines großen Ahornbaumes, mit verschlungenen Armen mit ineinandergepreßten Händen und ich sage zu Ihnen JETZT HABE ICH DAS TOR BEINAHE AUFSTOSSEN KÖNNEN!
zarte Lotuspflanzen Luftmalereien ins Grüne gehaust, rufe ich, die lebhaftesten Plätze aufgesucht und alle Gedankenglieder gesammelt! in einer Stunde, morgen vielleicht als hätten Sie sich längst auf Ihr Rad geschwungen und seien davongeflogen, hätten durch Mantelschwingen das Fliegen trefflich nachgeahmt, beflissener Klingelton nämlich die fleißig krächzenden Ohren, und seien fort gestürmt und davon gebraust und in der dämmrigen Ferne entschwunden / ich schließe die Augen, halte den Atem an, presse die Fäuste gegen die Ohren : inständig kratzend wie Schlittschuhkufen die Musik aus dem Kasten, mir trommelt das Herz ich weiche erschrocken zurück : mein Morgengesicht, ungeschminkt, widergellt aus dem Spiegel / und Haupt des Berges der Blick sei irregeworden schon habe die Erde geglitzert ..
sie habe zu wiederholten Malen versucht, die Geheimnisse jenes eindringlichen Geschehens in ihrer Vorstellung wiederzuentdecken indem sie sich ihre Empfindungen bei seinen zum Abschied auf ihre Lippen gehauchten Küssen zurückzurufen trachtete, ebenso das behutsame Anheben

seiner Hände zu ihrem Gesicht, das leichte Anpressen seiner Hände an ihre Wangen und Schläfen, das tastende Flüstern seiner Stimme wie schön dieser Tag gewesen sei, habe es jedoch nie wieder vermocht, die entzückte und schmerzliche Ergriffenheit von Nähe in ihrer ursprünglichen Heftigkeit nachzuvollziehen und habe in *solcher Unerfindlichkeit* das Erinnerungsbild seines abschiednehmenden Winkens und Lächelns am besten zu bewahren vermocht / serielle Abfolge, rufe ich, wie wenn man über eine große Entfernung hinweg die gegen die Horizontlinie sich abzeichnenden Bewegungen von Personen und Gegenständen mit freiem Auge zu verfolgen sich mühen wollte / serielle Abfolge, rufe ich, Sie deklamieren ja, Ihr heller heftiger Klingelton in der Straße, ich zucke freudig erschrocken zusammen, lache gezwungen auf, springe zur Seite, *Sie pflegen zu idolisieren*, rufe ich : »ein Blumenregen im Garten, die Erde geglitzert, und parabolische Berge schon habe die Erde geglitzert ..«
in einer Vergangenheitsform, lieber Valerian, ich lasse mich wieder zu Ihren Füßen nieder, Radsporn und Rosenblatt schwerer Reiter Ihre Eisenschaft Fistel und Fensterchen, oder mit Fisteln seitlich des Mauls : kleines Gaultier Holzpferdchen auf Ihrem Kleiderschrank, ich knie vor Ihnen, krame vor Ihnen, zu Ihnen niedergebeugt, in einer riesigen Pappschachtel, die vielen Geschenke, rufe ich, sehen Sie doch, rosa und

weiß verpackt und mit Silberfäden umwickelt, Kistchen Kästchen und Schachteln, ich bewahre hier alles auf für die Stunde da Sie die kleinen Gaben an sich nehmen wollen / verdorrte Hand vertrockneter Tannenzweig unter Seidenbänder geschoben und rieselnde Nadeln .. so und mit solchen Gaben bedacht, rufe ich, dies in winterlicher Zeit, vielleicht, rufe ich, würde es Sie ausstatten, Ihre Pilgerreise endlich antreten zu können – serielle Abfolge, rufe ich, Sie deklamieren ja, Ihr heller heftiger Klingelton in der Straße, mir trommelt das Herz ich weiche erschrocken zur Seite, lache gezwungen auf .. ach Ihr Fingerzeichen, Ihr schön fliegender Radmantel, die Bewegung Ihrer Lippen anmutig zart wie die Preisgabe eines Kusses, also war ich ins Herz getroffen – auch wollte die Vorstellung nicht von mir weichen, Sie würden mich nun aus nächster Nähe beobachten, während Sie tatsächlich immer weiter hinter mir zurückblieben, die Farbe! rufen Sie zu mir, *die künstliche Farbe an Ihren Wangen* sei auch Giselle sogleich aufgefallen, Sie schirmen dann Ihre Augen, drehen wechselweise den Kopf zu mir und Giselle und rufen blitzend und lachend DER SEELENHIRTE! SIE MÜSSTEN FORTWÄHREND DEN KOPF ZWISCHEN IHR UND MIR HIN- UND HERSCHNELLEN LASSEN / Gesicht in Farben, des Frühlings Länderschaft ich sage dann, von stiller Natur : das Tier habe mich angesehen als wolle es zu mir reden, und während der Schäfer es zwi-

schen seine Beine klemmte und ihm das lokkige Fell abnahm, schien es mit nach hinten verdrehtem Kopf und neugierigen Augen dem Vorgang des Geschorenwerdens folgen zu wollen –
Haupt des Berges, parabolischer Blick, Ausbreitungen einer rosa umwölkten Erde nämlich Empfindungen seien durch spontanes Auftragen von Farbe ausdrückbar –
als Taschist ein Opiumesser, rufe ich, jetzt sehe ich erst wie sehr Sie die Sonne verbrannt hat, rosagefärbte Wolke ziemlich zu küssen ein Wassergerüst aus Korallen Schnecken und Muschelkalk, im Frühjahr schwarz und mit grünem und purpurnem Schimmer, *aber das Haar das nachwächst ist weiß* / also Opium, rufen Sie, »Musik im Meublement«, (Satie), hier sehen Sie etwas Panisches, ach! sage ich, erinnern Sie sich, unter dem Druck unserer Füße schien das Möbel nachzugeben und sich davonzumachen, Sie wollten die Unebenheiten des Fußbodens ausgleichen, und unterlegten den Sockel des Tisches mit kleinen Stapeln von Löschpapier, die vermeintlichen Felsen, die Holzklappsitze des Kinogestühls dahinter, die Decke täuschte einen blauen leicht umwölkten Himmel vor, wir tasteten zu einander, eine *Fiebernatur* ein Globus als Luster ein Küchensaal Hängeleuchter und Adler, das alte Billard, das kleine Schaukelpferd auf dem Schrank / der Zorn Gottes wie man hierzulande den Skor-

pion nennt, in Ihrer *Fiebernatur* in Ihrem endlosen süßen Gestammel: »Irrgänge Fischtreppen, erleuchtetes Vogelhaus (in welchem künstliche Vögel ihre metallischen Stimmen vernehmen ließen), unsere beiden Schädel als ZWILLINGSTÜRME mit geknicktem Scheitel schmerzlich nach oben verkrümmt, das kleine Schaukelpferd auf dem Schrank : aus dem Müll gerettet, Windkasten Zuckerhut Wachstafeln Spiegelschrank : alles erhabene blendende Geister! ..« die Spiel- und Spiegelgeräte, Landkarten, Seekarten, Reliefs, Tische und Stühle, aus Musikinstrumenten zusammengesetzt, Sie könnten alles ganz deutlich sehen : ein empfindlicher Lichtzustand halte Sie plötzlich umfangen : SIE SCHWEBTEN JETZT DURCH EIN REFLEKTIERENDES LEUCHTEN HINDURCH –

ach, rufe ich, Ihre Fiebernatur / können Sie mich überhaupt noch erkennen, zumal da Ihre Wahrnehmungsfähigkeit durch solche Verausgabung eingeschränkt sei? Sie pfeifen sacht durch die Zähne, murmeln mit leicht abgewandtem Kopf, Sie könnten mich deutlich sehen und hören, und alles um mich herum, die grellen Sonnenflecken auf dem Fußboden, und glitzernd von Steinen : das zersplitterte Glas nämlich die rollenden Tautropfen im ersten Leuchten des Tags, und am Himmel die in harten und schrägen Strahlen der Morgensonne aufblitzenden Sturmvögel, Sie schirmen wieder das Auge, summen in hohen

Tönen, drehen den Kopf zu mir, das sichtbare und das unsichtbare, sage ich, alle Schleusen geöffnet, *kann ich zu Ihnen sprechen?*
in einer Stunde, morgen vielleicht / so flog die Landschaft, so flogen die teuren Laubsänger vorüber, und *haltlos winkend* die Weiden am Weiher, wehend, mit ihren burlesken wirren und drahtigen Schöpfen, gleichzeitig Zaudern und feurige Eile, sage ich, obskure Schwebungen, und um der Leidenschaft willen, aus der Zeile gebrochen : das Wechselvolle der Landschaft, die Wiederbewölkung im Himmel, die Überflüsterungen, die wiederholten kurzen Lachstöße, die erinnerte Wahrnehmung eines Geschmacks, halb verborgen, verweht, ein dunkler Begriff : etwas hatte sich aufbewahren wollen in meinem Gedächtnis : eine Wortfolge, eine Vorstellung, ein Gedankengang – es verflüchtigte sich bald wieder .. zurück blieb die unergründliche Anziehungskraft einer Stimmung : als würden Sie wieder, in den Straßen, unter den Glyzinienlauben, im Pflanzengestrüpp, in den Alleen, zwischen Violen und Wicken, ausschreitend, durchschreitend, schwelgen und mit gestrecktem Arm nach allen Richtungen weisen, und ich würde, Ihrem Vergnügen nachzueifern, meinen Kopf fortwährend hierhin und dorthin drehen, das UNERFINDLICHE mit ködernden Blicken überall aufspüren wollen – eine übersinnliche Eigenschaft! Eisgarn, ein Schwenken des Halses, das Antizipatorische Ihres Nackens, das

Wechselköpfige Ihrer Empfindungen : parabolische Berge, Liebhabereien, ach wie gut, rufen Sie flüsternd, *daß Sie nicht aufgegeben haben vor der Zeit!*

Ausbreitungen der Zunge, ein Kleidungsort, er habe sacht durch die Zähne gepfiffen, in hohen Tönen gesummt, ihr sein lebhaft funkelndes Auge zugewandt, er habe in seiner Fiebernatur, als die elektrische Flügelbahn einfuhr, ihr mit sanften Händen die Augen verschließen wollen, daß sie den Zug nicht sehen solle der sie von einander trennen würde, mit scherzhaften Worten habe er sie vergessen machen wollen wie nah der Abschied gekommen sei / in einer Stunde morgen vielleicht, mit einem Fuß schon davon und bei laufendem Wind, ein Zurückdrehen der Zeit als sei es von neuem gelungen, an ein früheres, verloren geglaubtes Gefühl anzuknüpfen / als wäre man zurückgekehrt zu einem in der Vergangenheit begonnenen Brief und hätte mühelos an der Bruchstelle von einst anknüpfen können / als würden die erlittenen Erfahrungen der Zwischenzeit ohne Spuren vorüber gegangen sein – beim Herannahen der Flügelbahn, ein Zurückdrehen der Zeit, Liebungen Luftgefälle Ihre panische Fiebernatur, ein eingebungsvoller lächelnder Hauch verschnörkelter glanzäugig-zärtlicher Tändeleien / als aquarellierten wir es geschwinde .. Violen und Wicken weiße Alumne hauchartige Einschübe zwischen den Wörtern, Ausbreitun-

gen der Zunge ein Kleidungsort, Sie pfeifen sacht durch die Zähne ohne mich anzublicken, laufen ein Stück voraus, die Regentropfen, später die Flocken fallen schwer auf den hellen Asphalt, eine Kette junger Hühner, ein Sprühkabinett, unsere raschen schleifenden Schritte im Gras, wir haken uns ineinander ein, laufen vergnügt den spärlich beschneiten Waldweg abwärts . .
erhaschen! rufen Sie, die haschenden Augen, die junge Katze hascht mitten auf der Fahrbahn nach Flocken, eine Kette verwirrter Geister! während wir lachend die nackten freistehenden Erlen und Birken umarmen, die Zirben und Tannen mit langen Sprühkerzen behängen, Funken oder funkeln, aus Ihren Augen die funkelnden Blitze / und funkelnder Küchensaal . . die Gebärde des Helmabstreifens . . ein Sprühkabinett . . in einer Stunde, morgen vielleicht, der eine Fuß schon dahin und bei laufendem Wind, *der Engel zusammengefaltet an einem anderen Platz*, mit beiden Händen habe sie sich seitlich in eine seiner Manteltaschen geflüchtet, zu seiner wärmenden Hand – Netz oder Kuppel, schwebend über den Köpfen, Vertiefungen einer Natur / phallisches Luftgewand ohne Ärmelöffnungen / Angelstern / ein Berberitzenstrauch in der Ecke des Zimmers –
sie frage sich mehrmals des Tags und in wachen Nächten, wo er wohl sei, und in welcher Erscheinungsform : sie habe lange ohne Erlösung um die Endgültigkeit jener Einsicht gerungen, *nicht*

mehr wissen zu können, wo er sich aufhielte und wie es ihm erginge : ABER SIE HABE ES NIE VERMOCHT AUF DAS SUCHEN NACH IHM ZU VERGESSEN /

er habe ihr zugerufen ES WAR KEIN WIRKLICHES ZURÜCKDREHEN DER ZEIT, aber sie konnte fühlen wie sehr er damals außerhalb eines Zeit- und Raumbegriffes sich aufgehalten, und in welchem außerordentlichen Zustand von Preisgabe er sich befunden haben mußte : er habe oftmals seine Taschenuhr aufgeklappt und die Zeit für sie abgelesen, und obwohl sie die Befürchtung geäußert hatte, sie könnten die Abfahrt des Zuges versäumen, habe er einen Spazierweg in die nahen Auen eingeschlagen was sie, wie ihr vorkam, immer weiter vom Bahnhofsgelände ablenken sollte – endlich mit tiefen Sprüngen, sie nahmen die Stufen zum Landungssteg, wo das Fährschiff lag, er habe gewollt daß sie sich übersetzen ließen, sie zögerte noch : sie setzen dann über, DAS QUEREN DES STROMES, habe sie zu bedenken gegeben, EIN EMPFINDLICHER AUFENTHALT : sie würden womöglich den Zug nicht erreichen

Erweiterungsbilder, Auge aus Elfenbein, aller Seherfahrung spottend, wir tasteten zu einander, in einer Stunde, morgen vielleicht, wir seien ein-

gehüllt, wir schließen die Augen, öffnen die Arme, wir schlafen Wange an Wange, das erfundene Schmettern der Vögel, am Morgen, und ach! wie hell es schon sei! daß die winzigen Glassplitter in der Spiegelung des eindringenden Sonnenlichts wie blitzende Tautropfen aufzuleuchten beginnen –
mit leichten Poren, die Weiden am Weiher, allmählich entziehen sich unsere Schatten, das Wechselvolle der Landschaft, das Fieber solcher Liebe, Fußnote als Quelle, und wie unter Blumen gefangen, der angegriffene linke Körper, ach treten Sie lieber nicht auf die kalten Fliesen, ach sehen Sie sich vor daß Sie mit Ihren Füßen nicht ins zersprungene Glas geraten, die Dorfkirchen die bewaldeten Hügel die blau und grau und grün verschleierten Bergketten die teuren Laubsänger flogen vorüber, versammelten sich später hoch in den Lüften zu schwärmenden Reigen, die Wiederbewölkung im Himmel : das Modell eines Fußes : die exakte Vorstellung eines Geschmacks, die Sonnenflecken auf dem Fußboden, glitzernd von Steinen, Glassplitter auf dem Parkett nämlich die Tautropfen im ersten Leuchten des Tags an den wehenden Schäften der Gräser –
ich frage Sie dann, zumal da Ihr schmeichelnder Fuß in den Gehölzen im Tränengefolge mir Wollgras und Haselrute, die Blüte des Goldlack, das zitternde Schleierkraut, wiedererscheinen läßt : Können Sie mich denn noch erkennen?
Sie flüstern mit großen sanft gerundeten Augen

zurück, Sie könnten alles ganz deutlich sehen / dennoch könne wenig fixiert werden, es sei auch ungewiß ob solche Form das Ausgießen ertrüge, ob sie nicht eher zerbröckelte und so das Ganze nichts werde, und zerstäube, zu Staub zerfalle –

mit tiefen Sprüngen seien sie eine endlos scheinende Wendeltreppe hinunter gelaufen, sie hätten mehrere Stufen auf einmal genommen, es sei wie ein Traum vom Fliegen und Fallen gewesen und sie hätten sich an einander festgehalten, er habe, während sie zusammen einer azurenen Tiefe entgegenstürzten, auf deren Grund plötzlich die starren Schaumkronen eines Meeres aufzuleuchten begannen, ihr zugerufen DIE WEISSEN SPIEGELUNGEN DIE PYRENÄEN PFAUENÄUGIGE BLUMEN ODER WÄCHSERNER UNTERBRUCH .. und *haltlos winkend* ein lohes Gewölbe, ein berstendes Flammengerüst, zu Häupten –

haltlos winkend aus einer Ferne, sei sie ihm entgegengelaufen, schwankend und torkelnd mit ausgebreiteten Armen, unsicheren Bewegungen, schleifenden humpelnden Schritten habe sie sich ihm genähert, den Blick ins Leere gewandt, die Wasserfarbe der Augen verwischt –

das erhitzte Gesicht, so war sie ihm für Sekunden erschienen, als hätte sie sich eilig mit einem dunklen Schleier verhüllt um ihre Erregung vor ihm zu verbergen, aber es waren wirklich nur ihre schwarzen Haare gewesen, es habe ausgesehen als wehe der Wind einen dunklen Schleier vor ihr

Gesicht, im seltsam phosphoreszierenden Widerschein des Dämmerlichts, das wasserfarbene Pfauenauge über den ganzen Körper verteilt – Statuette des Wesens : der ungewöhnliche Effekt ihrer Verkleidung habe ihn eher verwirrt von ihr abrücken lassen statt ihn anzuziehen und er hätte es nicht über sich bringen mögen es ihr zu sagen : IHR WEISSES UND PFAUENÄUGIGES GEWAND – WIE GUT ES SIE KLEIDET WIE SEHR ES SIE ZU EINER ANDEREN MACHT!, ja er habe sogar eine Fremdheit zu ihr gefühlt ohne daß er es vermocht hätte sich dagegen zu wehren : stumm-polternd : verborgener Fingergriff, Abschrankung, Grenze : in nahezu Abwehrhaltung sei er vor ihr gesessen, mit zusammengepreßten Lippen, übergeschlagenen Beinen, verschränkten Armen, und alles kündete sein Befremden, seinen Rückzug, seine Lossagung an / eine Nebelspirale und jede Art von Betrübung, rufe ich, etwas in uns habe sich von der Stelle gerückt, sei ins Schwanken geraten, habe das Gleichgewicht eingebüßt, *oder die blitzeschleudernde Wolke* / Haupt des Berges etwa verschieden genarbte Blätter, geflochtener Bart, Füße und Zehen wie Affenhände geschwärzt, ein lauschendes lachendes Weinen, halbgegürtet *Halluzinationen (Tränen) aus einem Baum!* oder Pollenkörner im Wind, plötzlich ein schöner Wahn ein Augenführer ein überirdisches Stiefmütterchenfeld also unergründbare Erscheinungen, verzerrte Spiegelbilder, unvermittelt aus der

Dunkelheit aufglühende Insekten die mich umkreisen als wollten sie sich einer geheimnisvollen Botschaft entledigen / ausgeschwärmt als wollten sie meine Tränen abwischen als wollten sie meine Körpernischen besetzen, *und was zum Anblick eines Schmetterlings führt*, eine Kette verwirrter Geister : die Tannen und Zirben die unbelaubten Erlen, Leibrüster, Birken mit langen Sprühkerzen behängt, und zarte Luftmalerei .. »Weihnachten! es ist wie Weihnachten ..« (Sprühkabinett / und alle Nischen besetzt)
wenn Sie es wünschen fahre ich einmal mit Ihnen weit übers Land, doch Sie dürfen keine Angst haben auch wenn das Grauen rings um uns ist, ich gehe auf dem weißen Pfad (MOND), stets vor Ihnen her –

nämlich in solcher Spannung zu leben, rufe ich, gleichzeitig das Auge ans Nahe zu heften und in die hemisphärische Weite und Ferne zu lenken : sei die (schicksalhafte) Voraussetzung für poetische Erfahrungen und Erkenntnisse überhaupt, wie sie, durch die verzehrende Wahrnehmung der Außenwelt vermittelt, im kalten Feuer einer wahnhaften und süßen Besessenheit von Urform zu Endform gewandelt, schließlich in einer anderen neuen (reflektierten) Wirklichkeit wiedererstanden erscheinen
sein weit aufgerissenes Auge : er wolle am liebsten

an einem einzigen Tag *alles schreiben ein ganzes Buch!* / ein Durch-Imitieren ein Wandern durch ein Motiv, ein Lachen-Weinen, und umgekehrt wie ja Kinder so leicht von einem zum andern wechseln / solche Träume, durchflackerte Nacht : aber die Finger am Mund des Kindes aus Käferflügeln gefertigt bedeutet vielleicht daß es noch nicht zu sprechen vermag, der rosarote Seifenstein in Ihrer Hand läßt mich an optische Sinnestäuschungen in einem Fieberrausch denken, Hänge und Halden bepelzt, Moose und Pilze Storchschnabel in den Gehölzen, der wilde Lattich die wilde Rose zum Beispiel, Ausschweifungen eines Flüsterns, ein Geheimnis von Liebe, rufe ich, Alpenplantagen wilde Vergißmeinnicht Palmen (afrikanisches Nougat) jetzt, blitzen zur Rose die schuppenden Disteln (»ritterlich«) : Blumen der Wüste, ich träume Sie hielten wieder den rosa Seifenstein in der Hand, wandten lächelnd Ihr glänzendes Auge zu mir, küßten mich wie zum Abschied auf beide Wangen / mit leichten Poren und ganz der Anschauung hingegeben / ich frage Sie dann WERDEN WIR EINANDER WIEDERSEHEN? aber Sie senken die Stirn und flüstern SIE WÜSSTEN ES NICHT, je ein Blatt ausgerissen die Vogelgestalt ziemlich umklammert, auch sei die Jahreszeit wiedergekommen in welcher die Vögel schweigen –

der arme der rauchende Fuß / und habe er sich nicht einmal als Gerank einer Waldrebe an ihre Fersen geschmiegt? und sei als kleiner frierender Vogel, im Rinnsal der Straße und halb unter ein Auto geduckt, gesessen, und habe sie angeblickt? damals, der wiederbelebte Falter, – sie hatte ihn im November in einer Fensternische des Korridors aufgefunden und ins warme Zimmer getragen – habe sie dann noch einen Abend lang sachte umschwebt / voll Verkleidung und lichtdurchflutet, Gebetsrufer in der Nacht / die Ufer des Flusses mit Wackelsteinen besetzt, ein aufrechter Schatten der plötzlich einen Augenblick lang quer durch das schäumende Wasser schnitt, wie ein Steg, sei dem seinen ähnlich gewesen .. und alle Schleusen geöffnet (Zeltmacher), kann ich zu Ihnen sprechen? .. und indem Sie Ihren weißen weißgefiederten Hals in die Luft strecken, und flüstern und in die Nähe murmeln, und Ihr Fuß etwas in den Sand malt wie das Abzeichen eines wachsamen Auges, rufe ich Ihnen zu : sehen Sie sich vor, ach sehen Sie sich vor daß Sie nicht mit bloßen Füßen, daß Sie nicht in die Spiegelscherben geraten .. wie beängstigend scheinen uns auch zuweilen jegliche Zeit- und Raum-Begrenzungen zu sein, WIR WOLLEN JA EWIG LEBEN und gedankenschnell zwischen Orten wechseln –
bei mäßigem Wind die Sterne fahren über den ziehenden Wolken dahin, zähe Schleppe, und halbgegürtet : Ihre versprengte Inselerfahrung :

vom Ozeanischen sprachen Sie dieser Insel, schwach erkennbar dazwischen die übrigen Inseln des Archipels –
ein Schwindelgefühl will mich befallen, solch verschwenderische Lichtkrümmung! rufe ich tonlos, Statuette des Wesens, eine betörende Wiederbewölkung in rosa und weiß –
1 Federspiel 2 Fagotte 1 Couvert aufgerissen, 1 Nachtschrecken, Bilder und Briefe aller Gegenden, lieber Valerian, so daß die Bilder aller Gegenden mir vor den Augen gaukelten, kalligraphischer Taschenkrebs, und am liebsten würde ich ja alles in alles einbeziehen, alles mit allem verflechten, aus jedem Wort, aus jeder Zeile etwas wie eine Vorbedeutung ziehen wollen, ein Gedankenglied, auf den Leib geschrieben also mir auf den Leib geschrieben : die letzten Zeilen und der anschließende umfangreiche Nachtrag mit Litanei scheinen von einer Hand die nicht die Ihre ist, nicht sein kann, obwohl das Deskriptive, ja Malerische des Stils sehr an den Ihren erinnert, nämlich das schöne Verweilen, wenn es etwa heißt SO GROSS SEI DIE HITZE GEWESEN IM HAUS DASS GISELLE DAS STÄNDIG WIEDERKEHRENDE KLINGELZEICHEN DAS VOM KORRIDOR TÖNTE NICHT BEACHTEN WOLLTE SONDERN REGUNGSLOS IN DER HÄNGEMATTE VERHARRTE – als hätten wir plötzlich den rauhen Norden mit einem sanftschwirrenden sengenden Süden vertauscht, entlegene Freuden .. aber jetzt habe ich mich vom

erschreckenden Gefühl wachrütteln lassen, Ihnen nicht ausführlich genug gedankt zu haben mit meinem jüngsten Brief, die doppelte rote Hyazinthe die ich eingezeichnet habe, wird Sie gewiß freuen, die Reibfläche des Schächtelchens, an dem wir für unser *zärtliches Schmauchen* die Wachshölzer entzündeten, habe ich ausgeschnitten, in langes Stanniol verpackt und an Sie abgeschickt, Sie sollen nur ganz vorsichtig das Körbchen, das Ihnen zugeht umstürzen und ausschütten, auf seinem Grunde werden Sie allerhand Überraschendes finden, zumal da Ihr schmeichelnder Fuß /

rosa oder gesprenkelt, der Kopf fühlt den Kopf, in der Straße die Menschen, rufe ich, offenbaren mir in beängstigender Weise *mein Abgewichensein von der Norm* : ich eile erstarrt zwischen ihnen, tauche gepeinigt unter, schlage den Mantelkragen hoch, kann mich der Tränen kaum erwehren, eine Bedrohung, eine Bangigkeit, eine schreckliche Einschüchterung machen mich wehrlos, halten mich nieder –
dazu kommen noch die Zeichen die mir überall und täglich ihre Finger entgegenstrecken, und eine Fülle von beklemmenden Erinnerungsbildern, welche eine solche Nervenerschütterung vervielfachen, so daß ich blindlings nach meiner Behausung die Flucht ergreife –

und können Sie es sich denn ausmalen, lieber Valerian, wie hilfreich Sie mir am gestrigen Abend als ich nach Hause zurückkehrte geworden sind? schon lange habe ich ein Couvert nicht so überrascht, so vorfreudig ja, *so verlockt* aufgerissen, ach Ihr schöner bengalischer Brief wo selbst die Entzifferung schwer lesbarer Stellen zum puren Vergnügen wurde / Depeschensprache ein Schwenken des Halses, Sie pfeifen leicht durch die Zähne, Sie summen in hohen Tönen vor sich hin, *und haltlos winkend*, die Weiden am Weiher, allmählich entziehen sich ihre Schatten .. ach, rufe ich, jene kaum feststellbare Wirklichkeit einer *ungewissen Person* : und wie sie mit nackten Füßen auf mich zukam, sich immerzu näherte, auf einer blumengesäumten Perspektivstraße, ohne mich tatsächlich erreichen zu können, ohne mich zu berühren: dennoch gleichzeitig mir und ihrem beinah erwachsenen Sohn ins Auge blickte, welchen, so schien es mir, ich unbeweglich stehen und gucken sah .. sie deutete schließlich an, sie würde, um einer bestimmten Stimmung zu entgehen also um von einer zur anderen Stimmung wechseln zu können, die Stadt in Bälde verlassen

haltlos winkend, so sei er ihr entgegengeeilt aus einer großen Entfernung und *haltlos winkend*, so sei es ihr erschienen, ohne sie tatsächlich erreichen

zu können, ohne sie zu berühren, habe er sich ihr genähert, aber er sei in Wirklichkeit nicht nähergekommen : er sei nicht wirklich gekommen, nämlich auf *das Haltloseste und Diszipliniertest*e des Schreibens seien ihre Anliegen damals ausgerichtet gewesen, nämlich am *haltlosesten und disziplinierte*s*ten* seien die Vorstellungen ihres Schreibens in dieser Phase gewesen, so als hätten sich ihr in einer hinreißenden Besessenheit, in einer schweren und verzweifelten Erhitzung die hauchartigen Einschübe zwischen den Wörtern als rasende Küsse zu erkennen gegeben – in befremdender Weise sich ihr jedoch plötzlich wieder entzogen –
Aufwallungen der Zunge / als Taschist ein Opiumesser /
was Schrecken, Widerstreben und Aufruhr in ihr hervorrief, und sie gleichzeitig in die wehmütigste Stimmung versetzte, in deren Verlauf sie sich der schmerzlichen Gewißheit nicht zu erwehren vermochte, sie habe *ihr Schreiben endgültig verwirkt*, ja, sie habe sogar die Fähigkeit eingebüßt, selbst einfache und geringe Partikelchen der Sprache zum eigenen Gebrauch handhaben zu können : UND MÜSSE ALLES ERST WIEDER FÜR SICH NEU ERFINDEN!

im Milieu Geäst und Geacker in bleichen Farben, *und seien Sie mir noch gut?* worauf Sie verwirrt

lächelnd den Kopf sinken lassen / bei mäßigem Wind die Sterne fahren über den ziehenden Wolken hin / ein zögerndes Seufzen, ein sanftes Räuspern, leichtes Stocken, ein flatterndes kurzes im Ansatz zurückgehaltenes Lachen .. auch sei zu befürchten, daß es Petrarca nur in alten oder vergriffenen Auflagen gäbe .. hier der Brief, auf den sich Ihre Paraphrase beziehe ..
Augenfalle! Pervertierung von Wirklichkeit! der tote Sperling, mit angezogenen Füßen in einem gekrümmten Blütenblatt auf dem Asphalt, ein empfindlicher Windstoß / trompetende Luft, gebleichte geplättete Halme und frisches Laub von brüchigen Dächern und aus offenstehenden anheimelnden Innenhöfen kleiner gebuckelter Häuser in die schmale Gasse gefegt : die Fremde nahm wie in Fluchtgebärde ihre beiden Kinder (ein Pärchen) an der Hand und jagte mit ihnen mehrere Schritte vorwärts, blickte zum dräuenden Himmel – schon prallten die ersten Tropfen auf
im grünen Gewölbe, labiler Mensch, und alle Schleusen geöffnet, kann ich zu Ihnen sprechen?
es ist ja nicht so, rufe ich, daß Sie allein mich verlassen haben : tatsächlich sind mir mit Ihnen ALLE MENSCHEN, ALLE WELT verloren gegangen

intime Abdrehung, des ledigen Mondes, und Schlummer in meinem winzigen Gartenhaus : So FREMD SIND WIR JA NICHT! SO FREMD SIND WIR EINANDER JA NICHT! flüstere ich durch Ihre betäubten Sinne hindurch, aber sie sprechen nicht an / ein Vorbeiflitzen der Zeit, die Jahreszeiten im Flug und im Traum als sei draußen ein Schatten vorübergehuscht, der dem Ihren ähnlich war / ach man habe das Ende pochenden Herzens längst in Gedanken vorweggenommen, in jener atemberaubenden Szene etwa, als ich auf dem Bahnhofgelände auf meinen Anschlußzug wartend, Sie plötzlich, um Jahrzehnte gealtert, mit einem enttäuschten Lächeln auf dem hageren fahlen Gesicht wiederzusehen glaubte, unsere Blicke trafen sich sogar kurz, aber Sie schienen mich inmitten der anderen Reisenden nicht zu erkennen – als sei ich, ging es mir durch den Kopf, einem Doppelgänger von Ihnen begegnet, Jahre nach Ihrem Abschied, und das Gefühl von UNWIEDERBRINGLICHKEIT hätte mich überwältigt!
später sitzen wir im Schatten eines großen Ahornbaumes und ich rufe zu Ihnen JETZT HABE ICH DAS TOR BEINAHE AUFSTOSSEN KÖNNEN : also lasse der Umstand, rufe ich, sich in gewissen Augenblicken in einen schon früher bewußt erfahrenen Lebenszustand zurückversetzt fühlen zu können, Rückschlüsse auf eine individuelle Vorform unserer gegenwärtigen Existenz zu / Sie murmeln etwas wie eine Beschwörung zu mir, betrachten die

langsam hinweggleitende Flamme des Nachmittags in den Fensterscheiben von gegenüber, haschen die rastlos wirbelnden Staubkörner in den schräg einfallenden Lichtbalken zwischen den ersten Schatten der Nacht, betasten die mit gesenkten Köpfen dahinwelkenden Blumen im Gras, zu unseren Füßen : wie beängstigend, rufe ich, wie beängstigend mir auf einmal alles erscheint : der wilde Lattich zum Beispiel die Rose ein überirdisches Stiefmütterchenfeld : *das Hineinwerfen der Gärten*, ausgewurzelt, entleibt, die Ausschweifung eines Flüsterns zwischen unseren Lippen, und allerlei Unglück / und als Sie mich zum Abschied auf beide Wangen küßten und ich Sie fragte ob wir einander wiedersehen würden, senkten Sie die Lider und blieben mir die Antwort schuldig, während ich wie in schwerer Betäubung nach Ihnen verlangte, nach Ihnen blickte – das Anvisieren der Nähe gelang nur mit Mühe – als hätten Sie Feuer geschlagen aus meinem Herzen, und ich hätte mich später erst wieder erinnert *und Sie nur aus einer Ferne erkannt*

bisweilen Schreckspur, rufe ich, im Kopf die schwarzen schweren Raben, Sonnenfinsternis, der ins Wasser gleitende Mond, aber zuweilen, rufe ich, sei das Unbehagen nicht nur im Kopf gespeichert sondern über den ganzen Körper

verteilt, oder als wollte die Abfolge eines bedrükkenden Traumes rückwärts gespult erscheinen (alles ohne Farben ein Saal voller Menschen unterschiedlichen Alters und Geschlechts, nur auf einem Gesicht (einer Frau) lag (fahl) ein Wangenrot . .)
so lassen Sie mich Ihre Erscheinung wiedersehen : Sie halten Ihren großen Fächer dicht an den Boden, das wasserfarbene Pfauenauge über den ganzen Körper verteilt, das Wechselköpfige unserer Gefühle, rufe ich, *da kommt man hinaus in die neue Welt!* : und stoben wie Träume vorüber nämlich so stoben die Träume vorüber, der erste hatte etwas mit weiten weißen Gewändern zu tun und war gleichsam mit verschwimmenden Umrissen gemalt, ich glaubte Xenia zu erkennen, die wunderschöne gebauschte Pumphosen trug und mit zusammengeklappten Beinen auf dem Boden saß – sobald ich sie anblickte, suchte sie ihre Beine die aus dünnstem Papier gefertigt schienen, hinter ihrem Kopf zu verschränken ohne daß diese turnerische Kunst ihr irgendwelche Mühen abverlangte, ja, ihr zartes Gesicht das wie ein hell leuchtendes Bildnis im dunklen Rahmen ihres sie umschließenden Kleides ruhte, zeigte ein feines vergnügtes Lächeln, ihre lebhaften glänzenden Augen, ihr schmaler Mund, ihr *wie frisch frisierter Kopf* fesselten meinen Blick, riefen aber gleichzeitig in mir eine gräßliche ahnungsvolle Empfindung hervor : ihr Kopf mochte, einer undurch-

schaubaren Automatik zufolge, für sich allein existieren ohne daß der übrige Körper beteiligt gewesen wäre : in schauriger Natürlichkeit schien er auf Reflexe von außen zu antworten, seine Muskulatur vollkommen zu beherrschen, mit seinen Augen zu winken und mit seinem Munde zu lächeln oder zu sprechen . .
in den umliegenden Gehölzen, ich verlor sie kurz aus den Augen, ein schöner Wahn, höre ich mich zu Ihnen flüstern, ein wasserfarbenes Pfauenauge über den ganzen Körper verteilt, plötzlich, in ihrer fadendünnen Künstlichkeit erschien sie wieder vor mir und kam mit schwebenden Schritten auf mich zu, ich bewunderte sie, ich hörte gerade noch, was ich zu ihr sprach: KÖNNEN SIE MIR SAGEN WOHER DIESES KOSTBARE SCHUHWERK STAMMT . . ? – sie schlug die Augen nieder, schlang ihre Arme um mich und flüsterte mir zu DA KOMMT MAN HINAUS IN DIE NEUE WELT . . sie hatte nun ihre Farben verändert, ihr Gesicht schien verzerrt und erloschen, ihr Gewand abwechselnd zu schneeigem Weiß oder tiefstem samtenen Dunkel, mit großen kontrastierenden Tupfen, verwandelt /
am Morgen erzählten Sie mir, eine gemeinsame Freundin hätte bei Ihrem jüngsten Besuch ein Kleid mit den nämlichen Tupfen getragen : Sie nannten es POLKA DOTS!
wollten Sie vielleicht, schoß es mir durch den Kopf, sich auf solche Weise auf Ihre Beziehung zu

Beatrice berufen, und also meine Vorstellungen eines Anspruchs auf Ihre Zuneigung in die Schranken verweisen? ich stieß mit dem Kopfe an, inmitten von Bäumen Spalieren, Naturschrecken Nachtschrecken etwas Indiskretion, rufe ich, rätselte herum, ach ich versuche immer wieder in dieses dunkle Herz einzudringen, ich lese viel über diese Insel von 1869, 1931 und heute, ich versuche so in dieses dunkle Herz einzudringen / als ich von dieser Reise zurückgekehrt war und stockend von meinen Eindrücken zu erzählen begonnen hatte, hörte ich wie Sie in den Pausen zwischen meinen holprigen fragmentarischen Sätzen immer von neuem Fragen stellten, manchmal verschränkten sich unsere Stimmen in einer neuen, verwirrenden, beinahe widerstreitenden Art : SEIEN DORT BERGE ODER ZUMINDEST MÄSSIGE ANHÖHEN GEWESEN? : worauf ich nicht unmittelbar zu antworten wußte, denn ich konnte es mir im nachhinein nicht vorstellen, welche gesehen zu haben, Sie blickten mich lange und prüfend an *als wollten Sie die Wahrheit aus mir herauspressen*, rückten dann ein wenig ab ohne jedoch Ihren Blick von meinem Gesicht zu wenden, vielmehr visierten Sie mich nun schärfer, wie mit dem Kamera-Auge an, zuckten auch gelegentlich mit den Lidern und während Sie fortfuhren mich auszufragen HABE ES DENN ÜBERHAUPT KEINE BERGE GEGEBEN IN DIESER LANDSCHAFT? konnte ich mich der beklemmenden Vorstellung nicht erwehren, Sie hätten Ihr Sehorgan als Objektiv vor mir aufgebaut und betätigten unablässig, mit jedem Wimpernschlag, den Auslöser, um mir später anhand der *Aufnahmen von meinem Gesicht* (welches alle Regungen des Gemütes widerspiegelte) den Nachweis von der Unglaubwürdigkeit meiner Behauptung ES HÄTTE KEINE BERGE GEGEBEN IN DIESER GEGEND oder: ICH HÄTTE KEINE ERINNERUNG AN SOLCHE BEWAHRT erbringen zu können –

die gespeicherten Bilder in meinem Kopf, rufe ich, als hingen die Türen nicht genau in der Waage – hier, sehen Sie doch : die Photographien von meiner Reise! und während Sie sich in den Anblick der Bilder versenken, rufen Sie plötzlich aus: ABER HIER IST JA EIN BERG ZU SEHEN, EIN GANZER GEBIRGSSTOCK, EIN LANGGESTRECKTES MASSIV nämlich am Bildrand und verschwimmende Palmen –

es habe Bedeutung für Sie gehabt, die Wahrheit *aus mir herauszuholen*, und zu beweisen, *daß ich nicht wirklich hingesehen hätte*, daß ich meinen Blick nur darüber hinweggleiten hatte lassen, daß ich selbst beim Photograpieren die Landschaft nur flüchtig betrachtet hätte / auch entschwand sie immer den Sinnen, rief ich verzagt, alles entschwand immer wieder den Sinnen, vielleicht, meine Aufmerksamkeit war vor allem andern den träumerisch fächelnden Palmen zugewandt, eigentlich war ich immerzu auf der Suche nach

dem Anblick von Palmen, so schätzte ich alles gering wo diese fehlten –
Augenfalle, ein schwerer Wahn, flüstere ich zu Ihnen, ein ungewöhnlicher Effekt, in Nîmes im Park zwischen Moos und Eichenblättern hinter dem römischen Tempel der Diana welche Quelle ein Nymphen Nest (sei) ..
der schwimmende Mond, ach, lieber Valerian, ich schreibe viel als führten Sie mir die Hand, ich trage Kinderkleider wie Flügel Holunder Jasmin die Pfingstrosen Tulpen und in Entzückung die blumenähnlichen Tiere, ich esse von Ihrem Teller der mit halberhabenen Blumen und Früchten bunt verziert ist und welchen Sie beim erstenmal mit einer gewissen Scheu verwendeten, die Iris und in der Farbe der Freunde, der Himmel, Sie hielten den Teller hoch, und es kam mir vor, Sie betrachteten die gemalten Blumen und Früchte mit einem Gefühl des Unbehagens, Sie hielten den Teller hoch und es sah aus als wollten Sie ihn mir über den Tisch zurückreichen .. ich träume dann im Himmelfahren (im Regen), Sie beugten sich über eine Photographie die mich abbildet und murmeln bewundernd zu mir DIE SCHÖNEN REFLEXE : DER ILLUMINIERTE BLICK, und obwohl die Augen durch das Stirnhaar fast vollkommen verdeckt seien, ahne man darunter den bewegten, ja leuchtenden Blick –
mit leichten Poren und ganz der Anschauung hingegeben, rufe ich, schon hatte die Erde geglit-

zert, und zu allen Stunden der Nacht von einem Blütenstand zum andern gewechselt / so lehnen wir im Stehen sacht aneinander, und indem Sie mir sanft den Schirm aus der Hand winden und sein aufgespanntes Dach über meinen Kopf halten, rufen Sie flüsternd, vier verlöschte Jägerzeilen! durchnäßt! ach Sie sind ja völlig durchnäßt! .. und Geräusche in Wasserburgen .. so daß ich Ihre Stimme nur ahnen konnte so daß ich nicht wußte in welcher Stimme sie waren .. also Auszierung eines der metrischen Form des Verschlusses vorausgehenden Tones, wie wenn Sie schelmisch und rätselvoll, tappend und hüpfend mit vorgebeugtem Nacken mich fragen OB ES TATSÄCHLICH SCHON MEINE BAHN SEI die mich Ihnen entführen soll, elektrische Flügelbahn : nämlich mit Wechselköpfen / so drehen wir immer aufs neue nach einander die Köpfe, schwenken die Schirme, lassen Tücher flattern, werfen die Hüte in die Luft, winken lange zurück / oder Verbrüderungsbuch, Wange an Wange, Wimperngebüschel, Geflüster, wie lebhaft hat mir das Herz gepocht! Liebkosung und Schelmerei! / und ziemlich zu küssen, das Wassergerüst, die Rassel der Sandkörner, die losen Pistazienfrüchte, die leeren Schoten wie Narrenglöckchen, in Ihrer Hand!
Eisgarn und Nasenflöte, Diaspora / Samen / ach Sie streuen ja alles aus! : wir zogen vergnügt durch die stillen nächtlichen Straßen der Stadt, lugten zuweilen ins undurchdringliche Dunkel eines in

Augenhöhe offenstehenden Fensters und lauschten dem Atmen der fremden Schläfer dahinter, Kopfregister, die affektiven Momente, rufe ich leise, Sie durchdringen die schweren Träume mit Ihrem zarten Schotengerassel, Sie erlösen die Träumenden! indem Sie einen Regen zierlicher loser Hülsen über ihren Schlafhöhlen niedergehen lassen! : solch rieselnde Blumensaat, und Fußgebete gestammelt ..

das Erfundene das Wechselköpfige, das Schmettern im Herbst einer einzelnen Amsel im kahlen Baum vor dem Fenster, es mute beinahe an wie ein Traum, und es sei eine unbeschreibliche (feine) Erfahrung gewesen, sie habe dann *beim Hinausblicken aus dem Fenster plötzlich nicht gewußt welche Tageszeit sein könne* und es sei ihr durch den Kopf gegangen AM EHESTEN NACHMITTAG – es sei düster gewesen, ein nasser trüber Novembertag und ihre Füße hätten sie wie von selbst von zuhause fortgetragen und zum Tor seines Hauses hingetragen, durch die beiden grauen Lichthöfe hindurch in den Flur und ans Treppenhaus dessen Schacht sie mit verhaltenem Atem bis in die Höhe verfolgte, sie habe dann, obgleich sie etwas wie eine Warnung, ein alarmierendes Unbehagen empfunden hatte, auf dem Klingelbrett den Klingelknopf unter seinem Namen zögernd gedrückt und gehört wie oben an seiner Wohnungstür

innen das Läuten ertönte, sie habe sogleich das Bedürfnis gespürt WEGZULAUFEN, nämlich ehe er vom obersten Stiegenabsatz aus sie entdeckt haben würde, er sei aber schon hervorgestürzt und in erschrockenen Sprüngen zum Stiegengeländer gelaufen und habe in den Treppenschacht hinuntergeschaut, nämlich er habe erst lange hinuntergeschaut als könne er nicht begreifen daß sie gekommen sei, er habe lange durch den Treppenschacht auf sie heruntergeschaut ehe er leise rief WOLLE SIE HERAUFKOMMEN ODER SOLLE ER LIEBER HINUNTEREILEN ZU IHR?
es habe ihr die Kehle geschnürt und sie habe kein Wort zu sagen vermocht, sie habe den Kopf weit nach hinten gekippt und habe schweigend aufwärts in sein entferntes Auge geblickt / STATUETTE DES WESENS / eigentlich sei er über ihr Kommen befremdet gewesen, als sie ihm aber bedeutete sie sei nur gekommen um ihm alles für seine Reise Nötige zu übergeben, habe *ein plötzlicher Stimmungswechsel in ihm* dazu geführt, daß er sie mit einem freundlichen Lächeln einlud zu ihm zu kommen, ja, daß er ihr winkend entgegeneilte um sie hinaufzubegleiten /
es mute beinahe an wie ein Traum, es sei eine unbeschreibliche (feine) Erfahrung gewesen, sie habe plötzlich über dem Stiegengeländer, dort wo er gestanden war, die blaßgrüne Schönheit eines gefiederten Paares wahrgenommen : allmählich die gesamte betörende Pfauenrotte mit sanftfarbe-

nen Schleppen und Trauerschmuck, danach habe sie plötzlich den Schlafmohn gesehen, und hinter den wehenden Mohnblumenbeeten *das stufenweise Rosa* eines verzehrenden Farbengewitters / nämlich Ablaß, und das Ablassen : Amaryllis und Papageienschwalben, sie habe sich an diesem Bild festgesaugt, und sie habe es begierig in sich eingesaugt, und sie habe diese Betäubung als Trost empfunden – sie hatte die Szene zu wiederholten Malen vor ihrem inneren Auge abrollen lassen : sie habe zu ihm hinaufgerufen DASS SIE ALLES MITGEBRACHT HABE : Meersalz, Mohnlakritze, das Weihrauchfaß, das Fläschchen mit dem Weihwasser, die Himmelfahrtsblume, Glocke und Horn /
es mute beinahe an wie ein Traum, und während sie ihren Kopf auf ihre Brust habe sinken lassen, habe ihr Auge Hausbriefkasten und Klingelbrett als EMBLEME wiedererkannt /

ein schöner Wahn, habe sie gerufen, Amaryllis Jasmin, es mute an wie ein Traum aber es sei vor allem ein Wahrnehmungsphänomen gewesen : beim Eintreten beschlugen sich seine Gläser vollkommen, er verharrte regungslos in der Mitte des Raumes, streckte die Arme wie verlegen ein wenig nach hinten vom Körper ab, verrenkte die Flügel –
bei manchen Darstellungen liegen Augen auf dem Buch das er trägt, sie habe ihn oftmals in ihrer

Vorstellung wiedergesehen, zuweilen bringe er Blumen mit wenn er sie besuche, er blicke ihr dann freundlich ins Auge, rücke den dichten kurzstieligen runden Strauß kopfnickend und lachend näher an ihr Gesicht und wiederhole, indem er den Oberkörper im Ansatz einer Verbeugung ein wenig nach vorne bewege, mehrere Male die freundschaftlich knappe Grußformel –
es mute beinahe an wie ein Traum : zwischen zwei Atemzügen habe er Wollgras und Haselrute, die Blüte des Goldlack, das zitternde Schleierkraut wiedererstehen lassen vor ihr, und *im Tränengefolge* in den Gehölzen seine (himmlischen) Fußglöckchen vorgezeigt /
der arme Fuß der rauchende Fuß / ein Durch-Imitieren ein Wandern durch ein Motiv, so habe er Steine zum Reden gebracht, und Fußgebete gestammelt . .
bisweilen Schreckspur, Halluzinationen aus einem Baum, wehende Pollenkörner im Wind, oder Mehlplättchen als habe es Staub geregnet, das plötzliche Wiederauftauchen seiner staubigen Wanderschuhe, beim Abstieg die weiße Staubschicht auf seinen Schuhen, es habe ihn an ihre Gewohnheit erinnert, bei nahezu jeder Witterung Tennisschuhe zu tragen –
in Reisespuren, wir gruppieren uns dann, eine unbeschreibliche (feine) Erfahrung : wir starren gebannt auf die schnell welkenden Stiefmütter-

chenbeete, zu unseren Füßen, in der Abenddämmerung : das *Hineinwerfen der Gärten*, rufe ich, ins Meer oder in Quellen, die schnell welkenden Pflanzenfiguren, im Gras, zu unseren Füßen, *als aquarellierten Sie es geschwinde*
ein schöner Wahn, ein Geheimnis von Liebe, ein ungewöhnlicher Effekt : das feucht schimmernde von Tränen glitzernde Pfauenauge über den ganzen Körper verteilt und zu allen Stunden der Nacht von einem Blütenstand zum andern gewechselt, mit leichten Poren und ganz der Anschauung hingegeben so treiben Sie mich mit geöffneten Armen still vor sich her, in sanfter Erschöpfung lehnen wir dann im Stehen gegeneinander und rufen wie aus einem Munde : welch verwirrendes Glück! die Erregungen des Herzens einander vom Auge ablesen zu können, im Nachleuchten des Himmels, in einer Ebene zu Füßen, in meinem winzigen Gartenhaus .. und all dies, rufe ich, läßt mich mit einer gewissen Zuversicht an die Möglichkeit neuer Lebenszusammenhänge denken / ohne daß es uns leichter fallen sollte, Rückschlüsse auf bisher verborgen gehaltene Stellen zu ziehen /
(Fellfetische / Affenpelz – Mondperle Lindenblut)

Tannzapfen, und welche den Affenpelz trug : an ihrem Affenpelz habe er sie sogleich wiedererkannt, er habe sich von hinten in sie eingehakt, und als sie erschrak, habe es ihm Vergnügen bereitet, und er habe sie angelächelt, er habe sie dann *wie zum Scherz angesprochen* und ihr zugelächelt, als habe er sie zum erstenmal gesehen und an ihr Gefallen gefunden, und er wechselte immerfort von ihrer einen zur anderen Seite, neckend und scherzend und lachend –

und welcher neckend und scherzend umherflatterte : und sie umflatterte, sie mit zunehmendem Verlangen umflatterte und sie immer näher betrachtete und ihre Gedanken von ihrer Stirn abzulesen wünschte und ihre Gefühle zu erahnen nicht aufhören wollte und alles zurückzunehmen bereit war was ihr mißfallen haben mochte : so daß sie alsbald, im Empfangen solcher Huldigungen unerfahren, sich verwirrt und verlegen zu fühlen begann und sich einerseits umgänglicher verhielt als es ihrer Art entsprach, andererseits das nach Rückzug verlangende Unbehagen mit einer forschen Unnahbarkeit zu übertönen suchte, was ihr nun obendrein eine Empfindung von Verstörtheit und Schmerz beibrachte, obwohl sie längst erkannt hatte daß alles nur Spiel sei – er habe sie später, unmittelbar nach ihrem ersten Telephongespräch dieses Morgens nochmals angerufen um ihr zu sagen daß er wegen der *richtigen Bezeichnung des Fells* nachschlagen wolle – sie aber habe nicht warten wollen, sie habe ihm vielmehr zuvorkommen wollen und habe ihn

angerufen und ihm gesagt daß sie die *richtige Bezeichnung des Fells* schon gefunden hätte – : da habe er sich jedoch schon anderen Geschäften zugewandt gehabt, und er habe es ihr höflich zu verstehen gegeben, und sie habe schließlich zu ihm gemurmelt ob sie einander wiedersehen würden, und er habe lange geschwiegen und zum Ende zweimal tief geseufzt –
sie habe aber das Ende des Gesprächs nicht annehmen wollen und habe noch ein paar Sekunden auf ein beruhigendes oder ausgleichendes Wort von ihm gewartet, stattdessen habe sich eine beängstigende LEERE ausgebreitet zwischen ihnen : so daß sie am liebsten SOFORT habe auflegen wollen : aber irgendetwas, irgend ein unersättlicher Trieb in ihrem Innern habe sie dann noch *das Auflegen des Hörers seinerseits* abwarten lassen –
sie habe sich dann, wo sie gerade stand, niederfallen lassen und sei in einen halbschlafartigen Zustand versunken aus welchem sie durch ein schwaches Geräusch bald wieder aufgeschreckt worden sei : als tappe jemand zur Tür, oder ans Fenster, vereinzelte Tropfen schlugen sacht gegen die Scheiben später heftig und mehr / MUNDOHR : GERÄUSCHEHÖREN / als der Regen geendet hatte, hielten sich noch zwei oder drei große lappige Tropfen an dem oberen Teil des Fensters, ohne abzurinnen / die Analogie habe ihr eingeleuchtet, es sei vielleicht nur ein vielfältiges Spiel von Berührungen gewesen / sie habe sich weißgeklei-

det in der Mitte ihres Zimmers auf einen Stuhl niedergelassen und alles nochmals von Anfang an zu überdenken gewünscht ..
das Wechselköpfige, und in der Farbe der Freunde, es mute beinahe an wie ein Traum, ich sehe Sie wieder vor mir, Sie haben mich eingeholt, Sie schieben von hinten wie um mich ein wenig zu schrecken, Ihren Arm unter meinen, Sie haben mich wie zum Scherz in der Straße angesprochen und mir zugelächelt, und es hatte Ihnen Vergnügen bereitet zu sehen daß ich tatsächlich ein wenig erschrocken war /
Hiatus, rufe ich, Lichtpocken! Schwitzbläschen an der Lippe, ein angstvolles Weiten des Auges, ein Schwenken der Flügel / wie wenn ein Vogel erschrocken auffliegt (Fetische, Flügelkleid) : meine Wange ruht jetzt an der Ihren, hebt wieder ab –

ein Schreibgerüst so nervlich Ihre Gedichte, ein geretteter Tag als Ihr Brief ankam und ich, auf meinen linken Arm gestützt immer von neuem lese was Sie mir schreiben, zuweilen will es mir vorkommen, Sie bedienten sich ohne Absicht einer geheimnisvollen Zeichensprache, ja, farbenfrohen Flaggensprache, Sie schienen weißgekleidet, Ihre Hautfarbe rosa und weiß, *dies stufenweise Rosa*, : unvermittelt Unüberhörbare Ihrer

Sprache, rufe ich, Doppelbrechung in Ihrem Stil, der abgespiegelte Baum im Wasser des Teiches, vor Ihrem Fenster, so sehe ich Sie diesen Sommer *allmählich, in allen natürlichen Wesen* : pastos in flüssigen Zeichen und Zeilen, in großen weichen dick fließenden Schriftzügen, Sie erscheinen mir heute so weiß wie das Licht dieses Zimmers, vor Laune und Angesicht nämlich pastoser Sommer mit hundert Reigen, Sie wirbeln im Reigen der Vögel, im Himmel, stäuben als perlender Schweif lichter Fontänen über die blütenschwärmende Erde .. variabler Wind : und pausbäckig aus der Wiese mit Stiefmütterchenblick – wie liebe ich Ihren Duft im Jasmin, in den blassen Robinienblüten ..
ach die wächsernen Blumen, rufen Sie, Flanke der Alpen! die entlegenen Freuden / abgespiegelter Baum .. und gegen Mittag Mitternacht fallend, die Maigewänder die Rosenblätter betupfend / und durchsichtig wie eine Hand vor der Sonne – Schmächtigkeit von Sakrament – das süße das erfundene Schmettern der Vögel, ein fegender Wüstenwind, ein pastoser Traum, ich liege an Ihrer Seite, verschränke die Arme unter dem Nacken, bedenke alles, sehe mich selbst, wie ich hochaufgerichtet unter einem Säulendach stehe, eine weiße Gestalt, mit hoher Kapuze die über die Stirn fällt ..
wie schön es ist Ihre Stimme zu lesen! : solche Lichtkrümmung, rufe ich, -brechung! als könnte

ich Ihre Stimme in ihrer biegsamen schlanken Behendigkeit wahrnehmen!
ein Durch-Imitieren ein Wandern durch ein Motiv : SIE FABULIEREN SO VIELE LÄNDER! : die Kalligraphien, Löwenköpfe aus Gips, gehäufte U-Reime, Luftgewirr, im Krebs der Umkehrung ein Gewimmel von dunklen Gestalten, ein verwildertes Wasser –

nämlich, so rufen Sie lachend, die Iris und von der Farbe der Freunde der Himmel, Sie wollen zu Freunden aufs Land, nur wenige Tage, und um zu sehen wie weit der Sommer gediehen sei

die glitzernden Wasserrisse, und ganz der Anschauung hingegeben aus der Ferne sehe ich diese Stadt, und vor meinem Fenster glänzen die Zweige, ein Geriesel der Sprache erinnern Sie sich, rufe ich leise zu Ihnen, wie Sie mir stockend darüber erzählten und zwischendurch auflachten als habe Ihnen dies alles nichts anhaben können : jemand habe auf einem der belebtesten Plätze der Stadt, im Gewimmel der Menge, plötzlich in Ihrem Rücken etwas zu Ihnen gerufen und obwohl Sie es nicht verstehen konnten und nicht wußten was es bedeuten solle FÜHLTEN SIE SICH AUFGERUFEN nämlich Sie fühlten sich alarmiert, in Unruhe versetzt, und gewarnt – es sei ein heller

Tag gewesen und ein gleißendes Mittagslicht, aber plötzlich habe jemand die Hand auf Ihre Schulter gelegt und Sie beim Namen gerufen : Sie seien erst einen Augenblick lang wie gelähmt vor Schrecken stehengeblieben und hätten es nicht gewagt sich nach demjenigen umzuwenden der Sie gerufen und Ihnen die Hand aufgelegt hatte, sondern hätten vielmehr, wie es Ihrer Art entsprach sobald hinter Ihnen etwas vorging das Sie nicht verfolgen konnten oder sobald hinter Ihnen durcheinandergesprochen wurde ohne daß Sie die einzelnen Worte sogleich zu verstehen imstande waren, eifrig zustimmend oder beflissen nachgiebig mit dem Kopf zu nicken begonnen und sodann ein paar eilige Schritte versucht – die Stimme in Ihrem Rücken jedoch habe sich enger an Sie geheftet und etwas von SCHULD, Ihrer großen OFFENEN SCHULD gerufen : dabei habe der heiße Atem Ihres Verfolgers einen Augenblick lang wie mit sengendem Strahl Ihren Nacken berührt –
so hätten Sie schließlich Einsicht in die Bedeutsamkeit der Umstände gewonnen, jener ungewöhnlichen Begegnung die Ihr Herz zu Tode erschreckte /
es blieb gerade noch so viel Zeit daß Sie mir zurufen konnten SEHEN SIE! ACH SEHEN SIE DOCH! WIE GEFIEDERT DER ENGEL ALSO SCHRECKLICH UND MIT EISERNER FITTICHHAUT ÜBERWACHSEN, zu mir in meiner Tiefe wo ich stand . .

das finstere Schwindelgefühl, auch sei zu befürchten daß Petrarca nur noch in alten vergriffenen Ausgaben zu haben sei, hier der Brief auf welchen sich seine Paraphrase beziehe –
die Koinzidenzen, das Foto im Grünen! rufen Sie, STATUETTE DES WESENS! ich stammelte Unverständliches, murmelte vor mich hin, fühlte, daß meine Lippen Worte formten aber im Ansatz verstummten, allerlei Unglück, rufe ich, ein finsteres Schwindelgefühl, die traurigen Schlösser, rufe ich, Kottingbrunn, die Männer haben einen Steinturban auf / *es* (sie) habe *gebrodelt :* er möge verzeihen –
was das denn bedeute? habe er, ein wenig ungeduldig, gefragt –
ach sie habe (herumgebrodelt), den ganzen Tag, den ganzen Abend nur von sich selber geredet : er möge verzeihen!
solche Lichtkrümmung, -brechung, sie nehme ein schwaches Schwindelgefühl, eine veränderliche Körpertemperatur wahr, etwas sei in ihr, zwischen ihnen ins Schwanken geraten, sie ahne ein leichtes kratzendes flüchtiges Räuspern, ein zögerndes Seufzen –
auf ihre Frage, *ob er ihr noch gut sei?*, habe er ausweichend geantwortet, die Lippen eingezogen, seine Hände zwischen seine übergeschlagenen Beine geklemmt, er sei durch ein plötzliches

Gefühl von Fremdheit geradezu gezwungen gewesen, eine abweisende Haltung einzunehmen / STATUETTE DES WESENS / er sei, den Kopf in die Hände vergraben, dagesessen und habe zu nebensächlichen Anliegen und allgemeinen Formulierungen Zuflucht genommen /
sie habe dann, während eines neuerlichen Schwindelanfalles, *hinter sich die plötzliche Nähe eines Gegenstandes oder einer Person* als etwas so Störendes, ja, Bedrohliches gefühlt, daß sie dieser Umklammerung sofort habe entkommen wollen : sie habe sich umgewandt, um der Gefahr ins Auge zu blicken, aber auf ihrem Kopf die hohe Kapuze habe die Sicht behindert / ich träume dann Sie halten einen Fächer, oder eine gelöschte Fackel, dicht an den Boden und blicken mich vertraut an, Ihr Haar etwas schütterer als früher, *die linke Hand wiederhergestellt* : aber ich konnte mir während des Träumens nicht erklären was Ihrer Hand zugestoßen sein mochte, ein künstliches Gelenk wie bei Gliederpuppen beweglich, und es knirschte ein wenig wenn Sie es drehten . .
ABER ER TRÄGT KEINEN RING MEHR (LAPISLAZULI)!, denke ich verwirrt und erschrocken und blicke nochmals auf Ihre Hand . . Ihre Stirn . . und indem ich mich ausrufen höre ACH AUFGESPROSSEN! WIE SCHÖN SIE SIND! VERSCHIEDEN GENARBTE BLÄTTER AN IHRER BRUST / Pigmentverlust, Feuermal /, wird es mir klar daß ich eigentlich RESTITUIERT gemeint hatte : Ihre Hand, rufe ich, Ihre

Hand wiederhergestellt ebenso Ihre Brust, Ihre Füße, Ihre Lende, Ihr Knie, die zärtliche Zunge, des Instruments .. und daß eine Stellvertretung *nämlich Ersetzungstraum* mich irregeführt haben mußte / durch einen schweren Unfall in Ihrer Kindheit wurde Ihnen die Kuppe des Mittelfingers der linken Hand bis auf den Knochen abgetrennt, das vernarbte Fleisch trug dort einen winzigen krallenartigen Nagel : welchen ich seiner absonderlichen Form wegen oftmals betrachtet und mir eingeprägt hatte / ein künstliches Gelenk wie bei Gliederpuppen beweglich, und es knirschte ein wenig, wenn Sie es drehten

innerhalb des Kessels, rufe ich, wie wenn bei kleineren Instrumenten die auf einer Pinne aufsitzende Nadel über einem Zifferblatt spielt, während bei größeren meist mehrere an der Unterseite angebracht seien
ein Durch-Imitieren ein Wandern durch ein Motiv, liebreich ins Journal getragen Fußnote wie Quelle in meinem winzigen Gartenhaus, der Flug der Jahreszeiten, das Vorbeiflitzen der Zeit, eben ein Jahr vorüber, eben soeben ein Jahr verstrichen, und habe man nicht bereits das Ende des nächsten Jahres vorweggenommen?
im feuchten hochgetürmten Fichtenwald *der Kuckuck vom Vorjahr*, die zärtliche Zunge, des Instruments ..

meine Frage HABEN SIE MIR ENDLICH VERGEBEN? läßt mich von neuem in Tränen ausbrechen, ich sehe wie Sie mit weit aufgerissenen Augen sich halb von mir abwenden, die Brille absetzen, mit einem Lappen aus Rehhaut darüber wischen – Sie tragen eine andere Brille! rufe ich, Sie sehen so jung damit aus, Sie tragen einen Ohrring aus Gold, einen kleinen Ohrring am linken Ohrläppchen .. ACH WIE SCHÖN SIE SIND! WIE SCHÖN ES SIE KLEIDET! Sie scheinen heute so weißgekleidet, Sie erscheinen mir heute so weiß wie das Licht dieses Zimmers, Ihre Hautfarbe, rosa und weiß, vor Laune und Angesicht nämlich pastoser Sommer / durchflackerte Nacht mit Tusche gepinselt, darüber zahlreiche farbige Himmel .. silberne Ringe und Glöckchen an Ihren Füßen .. aber ich sehe Sie in der Ferne, ich erkenne Sie über große Entfernungen hinweg als stünden Sie neben mir, ich habe Sie stets mühelos auch über große Entfernungen hinweg an Ihren Bewegungen, an Ihrer Haltung erkennen können /
ein hypnotischer Zustand! *ein Durcheinanderschießen der Fäden!* habe sie sich im Traum zu ihm rufen hören, das nachfolgende Schwindelgefühl habe sich durch einen außerordentlichen Zustand eines nur Sekunden andauernden Bewußtseins einer *totalen Unwirklichkeit* angekündigt : sie sei im Regen in der Straße unter ihrem Schirm gegangen und habe ganz deutlich die *Unwirklichkeit dieser Bewegung* wahrgenom-

men, dabei habe ein schrecklicher Verdacht sich immer mehr in ihr ausgebreitet und ihr ganzes Denksystem allmählich unter den Druck einer bestürzenden, ja atemberaubenden Gewißheit gezwungen : es habe ihr geschienen, daß sie sich, von ihrem Körper abgelöst, in einer anderen, vielleicht jenseitigen, Existenzhaftigkeit befinde welche jedoch *den vertrauten irdischen Verhältnissen täuschend ähnlich nachgeformt war* ..

ein waagrechtes Schweben, es habe sich vor allem um Wahrnehmungsphänomene dabei gehandelt, und wie am Fenster des fahrenden Zuges sausen die Zeiten vorüber, aus einem Traum gefahren / gerissen, bei mäßigem Wind die Sterne fahren über den ziehenden Wolken dahin, als Taschist ein Opiumesser nämlich das rötliche Licht und wie es plötzlich von innen her gegen die Scheiben stößt .. Wüstenstaub Wüstenblumen verzehrt / *dann gibt es noch die Hostie mit der wir Gott essen!*

im Menschengewirr, im Durcheinanderschießen der Fäden, auch er habe sie sogleich wiedererkannt, im dichten Gewühl in der Straße, er sei ihr lange durch das zähe und wie undurchdringlich dahinwälzende Gedränge gefolgt, habe sie eingeholt, sich ihr zugewandt, den Arm untergescho-

ben, sie lachend beim Namen gerufen, und Vergnügen daran gefunden, daß sie aus der Fassung geriet und wie in Verlegenheit, und ganz gegen ihren Willen, einen Augenblick ihre Wange an seine legte oder ihn flüchtig küßte / die Lauscher des Tieres : der Spiegel an seiner Brust, aus seiner Brusttasche ragend, die kleinen spitzen Harken der silbernen Gabel, sein helles Auflachen auf ihre Frage : was es bedeute was es bedeuten solle? – : ein Erinnerungsstück, wie alles übrige, ANGEBINDE, er trage es immer nur wenige Stunden, wenige Tage solange die EINTRACHT anhält, tausche es bald danach gegen andere NEUE STÜCKE aus ..
inmitten von Bäumen Spalieren, in Ihrem KÖNIGREICH : so halten Sie mir die Treue, wenn auch nur über Stunden oder Tage hinaus, die Spindel, die Spiegel, die Lauscher an Ihrer Brust und aus Ihrer Brusttasche ragend Zunge des Instruments, die Glöckchen die Ringe die eingeritzten Blumenmuster auf Ihrer Haut unter Ihrem Kleid verborgen, die Windpfeifen Talismane Rosetten, die runde Trophäe Anstecknadel an Ihrer Schulter, die wechselköpfige Freude, im Rahmen gegen die Zimmerwand / und irgendetwas von Angst / Hesperiden Holundermark Populationen von Raben, die tiefe Spindel des Treppenhauses –

später saßen wir dann, ein paar durch das nämliche Reiseziel zusammengewürfelte Leute, bei lichtem Himmel, in der taufeuchten Wiese und warteten auf den Anschlußzug der verspätet war, die schweigsamen dunklen Frauen hockten wie riesige schwarze Vögel zwischen den weißen und gelben Blumen und schlugen die Augen nieder sobald man sie anblickte oder etwas zu ihnen sprach .. von der Anhöhe aus, wo wir lagerten, konnte ich durch die offenen Waggonfenster der vorbeirasenden Eisenbahnzüge über der jenseitigen Bahntrasse die hellen hinweggerissenen Stücke der anderen Waldseite erkennen, die glitzernden Wasserrisse, Wetterfiguren, und Ansätze von Bergen / und viele traurige Schlösser, rufe ich, niedergeschwätztes Gebot / *ganz so wie der Geist Sie mir in Erinnerung* (brüllt)

auch er habe sich oft an sie erinnert, er habe sie die mehreren Male in der Straße wiederzusehen geglaubt : ICH TREFFE ÖFTERS AUF FRAUEN DIE IHNEN ÄHNLICH SIND – aber sie habe an seiner Stimme erkannt daß es nur eine Höflichkeit war

die Lilien an Ihrer Brust am Ausschnitt Ihres vielarmigen monströsen Obergewands, ach seien Sie nur ganz offen zu mir: WIE STEHEN WIR JETZT ZU EINANDER? WELCHER ART SIND IHRE GEFÜHLE FÜR MICH? : und während ein empfindliches Erschrecken darüber daß ich Ihnen eine solche Frage gestellt hatte, mir den Atem benimmt, aus meinen Augen die Tränen preßt, kann ich an

Ihren verwischten Zügen und weil Sie die Augen niederschlagen, erkennen daß Ihre Antwort eine schmerzliche sein werde, und ehe Sie es mir stockend sagen : SIE HÄTTEN SICH ZIEMLICH ZURÜCKGEZOGEN .. sehe ich wie Ihre Hand – als hätte sie sich vorübergehend aus der Verbundenheit mit Ihrem Körper gelöst und die folgende Heftigkeit abwehren wollen – auf dem Marmortischchen zwischen uns und in halber Krümmung nach oben geöffnet, ZUSAMMENZUCKT! – oder ist es daß ein Stein, schnell und ungestüm der Schwere folgend, unterwegs auf einen Widerstand trifft welcher die auf das endgültige Ziel gerichtete Wucht aufzufangen und abzuwenden vermag .. *eben die Zeit, rufe ich, die es braucht daß Ihre Hand sich vollkommen öffnet und streckt*

ach, rufe ich, Schwebepost einer Hand ICH WEINE DANN WIEDER JAHRELANG NICHT / bin von Sphinxen von Sinnen / Wachszieher Abendpfauenauge, bald Neumond ..

bisweilen Schreckspur Halluzinationen (Tränen) aus einem Baum, und wie sich der Schatten entzieht, überhaupt, rufe ich, *irgendetwas von Angst* die tiefe Spindel des Treppenhauses, mein Blick meine Stimme stürzt Ihnen nach während Sie rasch entschwinden / die jüngste Spindel des Treppenhauses : spitzes spindeliges Türmchen vornübergeneigt *einer kleinen wachsfarbenen Meermuschel* die Sie mir einmal von einer Reise

mitgebracht haben, beinfarbenes Schneckenhorn, Fistel oder Fensterchen so kommt einem die Sprache ans Ohr –
in den feuchten Kehlen der Wassertreppe, rufe ich, und während Sie einen Absatz höher steigen und zu mir, in meiner Tiefe wo ich stand, herunterrufen, und mir erzählen SIE HÄTTEN WIEDER DEN VERWALTER GESEHEN! jenen kleinen alten bärtigen Mann der gewöhnlich im Stiegenhaus bei irgendwelchen Verrichtungen anzutreffen wäre, und Sie fragten sich dann, ob er es tatsächlich gewesen sein könne oder Ihnen nur als EIN ZEICHEN FÜR ETWAS ANDERES erschienen sei : nämlich Herolde, gewisser Personen, sie treten auf und künden jene Personen an die wir suchen indem sie beinahe ihre Gestalt annehmen, ja, bisweilen gelinge es ihnen, eine solche Ähnlichkeit vorzutäuschen daß wir auf sie zugehen wollen, sie in die Arme schließen und ihnen sagen wollen wie lange wir schon auf sie gewartet hätten und wie glücklich wir seien, ihnen endlich wiederbegegnet zu sein
Stellvertreter : Luminiszenzen, werfen Sie ein, geheimnisvoll aufgesprossene Lichterscheinungen, Sie träfen auch manchesmal auf Frauen die mir ähnlich sind / aber am Klang Ihrer Stimme konnte ich erkennen daß Sie mir nur gefällig sein wollten –
Ländereien zottig, und Schwebepost, mit Spiegeln zum Sonnenaufgang gerüstet, mir träumte

Sie beugten sich wieder über die Brüstung, der Wassertreppe, und spähten lange herab, flüsterten lange zu mir NACHTOHR UND NACHTAUGE, streuten Blumen auf mich herab, Ihr Auge ruhte fühlbar auf meinem Scheitel : mit leichten Poren und von der Farbe des Wassers : in drei Phasen den Blick abwärts und aufwärts geführt, wiederholtes Aufblicken, Niederblicken, wißbegieriges tändelndes scherzhaft-listiges knabbernd-knisterndes Liebkosen : Ast der den Ast umschlingt : Flamme in meinem Schädel : ein feuchter funkelnder Stern, äußerste Spitze Lust, ich halte die blasse perlenbesetzte Muschel in meiner Hand, schließe die Finger über ihre feine vornübergebeugte Spitze .. hier! rufe ich immer wieder, sehen Sie etwas Panisches! *die Lilien, rufe ich, schminkten mich weiß und gelb*, als ich mit dem Gesicht tief in sie eintauchte, Festons, Winterlaub, Palmstöckchen, Jahreszeitenembleme : man könne sich beim Durchschreiten der Säle darüber unterhalten wie man sich in einem Garten über die verschiedenen Blumengattungen unterhält nämlich ich hatte herabfallende Blüten aufgelesen für Sie, eine winzige weichstachlige Junikastanie, Glühwürmchen Grillen, einen Splitter vom rötlichen Felsgestein welcher plötzlich auf dem Kiesweg des Gartens vor meinen Füßen lag, ach lieber Valerian, zuweilen wünschte ich, in diesem wunderschönen Sommer alle Tage und Nächte draußen im Garten, auf der Terrasse, verbringen zu können, oder, wie Sie selbst es jetzt tun, IMMERZU UNTER DEM FREIEN OFFENEN HIMMEL ZU WOHNEN

monströse Vielarmigkeit ANGEBINDE / es kommen nämlich dann die Tiere und Sie dürfen keine Angst haben, und während die Pflanzen tagsüber schweigen, kann man sie des Nachts untereinander flüstern hören – der Mann dort hat einen Schäferstab in der Hand und seine zarte bayerische Stimme dringt bis hierher .. die entlegenen Freuden .. oder, wie Giselle einmal sagte, sollte man in dieser Jahreszeit, wie ein Falter, von einem befreundeten Haus zum anderen flattern, allseitig winken und grüßen, einander mit Schmetterlingsfühlern beklopfen, und, Gefühle der Harmonie und Liebe erneuernd, die Genugtuung empfangen dürfen, man wisse sich im Gedächtnis der Freunde behütet und bewahrt, in allen Zeiten, selbst wenn man einmal nicht wiederkommt .. selten genug, rufe ich, überkomme einen ein solch überschwengliches Gefühl der Brüderlichkeit allen Menschen gegenüber, und wenn es geschehe, trete es meist gekoppelt mit der Empfindung auf, überrumpelt worden zu sein .. zähneknirschend, rufe ich, so lasse es einen mehr erschrocken als glücklich zurück –

Verlegenheit, Ratschlüsse und die volle Bestürzung, hier zwischen uns, rufe ich, und jeder in seinem Kleide, so saßen wir, einander aus abgerückten Stühlen betrachtend /

auf dem Seraphinensitz, gaukelnd und torkelnd,

taumelnd die gelben und weißen Falter, Leuchtkäfer, Schwalben / in einem Delirium /
die wenigen Male, rufe ich, als ich *diese Menschenliebe* empfand, hatte ich eigentlich das Gefühl, überrumpelt worden zu sein und war deswegen mehr erschrocken als befriedigt –
an versperrten Pulsen, rufe ich, fühle mich in die Hülse eines tiefen bestürzenden Traumes zurückgeschoben, aber die Traumbilder sind mir gänzlich abhanden gekommen, allmählich scheinen Stücke heraufzuziehen, verschwinden gleich wieder, kehren nochmals zurück –
es verwirrte meine Gedanken, betrübte mich nachhaltig, schüttelte meinen Körper in heftigen Fieberschauern, erstickte die Stimme, preßte die Tränen aus meinen Augen, das lebende Licht, rufe ich, und ein allgemeines Weinen, zu sehen ..
ade Vögelchen ade, ich habe ja alles in meinem Fiebertraum vorausgesehen, Halsöffnung Dornhaube Maschenwerk, mit scharfblauem Perlmuttgriff das funkelnde Waidmesser zwischen uns, ach wie zogen unsere Blicke blank –
wie schrecklich habe jeder dem anderen das eigene versteckhafte Verhalten, den eigenen wortkargen und lauernden Eifer, die eigene nicht endenwollende Gedankenverborgenheit zugemutet, wie sehr habe jeder von uns nur das eigene Anliegen zu verfolgen gewünscht, ja, den anderen als Mitstreiter für die eigenen bedenklichen Bestrebungen zu gewinnen gesucht .. das entstellte Gemur-

mel / welch tiefe Verlorenheit / und später beim Abschied, die quälende Unzulänglichkeit der Umstände wie eine offene Wunde / um der Leiterschaft willen / um der Leidenschaft willen, in meinem Traum so saßen wir lange einander gegenüber ohne uns anzublicken oder mit einander zu reden, so daß mir aus allen Poren das Wasser trat /
bei kahlem Himmel, beim Lesen, er habe die Flasche Wasser angesetzt, und sein Halsknorpel habe sich während des Trinkens ruckweise auf- und abbewegt, die Wirbelströme der Luft, die Betrachtung der Körperwelt, die scharfen ungeordneten Signale von allen Seiten, das außergewöhnlich ungestüme und lärmende Durcheinander der Menschen in den Straßen, das schwanke Weben und Zittern von Welt, *und wie es ihr Bewußtsein nadelspitz durchdringe, später einer angstvollen tiefen Mattigkeit weiche* ..
bei unentschiedenem Wetter / Schlafkäfig Clou leise solange DIE ZUNGE STRAUCHELT .. die Siebenschläfer die Eulen die Grashüpfer die Falter SEIEN BALD AUSGEROTTET, rufen Sie, und unser Freund, der Spinnenforscher, sei plötzlich gestorben –
so habe ich nur auf Sie zu gelesen, aber die Muschel, rufe ich, die perlenbesetzte Muschel habe kein Rauschen bewahrt, solch tiefe Versunkenheit / Augenblicksstimmung
später geradezu Ort, wenn Sie lesen ist immer

Vollmond, oder wenn wir einander begegnen, so habe ich nur auf Sie zu gelesen aber die Muschel die perlenbesetzte Muschel habe kein Rauschen bewahrt, sultanisch Holundermark, rufe ich, erinnern Sie sich, es war ein besonders kalter windiger Tag, an den verschiedensten Plätzen der Stadt war für die Erhaltung des zoologischen Gartens zu einer Sammlung aufgerufen worden : die geduldigen Bittsteller : Elefanten Maultiere Dromedare wurden in den Straßen aufgestellt oder langsam umhergeführt – neben einer beinahe kahlgefegten hohen Platane stand regungslos auf einer dünnen Matte ein abgezehrtes Kamel und blickte mit einer mich erschütternden Ergebenheit vor sich ins Leere / Begegnung Verschränkung, an der folgenden Straßenecke trottete uns an der Hand seines Wärters ein alter erblindeter Tanzbär mit Zaumzeug, Lederriemen und Kette über dem zottiggeschundenen Fell entgegen

später geradezu Ort, stubengroß eines Berges auf weißem Pfad, Sie unterbrachen auch immerzu Ihre Rede, blickten zum offenstehenden Fenster, ich folgte Ihnen dahin nämlich Sie hätten sich von dem *Wölkchen über dem Berg* welches der alten Zahnradbahn entwich, die den Rücken des Berges ruckweise und qualmend emporklomm, ablenken lassen, ja, Sie hätten in Ihrer Rede gestockt und zum Fenster hinausgeblickt und sich immer wie-

der selbst unterbrochen, und vorgebracht, Sie fühlten sich von der Erscheinung dieses Wölkchens verwirrt und belastet / Begegnung Verschränkung, als würden wir, tastend und scheu mit halbgeschlossenen Lidern plötzlich vor einander auf der Hut sein wollen, ohne es uns selbst und einander einzugestehen –
bei unentschiedenem Wetter, beim Lesen, so seien Sie außer sich geraten an diesem Abend, eine tiefe Verlorenheit habe sich Ihrer bemächtigt, ich konnte sehen wie Sie mit geschlossenen Lidern in der entferntesten Ecke des Zimmers saßen und sich fächerten, und daß die linke obere Scheibe der Glastür welche zu einem Nebenraum führte in der Form eines abnehmenden Viertelmondes herausgebrochen war und die Splitter auf dem Boden umherlagen / so daß ich Sie warnen wollte, Armzeug Duellsachen Ferse Fuß, ach! sehen Sie sich vor daß Sie nicht in die Scherben geraten . .

außerorts, das Geflecht der Wetterfiguren, DIE DELLE AN IHRER RECHTEN WANGE – – RÜHRT SIE VOM LANGEN SEITLICHEN LIEGEN?
und es war wie ans Fenster geklopft, ein Geriesel der Sprache, rufe ich, und, von einander abgesetzt, ein Geplapper, ein Schmollen, eine Wellenfigur, ein Gemurmel, ein doppelter Schatten, ich konnte sehen, wie Sie in der entferntesten Ecke des Zimmers mit geschlossenen Lidern, auf dem

Fußboden niederkauernd, sich fächerten, und lächelnd den Kopf senkten . .
später richteten Sie Ihren Blick zu wiederholten Malen – indem Sie die Augen weit öffneten und sogleich spaltweise wieder schlossen – in die gegenüberliegende Zimmerecke, wo – den großen kalten Ofen verdeckend – ein Asbestschirm stand an dessen Vorderseite, mit Wäscheklammern befestigt, ein Plakat hing, welches einen schönen dunkellockigen Jüngling in altertümlicher und bunter Tracht darstellte, der, inmitten ländlicher Gegend, mit Schreibmappe und Federkiel ausgestattet, wie sinnend auf einem Viereck-Stein sitzt und dessen Hand den Kopf stützt während die andere zum Schreiben ansetzen will – – das idyllische Bild eines Dichters in Schäferstimmung, rufe ich, es hatte Sie auf geheimnisvolle Weise in seinen Bann geschlagen, ein düster-rotes Gilet, vielleicht Annäherung an *jene nachdenkliche Erleuchtung* – in allen Abstufungen des Blauen und Roten – der Jüngling trug scharlachfarbene Kniestrümpfe die an den Rändern, in der Mitte der Waden, locker umgeschlagen waren und weiche Falten warfen – ein düster-rotes Gilet, darunter ein lichtblaues, offenstehendes Hemd, zu dunkelblauen Hosen, die unterhalb des Knies bündchenartig abschlossen / auf einen glühenden Körper, oder auf eine Flamme gerichtet / so wandten Sie Ihr Auge immer von neuem auf jenes Bild, nahmen jedoch den Blick nach kurzem Verweilen

wieder zurück, ein doppelter Schatten, eine Werk-Eigenschaft, rufe ich, als könnte Ihnen auf solche Weise die Gleichsetzung mit dem Motiv am besten gelingen

später geradezu Ort, ich versuche zu modifizieren, und es sei immer wieder vorgekommen daß Sie ein Wort für ein anderes einsetzten, Sie öffneten die Tür zu Ihrem Schreibzimmer und die beiden Katzen stoben schon auseinander, und Sie riefen mir zu, ach sehen Sie doch DIE KATZEN WIE BLUMEN : EIGENTLICH BLUMEN : WEISSE BLUMEN und schließen Sie nur geschwind wieder ab, die weißen Blütenblätter wirbeln sonst im ganzen Haus umher . .
und als ich Sie einmal fragte wie Ihr Verhältnis zu einer gemeinsamen Freundin gerade sei, flüsterten Sie zu mir, ACH SIE IST NUR EIN EBENBILD . . BEATRICE . . IST NUR EIN EBENBILD . .
. . und es war wie ans Fenster geklopft / vielleicht Drolerie /
aber Sie wandten sich dann mit gekrümmtem Rückenschild ab, und als Sie später an Ihrem Schreibtisch saßen und Ihr Kopf die über das Papier huschenden Bewegungen Ihrer Hand begleitete, fiel mir auf, daß Ihre Füße sich von innen nach außen um die vorderen Stuhlbeine *geflochten hatten . .*
quer über die Fahrbahn, rufen Sie, LAG PLÖTZ-

LICH DIESE GROSSE WEISSE KATZE als wir uns näherten, eine in die Länge wie Breite gezogene weiße Katze, gleich einem lappig geknautschten, in zerknitterte flache Wellen verschobenen Stück Pergamentpapier / so daß wir erschrocken anhielten

eine Ergänzung! eine glühende Drolerie! : sie erinnere sich plötzlich daran, eine Freundin aus ihrer frühesten Schulzeit habe *beim Laufen die langen schwarzen Zöpfe nach vorne gezogen und mit beiden Händen festgehalten* : aber, mitten hinein in das Erinnerungsbild habe plötzlich ihre Phantasie *etwas dazu erfunden* : sie habe das kleine Mädchen wieder vorüberlaufen gesehen, aber seine Hände waren aufwärts gehoben als wollte es alle Welt umarmen und seine Lippen umspielte ein verschmitztes oder aufmerksammunteres Lächeln, während seine schweren schwarzen Zöpfe auf dem hohen ebenen Brustkasten bei jedem Schritt auf- und niederhüpften

das Stück Kürbisschale in der Straße wie grünes Scherbenglas, die *durchscheinend grünen* Schneisen / die Drolerien, die grüne Farbe habe sich manchmal fortgepflanzt, an die Ränder des weißen Schreibpapiers, habe das Blatt dort schraffiert, ein verwirrender Lichtzustand, ein Wolkengebirge im Himmel, eine weibliche weiße Porzellanfigur in einer lichtblauen Sänfte ruhend, eine Abfolge von FARB-ERGÄNZUNGEN habe sich ihrer Wahrnehmung aufgedrängt, nämlich in geheimnisvollen Verzweigungen, das Gelb der Mimosen das Grün des umzäunten Viereckgartens, und zugleich habe sich etwas Leichtes, Beschwingtes in ihr geregt und habe ihr, wenngleich nur für Sekunden einen Zustand vollkommener selbstvergessener Unbeschwertheit vorzugaukeln vermocht

eine täuschende Drolerie / eine Ergänzung / als seien Sie vor die frostbeschlagenen Scheiben getreten und hätten, indem Sie Ihren weißen weißgefiederten Hals in die Luft strecken, und in die Nähe flüstern zu mir, *einen merkwürdigen Tierlaut, ein paar unbestimmte Knurrtöne* ausgestoßen und nachher gemurmelt Sie wüßten selbst nicht, wie es sich zugetragen haben mochte aber Sie hätten einen Augenblick alles Unbehagen und jegliches Gefühl von Behinderung abstreifen können ..
jener flüchtige Augenblick, rufen wir beide wie aus einem Mund, allerhand Naschwerk, Flimmerhärchen, Bärlappiges in die Haut geritzt, *oder das Komische das nicht landen kann* – wir nehmen zwei Stufen auf einmal, fassen uns an den Händen, fliegen die Treppe aufwärts, mit rohem Cape .. während ein munteres Mädchen, leicht lächelnd, mit Sultanslicht und Lilienwappen uns entgegenstürzt, aber an uns vorüber und abwärts eilt, sich nicht mehr umwendet, obwohl ich ihm nachrufe

HALBLAND! rufe ich, überirdisches Stiefmütterchenfeld, es ist ja wie in einem Traum : ein Exkurs in fortwährender zarter Berührung! ein Geplapper ein Schmollen eine tändelnde Wellenfigur! die vielen Lektüren, erfundenen Tränen und Einschübe zwischen den Wörtern . . ach Gezwitscher von Okzident . . oder dem Alb ein Geflunker . . ein schöner Asterikus! – ach die Fledermäuse, Marder, Fasane : chinesisch sind Sie ein Drache der sich zurückzieht / Anemonen Fenchel und Rosen, *das Hineinwerfen der Gärten und Bildnisse* / ich mache mir ein Bild von Ihnen, das Drachenbild, lieber Valerian, das ich für Sie gezeichnet habe, bedeutet daß der Drache ein Ei gelegt hat, in welchem die Pirouettenfigur der Tänzerin mit den fächerartigen Libellenflügeln ganz zerknittert, zusammengefaltet, eingeschlossen liegt ehe sie eines Nachts ausschlüpfen und ihre Schönheit enthüllen soll / Sie sind im Sternbild des Drachen geboren / Werk-Eigenschaft, rufe ich, NACH-ÄFFCHEN, zu Ihren Füßen Goldlack und Wiedehopf, die Lilien als ich mit meinem Gesicht in sie eintauchte, *schminkten mich weiß und gelb* . .

eine Ergänzung! eine täuschende Drolerie, die Annäherung hatte etwas ungewollt Komödiantisches an sich, rufe ich, um uns zur Begrüßung ins Auge blicken zu können, war es unumgänglich daß

wir vor einander tiefe Verbeugungen machten : nämlich das Fähnchen zwischen uns, rufe ich, mit dem Piktogramm einer Eistüte, das an der Tür des Gemischtwarenladens hing, *verdeckte während der wenigen Sekunden des Aufeinanderzugehens unsere Gesichter und Oberkörper vollkommen* : es hatte etwas Komödiantisches, ja Burleskes an sich, rufe ich, wir verbeugten uns vor einander und blickten so von unten her mit hervorgepreßtem glucksenden Lachen einander an, es hatte etwas Anekdotisches, Schelmisches, etwas Versteckt-Heiteres an sich, wir hüpften auf einander zu, wirbelten im Kreis, fielen einander vergnügt um den Hals, tätschelten mit übermütigem Lachen einer des anderen Schädel –
mäßige Terrasse, später geradezu Ort, das wechselte in den Stimmungen, der Wind wendete pausenlos das Laub in den Kronen der Bäume, rufe ich, Sie wechselten pausenlos Ihre Stimmungen, bei stark wechselnder Laune, und es war wie ans Fenster geklopft, die schnell welkenden Blumen im Gras, und allerlei Unglück, das Wechselköpfige Ihrer Gefühle, rufe ich, ein Lachen-Weinen und umgekehrt wie ja auch Kinder leicht von einem zum anderen wechseln / ein Augenführer ein schöner Wahn, Werk-Eigenschaft, die entlegenen Freuden, das wasserfarbene Pfauenauge über den ganzen Körper verteilt, sie könne die feuchten Wimpern seines Augs an ihrer Wange spüren, ihre Hand zu küssen habe er sich

von den anderen weggedreht wie um eine Träne abzuwischen / nämlich Gebetsrufe, SCHÄDELUNGEN, in innig angepreßten Momenten .. sie erinnere sich, seine ersten Briefe seien in krakeliger Schrift und *mit Bleistift geschrieben gewesen,* und es sei überhaupt nicht ein Zeichen von Gleichgültigkeit oder Geringschätzung gewesen, sondern ein Trippeln auf Zehenspitzen, ein behutsames sanft-versteckhaftes Näherkommen, ein beinahes Flüstern .. ein Geriesel der Sprache, ein Geplapper, ein Schmollen, eine Wellenfigur, ein doppelter Schatten .. schon hat es sich fest mit meinem Herzen verwurzelt sodaß ich beinahe nicht mehr weiß ist es von Ihnen oder von mir? und Ihre jähen Wechsel und Umschwünge liegen mir, denn ich muß sie gegen die alltägliche Neugierde halten, als einzige Abweisung

in allen Abstufungen des Blauen und Roten, und indem Sie Ihren großen Fächer dicht an den Boden halten, mache ich mir wieder ein Bild von Ihnen, düster-rotes Gilet, vielleicht mißlungene Annäherung an ein Motiv, rufe ich, verfehlte Liebkosung, in allen Abstufungen des Blauen und Roten, ich äuge ins dunkle raschelnde Astwerk, in die höchsten Zweige des Wipfels der Linde, dort schwanken noch Blüten im Wind, der Wind wendet pausenlos das Laub in den Kronen der Bäume, und nach dem folgenden Regen schien die Erde wie neu zu dampfen, der Gewitterhimmel in blendendes Gelb und Orange gehüllt, im Gartenviereck die dunklen Rabatten, die violetten Beeren .. ein rotes Wams .. in den blakenden Scheiben der Fenster von gegenüber verfing sich die Flamme des scheidenden Tages / Knotenschnur, flüstere ich, wenn man es innerlich liest, die FARB-ERGÄNZUNGEN, KLANG-KOMPLEMENTE, einer einzelnen Vogelstimme, einer zusammengebüschelten Stimmenanhäufung vergleichbar, die glitzernden Wasserrisse, zitternden Wellen, die Wetterfiguren, und *Ansätze von Grün-Sehen* plötzlich auf dem Asphalt in der Straße, und Gelbes, schraffiert, ein Vorüberflitzen in Blau, geheimnisvolle Verästelungen, dann sehe ich unsere beiden Gestalten und unsere Schatten gegen die dichtesten Baumplätze der Felsen geworfen, in einem natürlichen Winkel, aber ich phantasiere dann, rufe ich, ich phantasiere das Warten auf etwas, als würde man sich, vom täglich entleerten Postsack über der Schwelle, *an jedem Morgen etwas ganz und gar Umwälzendes, eine entscheidende Veränderung aller Umstände erwarten ..*

später geradezu Ort also UMGANG oder PLATEAU, von einer Brüstung kleiner Säulen umgeben, die Wölbung des Wassers und wie es mit Gebraus hervorbricht daß man die Stimmen der Nächststehenden kaum mehr vernehmen kann, das Wasser steige und springe in gekrümmter Form in die Höhe und falle wie ein schleiernder Regenbogen mit leichtem Dröhnen in die Mulde des Felsge-

steins zurück / ach sagen Sie es mir, seien Sie deswegen ins entfernte Gebirge gestiegen weil ich es vorher geträumt hatte, weil ich Sie dort in meinen Träumen gesehen hatte? wie ist es aber dann zu erklären, daß ich das Ziel Ihrer Wanderlust träumend vorausahnen konnte, ehe Sie selbst wußten wohin es Sie ziehen würde?
ach! Scheinlandschaft, ich phantasiere dann eine Scheinlandschaft, rufe ich, ein leuchtendes Wolkengebirge, seine durchsichtigen Flanken von gläsernen Strähnen durchzogen, die Mitte des unteren Randes in der Art altertümlicher Pergamentrollen ein wenig geschürzt oder gestülpt – etwas Landläufiges, rufe ich, Wiedehopf, Donner und Blitz, und während Sie stundenweise ein Licht anzünden –
Mehlplättchen Federherz als hätte es Staub geregnet, die fest verschlossenen Lilienblüten vor meinem Fenster, im Morgenlicht : blasse Schnäbel von Pelikanen, hier unter Zypressen, versunken, die wilde Klematis – Sie sitzen im Hintergrund des Zimmers, in einer Ecke, haben die Augen niedergeschlagen, die Lippen verschlossen, Felsbänder, rufe ich, Kerbe Ritze, des Munds des Blicks, der schroffe Himmel, die dunklen Beeren auf unserem Bett, die kleinen Wachshölzer auf dem Linnen verstreut, affektive Momente, rufe ich, ich belausche Sie! ich betrachte Sie ohne den Blick von Ihnen wenden zu wollen, ich sehe wie Sie in der entferntesten Ecke des Zimmers zusam-

mengekauert sitzen, mit niedergeschlagenen Augen, aufeinandergepreßten Lippen und wie Sie, je nach einer Zeitspanne sich nachdenklich fächern / ich muß es Ihnen eingestehen! rufe ich, ich belausche Sie oft! ich belausche Sie sogar in meinen Träumen! ich belausche Sie gerne, es ist mir nämlich ein unwiderstehliches Bedürfnis, Sie zu belauschen, ich lege wie einen Trichter die Hand an mein Ohr, um Ihr Telephongespräch im Vorraum besser verfolgen zu können, und während die Scham darüber mir die Kehle schnürt und die Angst mich schüttelt, Sie könnten in einem der großen Wandspiegel mein klägliches Abbild erblicken, und Abscheu davor empfinden, wie ich, SCHIEF NACH DRAUSSEN HÄNGEND mich ganz dem Lauschen hingebe, und nun auch den zweiten seitlichen Trichter anlege, um Sie noch näher belauschen zu können / Gemurmel der Ohren! / und Sie mit gedämpfter Stimme nämlich *zu dieser anderen Frau* sprechen und ich in meiner Erbärmlichkeit jedes Wort von Ihnen einzusaugen wünsche, fühle ich, wie das Bewußtsein meiner Lächerlichkeit mich schmerzlich durchdringt und wie, beinahe gleichzeitig, eine schwere Übelkeit mich befällt

schließlich träume ich, einen einsamen saumseligen Ort, Sie haben einen Spiegel an meiner Brust zerbrochen, allerlei Unglück, rufe ich, ein finsteres Schwindelgefühl, ein Anflug von Schwäche und Schmerz, eine lange Betäubung / der Spiegel

an Ihrer Brust, aus Ihrer Brusttasche ragend, Ihr helles Auflachen auf meine Frage, was es bedeute? ein ANGEBINDE, ein Erinnerungsstück wie die anderen, rufen Sie, die Lauscher des Tiers, der Spiegel an Ihrer Brust, aus Ihrer Brusttasche ragend, die kleinen spitzen Harken der silbernen Gabel, Sie trügen es immer nur wenige Stunden, wenige Tage solange die Eintracht vorhält – ach, rufe ich, waagrechtes Schweben, Sie imaginieren lauter kleine Geschichten also Ablesungen meines Gesichts, *und was könnte besser schmecken als dies Salzige!*
später geradezu Ort, das wechselte in den Stimmungen, ein Lachen-Weinen und umgekehrt wie ja auch Kinder leicht von einem zum anderen wechseln, die schnell welkenden Blumen im Gras, und allerlei Unglück, der Wind wendete pausenlos das Laub in den Kronen der Bäume, nach dem Regen zu grünen, und bei stark wechselnder Laune, in allen Abstufungen des Blauen und Roten / es war wie ans Fenster geklopft

Sie warfen dann einen Blick über den Eßtisch auf dem noch die Reste der Mahlzeit lagen, *Sie warfen dann* Ihr Besteck auf Ihren leergegessenen Teller, wie mir schien mit mühsam bezwungenem Ekel / Laune und Angesicht daß es klirrte, erhoben sich von Ihrem Stuhl und traten gedankenversunken ans offenstehende Fenster, einem feinen heiklen

Gefühle folgend, rufe ich und spanne ein Lächeln auf, einem heiklen ambivalenten Gefühle folgend, also irreführend und täuschend, je einer anderen Seite Ihres Gesichtes entsprechend, oder als fühlten Sie sich durch den Genuß ernüchtert, als entledigten Sie sich schleunigst der Rückstände eines verbrauchten Stoffes / die abgeblühten Kügelchen, rufe ich, der einen zarten hypnotischen Duft ausströmenden Mimosenbüschel welche mit lanzenförmigen grauen Blättern in der Vase hängen, und sehr spalierend die neuen Tage eines weiteren Jahres dieses uns auferlegten Lebens nämlich manchmal kommt mir das Wechselhafte der Zeitläufte erschreckend vor, diese extremen Schwankungen des Gemüts, rufe ich, und daß Sie im gleichen Augenblick mich bezaubern und mich verletzen : schwankend und unbestimmt, Unwille und Heftigkeit, Sanftmut und Süße, Laune und Angesicht daß es klirrte, Sie weisen mir die winzigen weißen Punkte auf Ihren Fingernägeln : WAS EINE LANGE GLÜCKSSTRÄHNE VERHEISSEN SOLLE!

etwas Landläufiges, Donner und Blitz, und während Sie stundenweise ein Licht anzünden / ach Ihr zärtlicher Umgang mit Dingen, rufe ich, einmal schrieben Sie mir, Sie *legten* den Brief in den Postkasten –– als hätten Sie in Wahrheit zu sagen gewünscht, Sie *legten* Ihre Wange an meine / ein torkelndes Für und Wider, wie mit verbundenen Augen, rufe ich, solch unüberschaubare

Lebenslage, das Fleisch (vom Wild), der Duft der Wälder, Steppen und Sümpfe, die unterirdischen Ströme, die weißgraue Siamkatze : *Sitzfigur mit verzehrendem Blick :* WIE EINE BLUME!, flüstern Sie, ihre lichtblauen, ja vergißmeinnichtblauen Augen! / : ein verwirrender Lichtzustand der uns umfangen hält . .
später geradezu Ort, ich versuche zu modifizieren, die großen Köpfe der Feuerlilien ragten aus dem Wasser, über den Rand der Plastikwanne hinweg, ohne daß die Stiele den Boden berührten, mit Frühlingsgekratz, rufe ich, *also nie mehr zu Grunde gelangend*
NACH-ÄFFCHEN, die Überflüsterungen, Überlebungen, Überlesungen, die verheißungsvollen Vorgänge, und Erscheinungen, die entfiederten Abläufe, und wie sie mir *ans Herz greifen,* ich fand einen Rosenkranz am Waldesrand, die lichten Perlen wie Rosenknospen geschnitzt, das Kreuz *leuchtete mir entgegen,* aus dem Wald, alsbald die dichtesten Baumplätze aus dem Wald : Giselle kam mir aus dem Wald *entgegen gelaufen,* ich legte ihr den Rosenkranz um den Hals, ein Gewitter kam näher, sie blickte mich fragend an, *griff* wie hilfesuchend nach meiner Hand, ich fühlte wie das warme weiche kissenartige Fleisch ihres Handballens sich in die Höhlung meiner Hand schmiegte, und es *griff mir ans Herz* wie sehr diese Geste ihre beinahe kindlich hingebungsvolle und vertrauende Zärtlichkeit verriet –

später, rufe ich, das Auge verhüllt, einige im Morgenwind wellende Fransen, Mehlplättchen, eine feine Erschlaffung, hatte es Staub geregnet? – »..bißchen nach Badestrand duften und Lilien..« ich betaste die lichtdurchfluteten Fransen, am Fenster, das Wandern durch ein Motiv, und ganz der Anschauung hingegeben –
ich grämte mich dann, nämlich ich konnte Giselles Verdüsterung AN MIR SELBST empfinden, wenn sie Ihre Abwesenheit beklagte und daß Sie immer öfter sich ihr entzögen : aber in meiner tiefen Betroffenheit hatte ich keine Entgegnung bereit, der Atem stockte mir und ich wußte nicht, wie ich es anstellen sollte, Giselle zu begütigen, gleicherweise Sie vor ihr zu entlasten /
nämlich im Windfang, als habe sie sich endgültig in ihre Lage geschickt, sie sei auch bald getröstet gewesen, sie stand im Windfang der Teestube, wo wir gegessen hatten, winkte mir mit den Augen als ich wegging, eine unförmige Pelzmütze auf ihrem Kopf, und ich winkte zurück, es schnürte mir die Kehle zusammen, ein Schmerz und ein Tränenstrom, rufe ich, aus meinem Kopf, als es windete, draußen im Schnee in der bleichen Luft und der Schnee mir in großen weichen Flocken auf Augen und Ohren fiel, und mit leichten Poren / Depeschensprache / einem feinen heiklen Gefühle folgend, rufe ich, klimpern mit leeren Muscheln, Mohnkapseln schütteln, ein Schwenken des Halses –

also außerorts, wie im Traum ein Schwenken des Halses, Kopfwirbel, Schwebepost, Sie scheinen zuzeiten von einer undurchdringlichen Fremdheit umfangen, als hielten Sie sich vorwiegend in Bereichen auf, zu welchen mir der Zugang verwehrt sei / aus einem Traum, das Klimpern mit leeren Muscheln, die Osterluzei, und wie sich der Schatten entzieht, als habe sich etwas Trennendes zwischen uns geschoben / Sie setzen die Brille ab und die Tränen stürzen aus Ihren Augen / im Krebs der Umkehrung, rufe ich, mit welchen Wunschzeichen haben Sie sich umgeben? mit welchen Inversionen? Erbaulichkeiten der Sprache? Umdrehungen der Hand? Umwandlungen der Töne?
und dürfe man nun nicht mehr wie früher mit Ihnen umgehen?

die dichtesten Baumplätze, Scheinlandschaften, entlegenen Freuden – jene Stellen, rufe ich, die ich in der Musik als *unterirdisch* bezeichne, Einsprengsel aus einer anderen Welt, Delirien, Untergespräche, vage Zerreißungen, verzerrte Träume, ein verborgenes Zwischenreich, Abschweifungen eines Flüsterns, und Flimmereffekt..
wiederholte dünne Lachsträhnen, eine Wiederbe-

wölkung, ein Berberitzenstrauch, ein Tafelgebirge im Westzimmer, eine Empfindlichkeit gegen offene Türen, und außerorts, gefiederte Bilder : DIE FLIEGENHEIT DIE AMEISENHEIT, und Dialektik der Unterwerfung : WOLLEN WIR DIESEN FEUERWEHRGRIFF WIEDERHOLEN?

so liege ich wieder still an Ihrer Seite, verschränke die Arme unter dem Nacken, bedenke alles, Sie flüstern WIE HELL ES SCHON SEI und schirmen die Augen : das rötliche Licht und wie es in heftigen Stößen gegen die Scheiben wuchtet, *rosa Fetzchen,* und Tränenstrom / dritter Juli HELIODOR, die Gewittervögel umkreisten uns, die elektrische Flügelbahn bog knirschend und schaukelnd heran, an der Oberleitung blitzte es mehrere Male auf, das nimmt mich wunder! rufe ich, eben war es fünf Uhr früh und jetzt ist es halbe Nacht, wir halten einander umschlungen, ich zünde eines der Wachshölzer, die hier überall auf dem Boden verstreut liegen, an der Unterseite der Tischplatte an, ich höhle die Hand um Sie vor den fliegenden Funken zu schützen, vier aufgesprossene Blitze in meiner hohlen Hand, und übergesprungen auf Ihre altertümliche Meerschaumpfeife, vier Granatäpfel, rufe ich, erinnern Sie sich, versprengte Blutstropfen, dunkle Beeren, versprühte Sterne auf dem Asphalt, *ein rosa Fetzchen,* ein Tränenstrom, eine Strähne Blut verwischt auf dem Gehsteig, aus der Ferne sehe ich diese Stadt, und vor meinem Fenster glänzen die Zweige / zwischen den Sternen, ein Geriesel der Sprache, vier aufgesprossene Blitze in meiner hohlen Hand, übergesprungen auf Ihre Pfeife, vier Granatäpfel, rufe ich, und während Sie behaglich paffend umherblicken, erinnern Sie sich, rufe ich, einmal blickten wir in der Straße, im Dämmer, durch einen in Augenhöhe nach außen aufgeschlagenen Fensterflügel, nämlich wir spähten, *im Strohschein* der schwankenden Straßenlaternen, durch dieses einzelne aufgeschlagene Fenster, das uns den Blick auf eine perspektivische Welt – leicht diffus und verquollen – öffnete, nämlich es vermittelte uns eine verzerrte Sicht auf die am Ende der Straße zusammenrückenden und von einem blaugrauen Dunstschleier verhüllten Baumkronen / geflügelt, und nach dem Regen zu grünen, Sie machen sich dann ein Bild davon, ein Flimmereffekt, auf der anderen Straßenseite, ein altes Paar auf einer Bank, sie schienen ein wenig abgerückt zu sitzen und ihre Blicke schienen in verschiedene Richtungen zu streben aber ihre Füße bewegten sich in einer stampfenden Monotonie im nämlichen Takt gegen die Kiesfläche des Rasenplatzes, auf welchem die Ruhebank stand –

plötzlich, die Gewittervögel, die Krähen, es leuchtete uns bei verhangenem Himmel entgegen, eigentlich Ankündiger einer anderen Jahreszeit!

die Dohlen umkreisten uns, flogen wie dunkle Kranzbanderolen von den schindelgedeckten spitzgiebeligen Häusern / gefiederte Bilder, ein Flimmereffekt, vier Granatäpfel Jahreszeitenembleme, rufe ich, während des Handauflegens, während des zärtlichen Schmauchens, vier gebündelte Blitze, vier aufgesprossene Blitze in meiner hohlen Hand, und verzerrte Träume, diffuses Reiselicht /

in den Augenhöhlen, *eine Paradoxie!* rufe ich, natürliches Wasser über das Haupthaar des Kindes gegossen, Fontanelle Knochenlücke des Kindes, ich kam eben hinzu : und plötzlich, wie mit einem schrecklichen Donnerschlag wurde es mir wieder beim Anblick dieses jüngst geborenen Kindes bewußt : ES WÜRDE MICH UM JAHRZEHNTE ÜBERLEBEN! es würde mir ALLES voraushaben! es würde die fabelhaften Erfahrungen der Verjüngungen dieser Welt über die Jahrtausendwende hinweg als Selbstverständlichkeit, wie Atemholen und Schauen, annehmen, und also erst verspätet die Außerordentlichkeit solchen Vorrangs erkennen können –

in einem jähen Ausbruch : und GLÜHEND GERNE : ich beneidete dieses junge Kind, GLÜHEND GERNE! ich wollte dieses Kind JETZT im Taufbekken sein! GLÜHEND GERNE! ICH LEBE SO GERNE! flüstere ich, und dieses Leben, ich heiße es mit jedem neuen Morgen UMARMEND willkommen, empfinde es immer von neuem als ein erregendes

Versprechen (dessen Einlösung beseligenderweise mir anheimgestellt scheint) – und dennoch! welch verwirrende *Paradoxie* : indem ich mir solche Versprechens-Einlösung mit Leidenschaftlichkeit zumute, sacke ich mittendrin ab, fühle mich unbehaglich, verstimmt, ja, entgeistert! – ach, rufe ich, geheimnisvolle Schwankungen des Gemüts, vor meinem erschrockenen Blick *sprang die Komplementärfarbe über!* – NACHÄFFCHEN, rufe ich, Nervenzerreißprobe, manisches Auge, Erschöpfungszustände, Kopfwirbel Schwebepost /
nach einem Regen zu grünen, auf dem höchsten Rücken der Insel, aus einem Traum gerissen, im Abendlicht im abgeholzten Birkenwäldchen, die betäubendsten Augenberührungen, und blumenähnliche Tiere, DAS IST IMMER BEI MIR : DAS IST BEI MIR IMMER SO .. und abgespiegelter Baum, ein Zackengebirge, wir fliegen an riesigen Vogelfelsen vorüber, in einer Stunde morgen vielleicht, meine Arme meine Augen haben sich wieder zu Ihnen geöffnet, Sie lassen die kleine perlenbesetzte blaßgelbe Muschel in meine aufgehaltene Hand gleiten, DAS IST IMMER BEI MIR, *sind Sie vom Berg gefallen?* DAS IST BEI MIR IMMER, plötzlich standen Sie in der Tür, *sind Sie vom Berg gefallen?*
aus einem Traum gefallen, elektrisches Wetter, und Augenfalle, mächtige Ablenkungen, Schwankungen des Gemüts, aus einem Traum

gerissen, und geflügelte Linnenhaut, edle Andeutungen, Kopfwirbel Schwebepost – diese Schwankungen des Gemüts, rufe ich, diese extremen Schwankungen der Sprache! diese unscharfen Bilder, gleich darauf diese treuen wie kupfergestochenen Bilder! diese *paradoxen* und fieberhaften Umgarnungen, Aufzeigungen, Blickwinkel, Geschehensformen . .
plötzlich, als grobe Täuschung des Auges wirkte sein Haarpelzchen tiefer als sonst im spitzen Winkel in die Stirn gerückt, und nachgedunkelt . . plötzlich, gegen die gesenkten Lider gewirbelt, schien sein prüfender Blick sie zu treffen : so habe sie aufgeblickt, ihm fragend entgegengeblickt und gleichzeitig den Oberkörper gestreckt und aufgerichtet, als hätte sie sich vorher ein wenig zusammengesunken gefühlt : es verwirrte sie und es schreckte sie, und sie habe es sich überhaupt nicht enträtseln können, ebensowenig, sie habe es sich überhaupt nicht erklären können : er habe ihr *zwischen Tür und Angel* und mit undeutbarem Lächeln diesen merkwürdig genarbten Stein zugesteckt und etwas geflüstert, was sie jedoch nicht habe auffassen können, sie habe dann lange auf den flachen ovalen Stein niedergeblickt, welcher die Innenfläche ihrer Hand ganz ausfüllte, und die Zeichnung des Steines habe augenblicklich in ihr drei Erinnerungsbilder aus der Kindheit wiederauftauchen lassen : die gezackten Gravierungen eines Zuschneiderädchens über dem ver-

wirrenden Netz roter, schwarzer und sternchenbesetzter Linien auf einem Schnittmusterbogen, eine nicht vollkommen parallel verlaufende Zahnradbahnspur, und die Vorstellung vom Abdruck eines Haifischgebisses : die winzigen Einkerbungen verliefen an der Vorderseite des Steines in einer Doppelreihe fast parallel, quer über die Mitte, indes verlor sich eine der beiden Linien an der Rückseite am oberen Rande – ebensowenig, sie seien auf wenige Schritte entfernt gestanden, sie habe die Lider gesenkt gehalten und spaltweise auf den Stein in ihrer Hand geblickt, aber sie habe es durch die halbgeschlossenen Lider hindurch gespürt daß sein Blick auf ihr ruhte, ja, sie habe sekundenweise eine Befangenheit nicht abzuwehren vermocht, es habe ihr geschienen, er habe sich ihr mit düsterem Auge genähert : er sei wie mit dunklen Fledermausschwingen gegen ihre Lider getaumelt, so habe sie unwillkürlich die Hand schützend an ihre Stirn gehoben . .

Gemurmel der Ohren, den Stein des Grases, zu sprengen, *er habe ihr Steine gegeben* . . die nassen Gärten, die mehreren schwarzen Köpfe über der Hecke welche unvermutet aufgetaucht waren : eine kleine spähende Schar, und wie in einem Traum eine Hervorragung eines Orts, oder als ob ein blankes Erschrecken, eine Unsicherheit, ein Versagen sie eingeholt hätte . .

versprengte Inselerfahrung, ich blickte nach oben : ein *rosa Fetzchen* im schütteren Geäst einer

Robinie ausgespannt, vielleicht geplatzter Luftballon, Kunststoff-Badekappe, merkwürdig, rufe ich, wie sehr es Giselle und mich in jüngster Zeit zu einander zieht! wie häufig wir einander jetzt aufsuchen!
die vier Grade des Feuers, spalierend, rufe ich, Giselle flüchtete aus dem Wald, sobald ein Gewitter sich ankündigte aber sie liebte es, im Regen ohne Schirm spazierenzugehen, sie fand Vergnügen daran, wenn der Regen sie völlig durchnäßte, wenn ihr das triefende Haar gegen die Wangen klatschte und einzelne Strähnen sich feucht um ihren Nacken schlangen – – sie tänzelte dann über die Regenpfützen, breitete die Arme in die Luft, und klappte das Gesicht lächelnd nach oben als wollte sie *den Regen auffangen* –
Gemurmel der Ohren, einem schleiernden Regen gleich, das dunkle Geraschel vor unserem Tor / Mahlgut verschüttet / so weise alles empfindliche Lücken, quälende Abspaltung auf / unterhalb dessen, geneigter Mond, des Mannes, Plätschern der Wellen, am Glied, von einer Brüstung kleiner Säulen umgeben, das gekrümmte Wasser steige und hüpfe empor, und falle schließlich, einem schleiernden Regen gleich, mit leichtem Gemurmel zur Erde zurück, in die Mulde des Felsgesteins –
die angepreßten Momente, SCHÄDELUNGEN, Zeichen im Sand, die Delle an Ihrer rechten Wange – rührt sie vom langen seitlichen Liegen?

Ausschweifungen eines Flüsterns, Werk-Eigenschaft, Abdruckverfärbung durch Aloe Myrrha Lilienpollen, die dunklen Beeren, die biegsamen Wachshölzer auf unserem Kissen / empfindliche Lebenswärme, schwere Schlingbänder Ihrer Lider .. ich kann Ihre feuchten Wimpern an meiner Schläfe spüren, vielleicht erkennen Sie meinen Namen, Maria heißt die Farbe und Bitterkeit, auch treffe ich viele Gestalten in meinem Traum

alle Heiden! so hätten sich die unergründbarsten zumeist beunruhigendsten Zustände und Erscheinungen gemehrt : sie sei bei einem Klingelzeichen an der Tür der nachbarlichen Wohnung erschrokken hochgefahren als habe es an ihrer eigenen Türe geschellt, sie habe in der vollkommenen und beklemmenden Stille und Dunkelheit des Wintermorgens aus Vogelkehlen *ein rollendes Ausstreuen von Tönen,* – welche in regelmäßigen Abständen und in gleicher Formation endlos wiederzukehren schienen – mit zunehmender Empfindlichkeit wahrgenommen und jeweils im Ansetzen des ersten Tones die weitere Abfolge mit Unlust vorweggenommen, sie habe sich, wie um sich zu wehren, im Bett aufgesetzt, und während aus ihren Poren das Wasser trat, habe sie plötzlich ein Taumelgefühl im Sitzen befallen, später sei sie ausgegangen, um sich an der kalten

Winterluft zu erfrischen aber auch um auf *die allerunpersönlichste und deshalb für sie hilfreichste* Weise ein paar Besorgungen machen zu können : sie habe sich dabei an die Hoffnung geklammert, NIEMAND ZU TREFFEN UM MIT NIEMAND SPRECHEN ZU MÜSSEN, nämlich sie habe vor allem ein Zusammentreffen mit nahestehenden Menschen zu vermeiden gesucht welche mit ihrer Anteilnahme, ja selbst mit anteilnehmenden Blikken, sie immer tiefer in ihre Verstimmung und Verworrenheit zurückzustoßen geeignet schienen, so habe sie, wenn am Ende der Straße eine bekannte Figur aufgetaucht sei, in eine Nebenstraße abgeschwenkt, oder habe ihre dunkle Brille übergestülpt und die Kapuze tief in die Stirn gezogen / beim Durchschreiten einer kleinen Parkanlage habe sie plötzlich bewegt innegehalten : ein vielstimmiger Chor UNSICHTBARER VÖGEL aus den fast kahlen Weißdornsträuchern habe sie mit einer nahen und dichten Wärme umfangen und für Augenblicke ihre Bedrücktheit aufzuheben vermocht

ach lieber Valerian, ich trug Ihren Brief vor einigen Tagen, als er ankam, knisternd in meiner Tasche, als ich durch die verschneiten Straßen der Stadt wanderte, zwischen den eiligen Menschen hindurch, und bedachte in meinem verworrenen Gemüt alles worüber Sie schreiben ein weiteres

Mal – Sie haben schon recht : die schweifenden Toten haben die größte Macht über uns denn sie sind unerreichbar geworden, was heißen soll, daß sich nichts mehr revidieren läßt (»blankes Verhängnis«!) .. hier in den Morgen versunken, unter Zypressen, als wollte die Annäherung an eine Erinnerung immer nur in winzigen Blitzen und mehr als Ahnung denn als wirkliches Zurückblicken auf ein Traumgeschehen gelingen.. Gesellschaftsgärtner, die schuppenden Tränen des Tiers, eine üppige Pflanzengesellschaft .. so habe ich diesen Brief begonnen, Stirnfläche ausgespart .. ach und so nahe am Unglück vorbei / es überschneidet sich alles, ich habe lange das Kreisen der düsteren Vögel über den Dächern der gegenüberliegenden Häuser verfolgt / Duchamps Vorderleib, das Ungenügen wie eine offene Wunde, das blitzhelle Ablassen, Abschweifen, Schaudern, das Rauschen des Meeres unhörbar .. in der Zimmerecke, erinnern Sie sich, gegen eine vorspringende Leiste der Bücherwand gelehnt, die neue Schallplatte, reflektierte an der Oberfläche das in einem besonderen Winkel einfallende Licht der Stehlampe, und Sie flüsterten : Sie wunderten sich wie oft Giselle und ich einander jetzt treffen, und meist an Tagen die Ihrem und meinem Beisammensein folgten oder ihm vorausgingen – wie erklären Sie das? flüsterten Sie, ein Geruch nach Pilzen und feuchtem Gras während Sie die Straße entlang schritten, und es schien aus den Kellerluken zu dringen! ein undeutlicher Zimtgeruch als Sie mein Zimmer betraten, versprengte verkrustete Blutstropfen in der Straße, Milchsterne auf dem Kopfsteinpflaster der Gehsteige versprüht, die doppelte Schwalbe, Schwärme und Schwänze, des Schicksals, die aufgesprossenen Blumen, im Regen, *da sah man schon keine Räder mehr* ..

verbindend anreihend *kopulativ*, rufe ich, das mystische Vieleckbild, die Gewittervögel umkreisten uns, und während wir gemeinsam in einem Fachbuch über moderne Photographie blätterten, und auf etwas wie BELLAS HALBFIGUR stießen, fragte ich Sie, ob es *ihre* Katze sei, die im Vordergrund, in der Mulde des Bettes, saß, als ob Sie darüber Bescheid wissen müßten ..
KOPULA, abgespiegelter Baum, rufe ich, die Anspielung auf einen dem Vorgang des Photographierens unmittelbar vorausgegangenen kopulativen Akt wirke aufreizend, ja, entnervend auf meine Vorstellung, ebenso das Posieren des riesigen schwarzen Katers in der Mitte des Bettes, umso mehr als ich in den Augen des Tieres, welche mit unterschiedlicher Leuchtkraft – das rechte Auge schien verborgener zu glühen – den Betrachter des Bildes anvisierten, das erregende bernsteinfarbene Aufblitzen einer beinah höhnischen Mitwisserschaft zu erkennen vermeinte,

daneben verstreute Blumengirlanden, KOPULA, einer matt schimmernden gleichsam hingeworfenen Taillenschleife, vermutlich Attribut eines eben abgestreiften Nachtgewands, und dahinter, rufe ich, etwas wie BELLAS HALBFIGUR, wenngleich schwer ausnehmbar, andeutungsweise schwankend, verborgene Station –
ein Ausläufer dessen, es beunruhigte mich so, ein Ohrengesumme, Spielwerk, verhüllte Schrift, *da sah man schon keine Räder mehr,* Darstellung eines Traums, eine Wahrnehmung von Unruhe, Zerrissenheit, ein Erschrecken, rufe ich, dessen Ursache ich nicht zu erkennen vermochte und was mir den Atem benahm und die Tränen hervorpreßte, ein Durch-Imitieren ein Wandern durch ein Motiv, erinnern Sie sich, Sie blieben mir oftmals die Antwort schuldig, aber der schief vorgeneigte Kopf sandte Blicke aus, die um Vergebung zu flehen schienen, während Sie mit überkreuzten Beinen, mit in den Kniekehlen eingeschraubten Händen, gekrümmt, vor mir saßen oder mit aufmerksamer Strenge, einem feinen heiklen Gefühle folgend, Ihre Taschenuhr aufklappten und die Zeit ablasen, etwas Empfindliches, das ich nicht deuten konnte, veränderte dann einen Augenblick lang Ihr Gesicht –
ich äußerte die Befürchtung, wir könnten den Zug versäumen, aber Sie schlugen einen Spaziergang vor, der uns wie mir schien immer entschiedener

vom Bahnhofgelände ablenken sollte / endlich mit tiefen Sprüngen, wir nahmen die Stufen zum Landungssteg wo das Fährschiff lag –
erinnern Sie sich, die baldachinartig überdachte und mit schwerem schwarzem Tuch ausgeschlagene Barke, gemahnte an jene alten prunkvollen venezianischen Trauergondeln, wie man sie zuweilen die Kanäle hinabgleiten und vollkommen lautlos in der Düsternis des Himmels entschwinden sieht, Sie wollten daß wir uns übersetzen ließen, ich zögerte noch / ade Vögelchen ade, ich zögerte noch, auf dem Seraphinensitz, die Gewittervögel umkreisten uns /
sie habe es vorausgeahnt, sie habe alles in ihrem Fiebertraum vorausgesehen, sie habe die Weissagung im Traum empfangen, aber als es dann wirklich geschah, sei es ihr *nicht als Einlösung eines Wahrtraums* erschienen, erst viele Monate später erinnerte sie sich jener blitzhellen Abschweifung und schrecklichen Erleuchtung : bei seiner Beerdigung würde ein langes sich zu immer neuen gewaltigeren Höhepunkten steigerndes Unwetter niedergehen, plötzlich die Gewittervögel Krähen und Dohlen, würden wie schwarze Kranzbanderolen von den Firsten der spitzgiebeligen alten Häuser abheben, das Getöse des bäumeknickenden Wirbelsturms würde die Erde erschüttern, und der Leichenzug – in dessen Gefolge sie sich nun selbst aus einer erhöhten Position zu erblicken wähnte – würde einem

schaukelnden, schlingernden endlich strauchelnden Kahne gleich unter den peitschenden Regengüssen und im schaurigen Toben des von kurzen und blanken Blitzen durchzuckten Himmels unterzugehen drohen..

mit sorgfältiger Strenge, er ziehe sich dann zurück, ein Ohrengesumme, ein Ausläufer dessen, verhüllte Schrift, zuweilen könne sie seine Gesichtszüge nicht mehr erkennen, sie könne sich dann seine Gesichtszüge nicht mehr vergegenwärtigen, eher seine im Sitzen niederhängende Hand, sie suche dann nach Erinnerungsstützen, *in den reinsten Verhältnissen, da sah man schon keine Räder mehr* : er fasse sie dann wieder unter und gehe mit ihr hinaus, sie führen dann wieder auf dem alten Tandem ums Haus, er nähere sich ihr wieder mit warmer Beredsamkeit, das Geklingel der Räder vom dumpfen Winde verschlagen das neue Herz ganz verschlungen –

sie streiche ihm wieder wie früher über die Wange, aber er lasse es nur mit beinahe ängstlichem Ausdruck geschehen –

in einer Stunde morgen vielleicht, wir setzen dann über, das Queren des Stromes, gebe ich zu bedenken, ein empfindlicher Aufenthalt, wir würden womöglich den Zug versäumen, und unbelesen, als es ist, durch den Hag gebrochen : wir würden dann vielen Augen als fremd erscheinen..

das Herüberschallen, das Schwirren und Schwärmen, ich habe viele heilige Tiere gemalt, REINES WASSER eine andere Bezeichnung für Tod / das blitzhelle Schaudern, Ablassen, Abschweifen, Ihr Zimmer ist voller Unschuld, ein verborgenes Zwischenreich, Geriesel der Sprache, in welch bedeutsamer und reizvoller Gegensätzlichkeit mein Reden und Schreiben Ihnen plötzlich erschienen ist!
und unverhohlen das Laub der Flamme ein Raub der Flammen, so seien die Anhaltspunkte erhalten geblieben, aber ich bin sehr erschrocken gewesen, als ich heute morgen Ihr Zimmer betrat : die alte Pendeluhr tickte laut, *obwohl Sie gar nicht mehr da sind,* und der Sturmwind im Garten rüttelte an den Bäumen, davon knarrte im Haus das Gebälk, ich lüftete die Gardinen und sah wieder das schwankende Finkennest in der Buche vor einem mächtigen violetten Wolkengebirge .. ein Schwebeeffekt, eine BERGVERWECHSLUNG / geheimnisvolle Koinzidenzen, rufe ich, Sie reiben sich lange die Augen, beinahe mechanisch und flüstern, ja, *schwatzen,* WIE HELL ES SCHON SEI! und, in einer merkwürdigen Sprechbeschleunigung, DIE LILIEN SCHMINKTEN SIE WEISS UND GELB!
ein heller Ruf oder selbstvergessenes Lispeln, und indem Sie die Satzanfänge immer von neuem wiederholen, dabei aber immer wieder ins Stokken geraten, will es mir vorkommen, daß die beharrlichen Ansätze, die verweilende, ablas-

sende, und wiederkehrende Motorik Ihres Sprechens auf eine unbegreifliche Weise mit dem Rauschen der Bäume korrespondiere –
solch anschwellende und ablassende Heftigkeit! rufe ich aus, im Wind im Garten vor unseren Fenstern / Ihre verschiedenartigen Flüstertöne schienen als unbewußte Verknüpfungen, wechselnde Zimmerechos wiederzukehren, eine bizarre fast unbewußte Haltung der Blumen im Glas! die weißen offenen Kelche wie Vogelkehlen / Mayaseife, die Flöte im Turmgerüst, und immer noch Vollmond! wir tranken starken grusischen Tee und zündeten viele Kerzen an
das Herüberschallen, Hereinbrechen, Wippen, die metrische Form einer Abirrung, einer mehrstimmigen schweifenden schönen Zerstreuung – und weitergeträumt, ständig wiederkehrender Traum, in welchem Giselle mir entgegengelaufen kommt, einen Lilienstab in den Händen, und atemlos rufend, ABER ES IST EINE GELSENFLÖTE, ES IST EINE WIRKLICHE SCHNAKENGEIGE! wer in lauen Sommernächten, wenn sie zu Tausenden ihr Unwesen treiben, darauf spielt vermag sie scharenweise zu scheuchen oder zu bändigen, sie lassen dann ab, schwärmen in girlandenhaften Zügen betäubt gegen den Himmel / also ein mechanisches Hängenbleiben, rufe ich, ein Verweilen, *in einem Übermut*, ein echtes Stück Zauberei!
Werk-Eigenschaft, ein Geplapper, ein Schmollen, eine Wellenfigur, allerhand Naschwerk, und

Flimmerhärchen, Bärlappiges in die Haut geritzt, rufe ich, *oder das Komische das nicht landen kann –*
in einem anderen Traum habe Giselle ein riesiges Zellerhaupt über ihrem Kopf geschwungen und dabei mit aufwärts gewinkelten Augen mitrotiert – ein Asterikus! oder dem Alb ein Geflunker, und Gezwitscher von Okzident

Ihr jüngster Besuch, lieber Valerian, hat mich, müssen Sie wissen, in die merkwürdigste Stimmung versetzt : so daß mir plötzlich, absonderlicher Weise, *überhaupt nicht mehr an meiner Arbeit zu liegen schien!* : vielmehr fühlte ich mich in eine LEBENSFREUDIGKEIT eingelassen, wie ich es lange nicht mehr empfunden hatte, ja, ich konnte mir auf einmal mein weiteres Leben GANZ ERFÜLLT DAMIT denken, daß wir uns gemeinsam dem lustvoll-vertrauten Austausch von Erfahrungen der inneren und äußeren Welt hingäben, daß ich Sie anblickte und meine Hand in die Ihre legte, und also in aufmerksamer Beglückung Ihrer heiteren stillen Nähe innewerden könnte

schimmernd und schillernd, hier liegen viele Schmetterlingsflügel umher, auf den Stühlen sitzen kleine Besucher auch Märchen und Kinder, eine lila Tänzerin auf Zehenspitzen, wippt vorüber . .

inzwischen werden Sie meine Zeilen besitzen, eine Brieftaube aus Papier, sowie ein Federchen von einem Nußhäher, oder war es ein Sperber? gestern kreiste ein Bussard über dem Dach, ich konnte durch die geschlossenen Lider hindurch auf eine besonnte Landschaft blicken, aber all die blendenden Umrisse taten den Augen weh, es strengte mich übermäßig an, ganz genau und ohne Angst hinzusehen und hinzufühlen / Jalousie? – freilich, es ist nur ein Zufall, daß ich den Namen des Vogels schrieb, sind Sie ein Kind des Morgens, der Dämmerung oder der Nacht?
die LUFTFRANKREICH (»air france«), oder Helferei, sind Sie lärmempfindlich, oder sind Sie ein Lärmfetischist? ach Sie sind ein verschwiegener ein verschiedener Mensch und verzeihen Sie mir mein törichtes Fragen obwohl ich doch längst alles wissen sollte / an Brust und Wange ein gelber Fleck der nicht abging, ein heftiger Blutaustritt in der linken Armbeuge, ich hatte mich an aufeinanderfolgenden Tagen an der TABORLINIE aufgepflanzt um Sie abzupassen! denn ich war gewiß, Sie würden hier um diese Stunde vorüberkommen .. nach dem Erwachen ließ mich die Vorstellung erstarren, ich hätte Sie in meinen Träumen belästigt, bedrängt, Ihnen nachgestellt, Ihr Vertrauen mißbraucht .. wie elend, wie entmutigt fühlte ich mich, als hätte ich mich selbst verloren, und hintergangen : wir träumen ja meist mit einem so hohen Maß an Wirklichkeitsanspruch, daß wir

dort alles durchspielen, was uns an Schmerz und Grauen im Augenblick belastet, aber auch was uns noch zu drohen scheint, so nehmen wir das Unabänderliche, das wir fürchten, in qualvollen Grübeleien und schrecklich wiederkehrenden Ahnungen vorweg

antizipatorischer Nacken, ach Gemurmel der Ohren, hier, sehen Sie etwas Panisches, rufe ich, DIE LILIEN SCHMINKTEN MICH WEISS UND GELB, an den inneren Augenwinkeln hatten sich zwei winzige Schmerzfalten festgekrallt, vom dunklen Stirnhaar überschattet, als Schlachtwunde die klaffenden Verschlüsse an Ihrer Brust als Bewegungsbilder : Sie wechselten immerfort die Richtung, und holten mich von allen Seiten ein, ich spürte einen Augenblick lang Ihre Nähe ALS WÄREN SIE IM BEGRIFF DURCH MICH HINDURCHZUGEHEN . .
vom Hineinbrechen vom Hindurchgehen vom Heraustreten, und durchsichtig wie eine Hand vor der Sonne / es muß Ihnen eingesagt werden!

und indem ich abgewandt am Fenster stehe, meine Tränen zu verbergen, flüstere ich, wenn Sie jetzt plötzlich wiederkämen und mit wohlgesetzten Worten nach einer Speise, nach einer kleinen Erfrischung fragten : ich schlüge, als hätten mich alle Sinne verlassen, die Hände vor mein Gesicht /

ganz ausgeflochten als seien Sie durch den Hag gebrochen / ich schlüge in Bedrängnis die Hände vors Gesicht und murmelte ICH HABE ALLE IHRE KLEIDER VERSCHENKT . . *in den reinsten Verhältnissen,* wenn Sie jetzt wiederkämen, ich habe alle Ihre Kleider verschenkt! wenn Sie jetzt wiederkämen und mir erschienen und mit wohlgesetzten Worten nach einer Speise, nach einer kleinen Erfrischung fragten und nach Ihren Kleidern verlangten, müßte ich es Ihnen eingestehen, daß ich nichts im Hause hätte, und daß ich Ihre Kleider weggeschenkt hätte, ja daß ich nicht ein einziges Stück zurückbehalten hätte, um es Ihnen anzubieten wenn Sie zurückkämen / wenn Sie jetzt kämen : wenn Sie jetzt wiederkämen : SIE HÄTTEN NICHTS ANZUZIEHEN : KEIN EINZIGES KLEID /
und bis zur Unkenntlichkeit verändert, gräßliche Mutation /
Sie würden mir grollen, und meine Unbesonnenheit schelten /
und bis zur Unkenntlichkeit verändert /
Sie würden mich ernsthaft bekümmert fragen OB ICH SIE DENN NICHT MEHR ERWARTET HÄTTE?
so daß Sie vielen Augen als fremd erschienen – nämlich eine schmerzliche Abirrung / so daß er vielen Augen als fremd erschien, ein Lamm an der Morgendämmerung und ein Lamm an der Abenddämmerung, die klaffenden Verschlüsse an seiner Brust, als Schlachtwunde als Bewegungsbild, aber der Körper wollte das Blut nicht herge-

ben / und weitergeträumt, ständig wiederkehrender Traum, der weite dichtbelegte Friedhof, auf dem die Kränze wegen der häufigen Stürme hatten angebunden werden müssen .. ein Stück Kranzschleife, welche ihren Rufnamen und ein Abschiedswort trug, sei während der Beerdigung, eigentlich beim ersten Nachwerfen der Erde, abgerissen und vom Wind auf ein anderes Grab vertragen worden .. das verrottete Schuhwerk der blinde Schuh die unbekleideten Füße die kissenweichen rosigen Fersen .. auch habe die Fichte schon im dritten Jahr wieder ausgegraben werden müssen weil sie zu rasch gewachsen sei, also nicht nur in die Höhe sondern auch in die Tiefe, wo sie mit ihren Wurzeln den Sarg zu umklammern begonnen hatte .. er sei ihr wiedererschienen, sie habe ihn wiedergesehen, er habe, ehe er das Zimmer betrat, sich mehrere Male vernehmbar geräuspert, als wollte er ihrem Erschrecken über seine plötzliche Wiederkehr zuvorkommen, ein anderes Mal habe er an die Zimmertür geklopft obwohl er bei sich zu Hause gewesen sei, und Giselle habe sogleich gerufen UNSER POSTILLON! ENDLICH, ACH UNSER BOTE .. und verdutzt, eigentlich in einer merkwürdigen Mischung von wehmütiger Verschmitztheit, mit gekräuselter Unterlippe, hinzufügt EINE WIRTSCHAFT! EIN KLEIDUNGSORT! PANZERMANTEL! MONSTRÖSE VIELARMIGKEIT! SEIT DAMALS MIT NIEMAND GESCHLAFEN! und Schlußfall der Stimme

zu dritt seien sie dann in die Teestube hinunter gegangen um eine Erfrischung zu sich zu nehmen, später sei eine alte Frau im Windfang erschienen, die wegen des Henkelkorbs den sie trug, Mühe hatte durch die Schwingtüren das Lokal zu betreten : diese Blumenfrau habe sich mit dem Henkelkorb der mit Rosen gefüllt war ihrem Tisch genähert indem sie, unsicher lächelnd, ein Sträußchen hervorholte und hochhielt, so daß ihr Gesicht dahinter beinah verschwand /
die besondere Halbfigur, die Geräusche beim Umblättern wenn wir gemeinsam in einem Buche lesen und der Schnellerlesende rücksichtsvoll nicht ins Leere schaut sondern ein zweites Mal die eben gelesene Seite überfliegt .. eine prickelnde Nervenlust, Weihnachten / Ostern, seien die Festtage schon vorüber, oder bewege man sich erst auf sie zu? in diesem Frühlingswinter, als ich Sie zum Zug begleitete, spiegelte sich in den großen Pfützen zwischen den Kiesplätzen des Bahndamms der lichtblaue Himmel .. aber Sie eilten schon zum Waggon .. später, als ich allein zurückging, fiel mir ein fast zur gänze *mit Efeu umranktes Haus* auf, das ich bis dahin noch nie gesehen hatte, und gleichzeitig erschien es mir wie eine Verheißung, oder der Inbegriff einer Zuversicht und hatte sich schon in Worte umgesetzt DAS NÄCHSTE FRÜHJAHR WÜRDE FÜR MICH EINE GANZ NEUE GRÜNE KRAFTVOLLE ZEIT ANBRECHEN LASSEN ..

Weihnachten mit Frühlingssturm, Regen und Palmkätzchen, nämlich schillernd und schimmernd, die hingebungsvollsten Affekte, die lebhaftesten Regungen des Gemüts, Sie haben mir wieder letzten Vollmond geschrieben, der hohe Sommer der tiefe Winter, Hörner bedeuten Strahlen (weil Gott in das Horn bläst), Wörter als Fundstücke, Spiegelhof, die vielen Augen der Schlange, Zerrungen, Zerreißungen, hingebungsvolle Beziehungen, ein zerbrochener Spiegel, im Rinnsal, das Zündholz gegen die Unterseite des Tisches gerieben, die Tochter der Docht, in unvergänglicher Liebe, am Morgen vor der eigenen Stimme erschrocken, und metrisches Klopfen, metrische Form des Verschlusses . .
die besonde Halbfigur, rufe ich, erinnern Sie sich, die bunte peruanische Mütze welche ich Ihnen zum Ende des Jahres als Geschenk mitgebracht hatte sollte Sie vor allem Ungemach schützen, die peruanische Schirmmütze, und ich an Ihr Auge gezogen wie Pappelrosen an ihr Gehege, als Weggeleit, unbewußte Verknüpfung, ein Lamm an der Morgendämmerung, und ein Lamm an der Abenddämmerung, erinnern Sie sich, als die alte Blumenfrau in die Teestube trat, einen Rosenstrauß hochhielt so daß ihr Gesicht einen Augenblick lang dahinter verschwand / *so daß sie vielen Augen als fremd erschien* / erinnern Sie sich, sie

ließ ihre Blicke rundherum wandern, zwischen Ihnen, Giselle und mir, beugte dann den Kopf ein wenig herunter und flüsterte Ihnen zu SIE HABEN SCHÖNE TÖCHTER : BEIDE TÖCHTER TRAGEN AUCH IHRE LOCKEN : ACH SIE HABEN AUCH SCHÖNE TÖCHTER . . die besondere Halbfigur, die Blumen verdeckten nun ihr ganzes Gesicht, mit rohem Cape und fortgemustert die gefiederten Bilder

wie Kamille! rufe ich, ein schönes Fest der verlorenen Kinder, in einer Stunde morgen vielleicht, der abgespiegelte Baum, alsbald die dichtesten Baumplätze : Giselle kam mir entgegengelaufen, Giselle kam mir aus dem Wald entgegengelaufen, sie hielt einen Strauß weißer Lilien an ihre Brust gepreßt, es sah aus als seien Gesicht und Oberkörper von Lilien bedeckt, besetzt nämlich durch Lilien ersetzt, im Regen, rufe ich, die aufgesprossenen Blumen, Kopf und Brust dahinter verborgen / so daß sie vielen Augen als fremd erschien / so daß Sie vielen Augen als fremd erschienen, eine schmerzliche Abirrung, rufe ich, weitergeträumt ständig wiederkehrender Traum, der betroffene Blick in den Spiegel –

sein Gesicht sein Hals seine Brust mit kleinen rötlichen Flecken bedeckt, und er blicke wie hilfesuchend zwischen den Freunden umher –

sie nehme ihn mit einer vertrauten Geste beiseite und stelle ihm *eine Diagnose die keine Erklärung für ihn zu enthalten scheine* / es sei aber rätselhaft

geblieben, und ohne Erklärung für ihn, und obwohl sie keinerlei medizinische Fachausdrücke gebraucht hätte, sei es unverständlich für ihn geblieben und er habe im Dunkel getappt nämlich es waren die *dunklen Umstände* und er habe sich ihrer nicht erwehren können nämlich es seien die dunklen Umstände gewesen der blinde Schuh, und die Aufklärung sei ihm versagt geblieben, er habe dann die vielfarbige Haube zwischen seinen Fingern gedreht und gemustert, und eigentlich habe er sie als ein Stück Zauberei angesehen und habe sie auch an ihrer Innenseite befingert / *und unbelesen, als es ist*
außerorts, und die Sprache gegen das Fell streichen, wie eine Katze bis sie sich sträubt, die dunklen Beeren die Geistesstörung, die Rosenverkäuferin habe sich dann zu ihnen hingesetzt und ihr Glas mit den Händen gewärmt, sie hörte auch schlecht so habe sie durcheinandergeredet und auf Fragen genickt oder stumm gelächelt

also außerorts, und gefiederte Bilder, die besondere Halbfigur, rufe ich, von Blumen verdeckt, unter Blumen begraben, mit rohem Cape und fortgemustert, die spiegelbildliche Nähe, das nimmt mich wunder, rufe ich, eben war es fünf Uhr früh und jetzt ist es halbe Nacht, ein offener Garten, und blumenähnliche Tiere, Giselle

scheint sich in letzter Zeit mehr als je zuvor an Sie angeglichen zu haben, ihre Haltung, ihr Tonfall, ihr Blick, die Wahl ihrer Worte, ja selbst die Art ihres Anzugs zeichnet Sie nach, spiegelt Sie ab, stellt Sie empfindlich dar! ein Stück Zauberei, rufe ich, ein Furor in ihrem Blick, die nämlichen Annäherungen an Gegenstände und Menschen / und fortgemustert / der Nesselausschlag / das Nesselhemd .. selbst Eigenheiten, Makel, eine Unpäßlichkeit, eine Mißformung lauschte sie Ihnen ab .. und liebhaft das Zungenreden, ein Ohr über das andre gestülpt, und gefaltet .. Wand oder Nebel des Hauses mit blassen Winter-Wikken umkränzt, ein Blitz von ungeheurem Licht, darunter zahlreiche farbige Himmel, ein Glitzern des Morgenlichts, das geheimnisvolle efeubehangene Haus neben dem Bahnhof : ein Stundenseher .. aber ich verstehe Giselle so gut, und ich fühle mich ihr beinah so innig verbunden wie Ihnen – kleine Fundstellen (Kollationen?) zwitschernder Rufe (Schreie) aus Ihrer Wildnis, und während ich an einem Brief von Ihnen herumkritzele, eigentlich -*knabbere,* höre ich wie draußen der Windkasten rüttelt und bebt, im kahlen Geäst – solch gläserner Blumenwinter!
nach dem Regen zu grünen, in einer zärtlich verwischten Gartenlandschaft! erinnern Sie sich, die düster-reglosen Vögel am Himmel, eine rauhe Zerreißung (von Träne) und niedergeschwätztes Gebot, ganz so wie der Geist Sie mir in Erinne-

rung *(brüllt) : brüllend* und gurgelnd, vor Besessenheit, müsse die Sprache sein, jeder Satz müsse seine ihm gemäße Struktur aufweisen, geschwänzt gezwirbelt gezwitschert : so eigenwillig müßten die Wortbilder, und raketengleich, in die Höhe schießen, eine Verwandlung von Körper und Seele, ein Zusammenbacken und -kleben, gedankenvolles Stiefmütterchen : oder als wollten sich die Sätze nahtlos und wie von selber aneinanderreihen .. im Tau des Dezember solch Blumenwunder, -gewitter, bei wechselnder Stimmung, die perlenden Tropfen, eine neue fieberhafte ja ameishafte NERVENKUNST, die warmen *brüllenden* Stürme ums Haus, das stampfende Herz des Neurotikers, die Dämmerung schon um die Mittagsstunde, und kantige Kuhleiber versperren den Blick auf die geballten VOGELWOLKEN welche den Himmel verdunkeln /
Ausläufer dessen, der Ohren Ruf, *Shawl / und Butter,* geheimnisvolle Koinzidenzen, doch manchmal fühle sie sich nur als DIE KÜCHENMAGD DER POESIE, sie sei dann barhaupt, und sorglos, und stehe mit leeren Händen, und leeren Blicken herum, *sie werde auch immer weniger,* ein eiskalter Wind habe ihr die Haare an den Schläfen plötzlich hoch und zurück gerissen, daß sie sie eilig mit beiden Händen niederplättete / nämlich sie sei morgens um fünf aus dem Bett gesprungen und barhaupt und ohne Überkleider, achtlos, ins Freie gelaufen, über den Kies, zu den weißen

Totengärten, und habe ein Gemisch von Stockfisch und Rauch wahrgenommen und die Glashärte in den Bäumen, ein Kandelaberfeuer .. mit Pfauenfüßen, kniend am Knie, sie habe in der ersten Dämmerung wieder seine Stimme gehört ACH ZWEI WEISSE KÖRPER IN EINER WEISSEN NACHT ..

Fastensequenz : sie habe einer immer öfter aufkommenden Neigung zu fasten nachgegeben und während mehrerer Tage jegliche Nahrung verweigert, und nur in kleinen Schlucken Wasser zu sich genommen, sie sei dann immer leichter geworden es sei dann immer leichter für sie geworden alles zu ertragen, *es sei dann zu Elevationen gekommen* an den unteren Gliedmaßen das welkende Wintergras /
sie werde auch immer weniger, quittieren, kaschieren, verhüllte Schrift, auch habe er ihr bei einem Versuch, zu tanzen und dabei längere Zeit in der Luft zu bleiben, zugesehen, sie schien mit hochgeschleuderten Armen tatsächlich im Flug zu erstarren, ihr gehöhlter Leib, ihre geschrumpften Glieder vibrierten als ausgespanntes Schattenkreuz gegen die Wand
vom Bett aus, die dunklen Beeren, die Geistesstörung, es liege alles ganz nah bei einander wie Liebe und Verdammnis, seine Tagseite, Nachtseite, so sei sie erstarrt so liege sie starr ohne sich zu

rühren, im Untergehölz, in Untergesprächen Marquetten, im Tamarindengezweig, ein Durch-Imitieren, ein Wandern durch ein Motiv .. genau-genommen, habe er geflüstert, seien es Variationen eines einzigen Themas gewesen!
vom Bett aus, rufe ich, der Winter mit Ohrengesumme, und wie er sich mit Verästelungszwang, und üppigstem Palmengezweig, brausend und *brüllend,* mit Überflüsterung, ankündigt, vor unseren Fenstern!
ach! rufe ich, Sie haben Wunder gewirkt : jetzt habe ich endlich, mit Ihrer Hilfe für das, was in mir trachtet und fühlt, leidet und denkt, und sich zornig *brüllend* aufbäumt, EINE ENTSPRECHUNG GEFUNDEN!
Sie haben Wunder gewirkt, allein mit Ihrem Atem holen Sie die Vögel vom Himmel herunter, Ihre warme Beredsamkeit taut das Eis an den Scheiben

es sei eine Neigung zweier Ebenen zu einander gewesen, es sei das Bildnis eines munteren jungen Mädchens gewesen, wie der Mensch Atem holt! also sei es ein *atmendes Bild* gewesen, er habe dann, als sie ihm mit gespielter Beiläufigkeit Bellas Grüße überbrachte und ihn dabei aus dem Augenwinkel betrachtete – wie um ihn zu prüfen und etwa von seinen Zügen ablesen zu können, wie weit ihrer beider Vertrautheit schon gediehen sein mochte – das zärtliche Lächeln das seine

Augen umspielt hatte *zu unterdrücken gesucht*, dies sei andererseits wieder so heimlich gewesen daß sie später nicht sicher war, ob sie es sich womöglich nur eingeredet hatte : *nämlich er habe plötzlich, mit beiden Augen, geradeaus vor sich hingeblickt, als visierte er einen Punkt in der Ferne mit ungeteilter Aufmerksamkeit an*

kleine Fußstapfen (Kollationen), eine düstere Spannung, eine angstvolle Verlegenheit zwischen uns, und während Sie beinahe mechanisch immer wieder die Augen reiben, und zu mir flüstern, *ja schwatzen* MAN PROJIZIERE DANN ALLES AUF SICH STATT SICH ZU DISTANZIEREN! und sich nachdenklich vorbeugen, und zu mir beugen, so daß ich zwischen den klaffenden Verschlüssen Ihres Gewandes Ihre *weiße und blanke* Brust sehen kann, assoziiere ich HELLE MASERUNG EINES STEINES! DAS VORSCHEINENLASSEN, DAS UNGENÜGEN, WIE EINE OFFENE WUNDE! und Schlußfall der Stimme, die dunklen Beeren, versprengten Blutstropfen auf dem Kissen, die Purpurfärbung von Schlinggewächsen um Ihren Kopf / so daß man hören konnte in welcher Stimme Sie waren / starr und verzückt ein weißgrauer Federbusch im Wind im Garten, und vom Bett aus, Sie murmelten dann an mein Ohr eigentlich knapp an meiner Ohrmuschel vorüber, als wollten Sie es wieder wegwischen SIE FÜHLTEN SICH SCHWACH

OBGLEICH SIE GERNE KOMMEN WÜRDEN FÜHLTEN SIE SICH ZU SCHWACH, als wollten Sie alles zurücknehmen, in einem System von Modifizierungen, *als hätten Sie wiederholt Beckett zitiert scheingenau!* rufe ich, nämlich mit Fetischen unterwegs, und vor Schaufenstern haltgemacht als wollten Sie die ausgestellten Waren dahinter betrachten, eigentlich nur aus Mattigkeit stehengeblieben! und ins Stocken geraten, zu Ermüdungszuständen neigten Sie ohnehin!

DIESES JAHR, flüstern Sie an mein Ohr, und stockend wie Ohrenbeichte, ES HABE SCHON SCHLIMM BEGONNEN! dieses Jahr, es sei unter keinem guten Stern gestanden : Beatrice sei wiedergekommen : sie sei an die Tür gekommen, und sie habe gleichzeitig geklopft und ihren Namen gerufen, aber es sei nur undeutlich zu verstehen gewesen, und Sie hätten durch die ungeöffnete Tür hindurch zu ihr geredet, sie möge ein wenig warten, Sie seien noch nicht fertig angekleidet – dieses Jahr, es sei unter keinem guten Stern gestanden, ach dieses Jahr, habe unter den düstersten Vorzeichen begonnen – obwohl, am ersten Januar, rufen Sie, als wir sie stachen, sei die Bibel voll guter Auskünfte gewesen –

der regelrechte Koller! und Windeier, Beatrice sei wiedergekommen : sie sei gekommen und einfach dageblieben, und er habe nichts dagegen tun können, er habe sich nicht dagegen wehren können!

eine schmerzliche Abirrung, rufe ich, die hingebungsvollen Regungen des Gemüts also schillernd und schimmernd die hingestreckten Affekte! und eine ihm eignende lebhaft suchende Wißbegierde scheine das fortwährende Aufrichten und Schleifen und Wiederaufrichten von Liebesbefestigungen womöglich noch zu begünstigen / die Aufschreibungen in der Dämmerzeit das flüchtige flüssige Herz solle befestigt werden / oder, so frage ich, was hatten die raschen Schritte im harschigen Schnee zu bedeuten – war es eine durch einen bestimmten technischen Kniff herbeigeführte Tempobeschleunigung?
zögernd und zirpend, er könne nicht frohlocken aber er könne sich auch nicht grämen / sie sei gekommen und einfach dageblieben! aber es habe kaum Berührungen gegeben!
in einer merkwürdigen Sprechbeschleunigung, rufe ich, und indem Sie immer von neuem die Satzanfänge zu wiederholen suchten aber immer wieder dabei ins Stocken gerieten, einem feinen heiklen Gefühle folgend als hätten Sie dies alles vorausgeahnt und tatsächlich in allen Einzelheiten vorausgesehen, sich aber nicht mehr abzusichern vermocht so hätten Sie weder versucht, die Ereignisse abzuwehren, noch ihnen zu entgehen, rufe ich, Sie hätten sich in keiner Weise vorsehen können!
ach, rufe ich, sehen Sie sich vor daß Sie nicht mit bloßen Füßen in die Splitter geraten / der regel-

rechte Koller! die Windeier! vor Marie Lichtmeß kann ich Sie nicht mehr treffen : der viele Staub! Fährte Kometenschweif .. *ich schämte mich so* .. ein lispelnder Wind, zirpender Wind, und Ausläufer dessen, *ich schämte mich so* .. quittieren, kaschieren .. ein lispelnder Wind, und Ausläufer dessen ER HABE SIE DANN GEHÖRT! : quittieren kaschieren, als ihr ein kleiner Wind entfuhr, habe er liebevoll schmeichelnd sie deswegen geneckt und zärtlich getröstet / NACH-ÄFFCHEN Brennschere Lockenkamm, bißchen scheckig den Kopf, und naseweis, kleine Spuren kratziger Kufen im eisverkrusteten Erdreich, zwischen den neugepflanzten Alleebäumen in der Straße / an Widerstand sei nicht zu denken gewesen, rufe ich, eine außergewöhnliche Abirrung, Sie hatten Tierlaute ausgestoßen und sich danach erleichtert gefühlt, Schlußfall der Stimme so schwebten Sie in der Luft, Ihr Kehlkopf schied die ungewöhnlichsten Laute aus, Ihre Stimmbänder wurden beinahe ohne Ihren Willen gebraucht, daß Sie zuhören mußten was aus Ihnen gebrüllt, gegurgelt, gejault, gezischt und gemurmelt wurde / so daß man hören konnte in welcher Stimme Sie waren / und perspektivischer Riß, die klaffenden Verschlüsse an Ihrer Brust, das Antizipatorische Ihres Nackens, in die Gesellschaftsszene geschlungen – ein Zusammenbacken und -kleben, die riesigen Schneekristalle, mir träumte ich schied das Exkrement mit Leichtigkeit aus als sei der ungeschickten Hand ein geschältes gekochtes Ei entschlüpft, im Traum schmunzelte ich sogar über diesen Vergleich! und ich wunderte mich, daß ich meine Notdurft in Anwesenheit mehrerer Familienangehöriger – in einem geräumigen Badezimmer – ohne Gefühle der Scham oder des Widerstrebens zu verrichten imstande war, gegen Morgen träumte ich, ich sei durch etwas wie einen Holzverschlag aus einem geschlossenen Raum, in welchem ich nicht genug Atemluft zu bekommen schien, ins Freie entwichen, jemand zu dem ich einmal eine intime Beziehung gehabt hatte, war neben mir aufgetaucht, und ich wußte nicht ob er mir oder ich ihm hier heraus gefolgt sei, es war dunkel und menschenleer, und ich fühlte mich unsicher ob ich seine Hand ergreifen sollte, er rührte sich nicht, wir schauten in einer Art von Verlegenheit zum Nachthimmel und ich sah über mir, einem riesenhaften Gemälde gleich, die Struktur einer Schneeflocke, wie man es von den Abbildungen in Lehrbüchern der Elementarstufe her kennt .. später stehe ich in einer Telephonzelle an der Straße und wähle Ihre Nummer, höre es bei Ihnen zuhause klingeln und sehe gleichzeitig, durch das Fenster der Kabine hindurch, Ihren Kopf : im Profil und wie gedankenvoll ein wenig vorgeneigt, in einem langsam vorüberfahrenden Straßenbahnzug .. was zur Folge hat, daß ich in einer schmerzlich-verwirrten ja verlorenen Stimmung lange durch die dämmrigen Straßen wanke und endlich einen dieser neuartigen ÜBERRASCHUNGS-LÄDEN betrete, in welchem man alles angeboten bekommt wovon man sich keine Vorstellung hätte machen können, und wo die beiden Verkäuferinnen, nachdem ich eine bunte peruanische Kappe gewählt hatte, mich duzten .. Fistel oder Fensterchen, rufe ich, regelrechter Koller! Unbehagen, Verdruß – als ich träumte, man habe Ihnen die Lerchenfüße, gebraten, oder aus Schokolade nachgeformt?, auf einer silbernen Tasse gereicht, sind mir sofort die Tränen gekommen, ich träume dann wir seien zusammen in einem Dorfgasthaus gesessen, und die Flügeltür habe sich wie auseinandergebogene Weidenbüsche geöffnet : Jäger und Teppichmeister seien einzeln oder in Paaren in die Schankstube getreten – Sie hätten dann, Ihre ärgerliche Stimmung abzulenken, sich an den Teppichmeister gewandt, zum Teppichmeister gesprochen, und während die Jäger und Teppichmeister in die Schankstube traten, hätten Sie, um Ihrem schweren Verdruß wenigstens zeitweise zu entgehen, das Wort an den ältesten Jäger gerichtet, Sie hätten sich mitten im Gespräch von mir abgewandt eigentlich mitten in einem Satz und dem ältesten Teppichmeister zugewandt und mit ihm über die unerheblichsten Dinge der Welt eine Unterhaltung begonnen, in einem leichten lebhaften und unversehrten Ton, aber später sei es mir vorgekommen, als hätten Sie das mit mir abgebrochene Gespräch nun mit

dieser anderen Person *weitergeführt,* obwohl es sich um die verschiedenartigsten Themen gehandelt hatte, Diskrepanzen der Form, rufe ich, kleine Fundstellen Kollationen nämlich ein Fußstapfen des Kopfes : obskurer Koller! Gebärde des Helmabstreifens!
und blutstropf' wahre Phantasie!
Muskat, Meister vom Schein, Sie hatten sich von mir abgewandt und einem anderen Tischnachbar zugewandt und hatten, der Bedrängnis wenigstens für kurze Zeit zu entgehen, mit diesem über die unerheblichsten Dinge zu sprechen begonnen, ja ich konnte mich des Eindrucks nicht erwehren, daß Sie es mir *vorführen wollten*, wie sehr Sie eine Unterhaltung mit einer fremden Person einem Gespräch mit mir vorzögen welches Sie nur immer schmerzlicher angreifen und in immer tiefere Bestürzung treiben würde / verzerrte Träume, diffuses Reiselicht also das Landläufige, rufe ich, und an Widerstand sei nicht zu denken gewesen / voller Schlingen und Schlieren, Brackwasser, Bitterkeit, das Echo, zwischen den Wörtern, ich hatte wehrlos an Ihren Zügen gehangen, nämlich ich hatte mich Ihnen hypnotisch ausgeliefert gefühlt nämlich *ich hatte mich an Ihr Auge angebunden gefühlt*!
(»und ich, an Ihr Auge gezogen wie Pappelrosen an ihr Gehege..«)

aus der Ferne sehe ich diese Stadt, und vor meinem Fenster glänzen die Zweige, ein offener Garten, Geriesel der Sprache, Sie schlagen die Beine übereinander und neigen den Kopf, blicken von unten her ein wenig zu mir, und gleichzeitig an mir vorüber, im rötlichen Widerschein der Markise leuchtet Ihr Auge helldunkel auf, das Fächeln der Lüfte, im Mai im Juni, Holundergebüsch, *und wie Sie lange sich fächerten*, in der entferntesten Ecke des Gartensaals, und inmitten von Bäumen Spalieren und Blumen in Ihrem KÖNIGREICH, so daß ein Perseverieren, rufe ich, im Blitzen Ihres Angesichts, sich fortzupflanzen scheine : jene Stellen, rufe ich, die ich in der Musik als unterirdisch bezeichne, Einsprengsel aus einer anderen Welt, Delirien, Untergespräche, ein Wispern und Wippen, ein Lispeln, Zirpen und Gurgeln, ein Schnaufen, Knattern, rumorendes Lallen, ein Echo zwischen den Wörtern, ungewöhnliche Zimmerzustände, Sinnestäuschungen, Wahn, ein behäbiger Wasserkörper, und schmetternd darüber hinweg die Hörner der Luft, nämlich das rötliche Licht und wie es plötzlich von innen her gegen die Scheiben stößt, Diskrepanzen der Form, rufen Sie, zwischen dem wie wir reden und JENEM KUNSTSTIL IN WELCHEM WIR SCHREIBEN!

bei wechselnder Stimmung Ihre Tagseite, Nachtseite / Unbehagen, Verdruß, und es liege alles so nah beieinander wie Liebe und Verdammnis – *es*

ist nötig daß wir einander sehen, damit wir uns nicht etwas einbilden!
obskurer Koller, starke Mixturen, rufe ich, wenn ich Sie so vor mir sitzen sehe mit den auf besondere Weise zwischen Ihre übergeschlagenen Beine gezwungenen Fingern, den blassen eingezogenen Lippen, den schattenden Schläfen, gesenkten Lidern, der winzigen Perle in Ihrem Ohr, so widersetzt sich mein Wille, der Vorstellung zu gehorchen, Sie könnten andererseits ohne Zurückhaltung sich der Aufwallung eines Zornes ergeben, sich niederfallen lassen, Sie könnten, in Überkleidern und Hut, gerade so wie Sie von draußen gekommen seien mit Ihrer ganzen Körperseite hinschlagen, sich in Verzweiflung wälzen, in wildes trockenes Schluchzen ausbrechen und mit der Stirn, bis sie blute, den Boden hacken

er habe sich von ihr abgewandt, und seinem anderen Tischnachbar zugewandt und mit ihm über die unerheblichsten Dinge zu reden begonnen, schließlich aber undeutlich seitwärts, und mit abwehrenden Gesten begleitet, etwas zu ihr gemurmelt das sie nicht aufzufassen vermochte, es habe ihr die Kehle geschnürt und sie habe sich beim Anblick seiner sich von ihr lossagenden Haltung von einer widerstandslosen Ergriffenheit überschwemmt gefühlt / Schlußfall der Stimme / sie habe sich aber gezwungen, ihre Blicke nach

draußen zu lenken, um den aufsteigenden Tränen Einhalt zu gebieten : zum Westhorizont wo in langen violetten Abschattungen und von schleiernden Lichterkränzen umflossen die Sonne unterzugehen begann –
aus der Ferne sehe ich diese Stadt und vor meinem Fenster glänzen die Zweige / Eichung und Messung Rosettenarme des Nils / der Fensterausschnitt von orangefarbenen Gladiolenspitzen umflammt, von roten Pappelrosen, Wicken, Violen und Weidenblättern umschlungen . .
ins Feld gestochen, Gedanken gelesen, Levante / *ein vertikaler Text!*, rufe ich, Sprossen, Trittstufen im Gestein, und Gemäuer, so führe es immer höher hinauf! Eichung und Messung, der bittere Mund, Geranke der wilden Rosen! Wärmetod! linke Brustseite Stelle des Herzens, so daß ich, während Sie sich über die auf dem Tisch ausgebreitete Landkarte beugten, zwischen den klaffenden Verschlüssen Ihres Hemdes, Ihre Brust zu sehen vermeinte / Sie gehen voraus, schirmen das Auge gegen das Licht – sehen Sie doch wie gefiedert, rufe ich, die Amselfeder vor Ihren Füßen / und welche Sie behutsam aufnehmen und ans Auge führen, aber ich träume man habe Ihnen die beiden Lerchenfüße auf einer silbernen Schüssel gereicht und ich hätte in meinem Traum lange geweint und die Hände vor mein Gesicht geschlagen, auszuwurzeln und alles, ein übermächtiges Mitgefühl mit dem Vogel hatte mich erfaßt, wir

kehrten dann die wenigen Schritte zurück, wo im Rinnstein Reste eines zerbrochenen Spiegels lagen, und staubverkrustet etwas wie der mumifizierte Brustkorb eines kleinen Tieres, erinnern Sie sich, rufe ich, wir stießen das winzige Gerippe mit der Fußspitze an, vielleicht, mutmaßten wir : Skelett eines jungen Vogels, die Kehle geschwärzt, vielleicht : aus dem Nest gefallen, Perlboot, Nackenschirm, die gegenüberliegende Straßenseite schillerte ölig, schien mit Schlangenhaut übersät – irgendein Schalentier, mutmaßten wir, Leuchtkäfer, Nautilus? wie eine Brosche auf dem Gehsteig ein metallenes Schildchen von welchem wir den oval verschlungenen Schriftzug eines Firmenzeichens halblaut und stockend ablasen /

gleich nach dem Erwachen, ich erinnere mich, drängte sich mir die angenehme Empfindung auf, ich würde von unsichtbarer Hand als frisch gebackenes Brot auf einer Holzschaufel, die meinen Körpermaßen entsprach, *aus dem Backofen des Schlafes in den neuen Tag geschoben*, wenn es am Morgen ein wenig hereinwehte, bis in die Mitte des Zimmers wo mein Bett stand, konnte ich sehen wie die bunte Holztaube die von der Decke hing, sich im Lufthauch der von draußen kam, bewegte : sie drehte langsam den Kopf von mir weg, setzte zum Flug an und ließ die Füße an welchen ein Knöchel-Zierat klimperte, nach Vogelart leicht herabhängen .. es regnete dann ans Fenster .. ein plattes klatschendes Aufschlagen von der Straße her, wie ein flaches hartes Rennen in Holzpantinen über nasses Straßenpflaster, ich blickte hinaus, sah aber keinen der vorüberlief, eher, ein unermüdliches Hämmern hinter geschlossenen Fenstern im unteren Teil des Hauses / Tierhaupt / fast unsichtbar in den dunkelgrauen Zweigen der Bäume und Sträucher gegenüber die lebhaft schallenden Bälle und Bälge, der Amseln und Sperlinge, darüber schlingernde Wolken, die Purpurfärbung von Schlinggewächsen um Ihren Kopf.. eine mehrstimmige Zerstreuung .. Luftspiegelung, Rauch, später ein Eulenschrei

das helldunkle Fächeln der Lüfte, im Mai im Juni, Holundergebüsch, sehr spalierend Giselle : sie sei mit Liliennarzissen gekommen, Giselle sei mit Liliennarzissen aus dem Walde, gelaufen gekommen, sie habe eine mächtig verzweigte Liliennarzisse mit mehreren aufgebogenen weiß-rosa Blüten getragen, sie habe die Blume an ihre Brust gedrückt, und habe für Augenblicke und wie um zu scherzen ihr Gesicht dahinter verborgen : rosa und weiß, rufe ich, Giselle habe an jenem Morgen selber einer Lilie geähnelt, sie habe WIE EINEM LILIENBEET ENTSPROSSEN ausgesehen, nach dem Regen zu grünen / und bei aufgerolltem Himmel, die Halbfigur –

gleich nach dem Erwachen, sie erinnere sich, habe sie eine beängstigende Übereinstimmung zwischen dem Geträumten und seinen am Vorabend zu ihr geflüsterten Worten zu erkennen geglaubt: es sei ein erschreckender Traum gewesen: sie habe das junge Kätzchen das ihr von Freunden geschenkt worden war und das sie zärtlich liebte, *einige Tage zu füttern vergessen* – als sie endlich, von Selbstvorwürfen gepeinigt, ihm eine Schale Milch vorsetzte, habe das Tier nicht getrunken davon, vielmehr seinen Kopf unablässig darin hin- und hergedreht als habe es Nahrung aufzunehmen verlernt und würde ersatzweise sich mit der Flüssigkeit nur noch benetzen wollen / er habe, als sie die Lilien die er mitgebracht hatte in der Vase verteilte, ihr zugeflüstert, sie würden weniger rasch welken, wenn sie die Blumen während der Nacht im Wasser liegend aufbewahrte so daß auch die halbgeöffneten Blütenkelche benetzt würden, sie solle am besten die Köpfe ununterbrochen unter der Wasseroberfläche von einer Seite zur anderen wenden –

später Repliken, ein Lilienregen, die Sturmnähe / Stirnmähne / des Pferdes zum Zopf geflochten was wohl nicht ohne Absicht das Bild eines Einhorns vortäuschen sollte.. im Rinnstein das diamantfunkelnde Geschmeiß habe plötzlich von dem Exkrement abgehoben .. brüllend und streunend so habe sie sich nächtelang und vollkommen allein in den Straßen fortbewegt ohne Bedürfnis nach irgendwelchen Kontakten, und eigentlich habe sie immer schon eine Unfähigkeit in sich gefühlt, mit irgend jemand zu sprechen, irgend jemandes Gedankenwelt anrühren zu sollen – ohnehin habe sie schon in frühen Jahren zu einer gewissen Schweigsamkeit geneigt, bei einer Unterhaltung die mehrere Personen miteinbezog, habe sie sich selten eingeschaltet, selbst unter Freunden zog sie das *Schweigen* dem *Reden* vor : *dieses* sei eher dazu angetan gewesen, ihre Emotionen, Gedankengänge und Überzeugungen in einem vollkommen falschen Licht erscheinen zu lassen, alles spielte sich in ihrem Inneren viel zu weitläufig ab als daß sie es im Sprechen hätte darlegen können, es würde nur alles verzerrt haben – ihr verlegenes Lächeln, ihr schließlich kopfüber sich in den Raum stürzendes nervöses Gestammel dem kaum einer zu folgen gewillt war, machte sie unglaubwürdig und sogar lächerlich – *jenes*, ihr Schweigen, jedoch sei nicht immer ein Zuhörenwollen gewesen, sie habe selbst nahestehenden Personen gegenüber oftmals eine Aufmerksamkeit nur vorgetäuscht, sie habe dann eifrig nickend die Mundbewegungen ihres Gegenübers verfolgt ohne auf dessen Worte zu achten, sie habe nur wenige Menschen gekannt, sie habe tatsächlich nur wenige Menschen gekannt denen sie mit Vergnügen hatte zuhören können, und er, Valerian, sei ein solcher gewesen!

und unverhohlen, das Laub der Flamme ein Raub der Flammen, orangefarbene Flammengarben : Gladiolen als seien die Anhaltspunkte erhalten geblieben, im AUGENGEWERBE TÄTIG, so öffnen sich Ihre Blumen von neuem, und außerorts wie in großer Verwirrung, als könnte Ihnen die Gleichsetzung mit dem Motiv endlich gelingen / das Müllern der Arme, die Schirmsequenz, ein Hundekopf als Krücke des Schirms, erinnern Sie sich, eine schnurrige Szene, im Osten das safrangelbe Gestirn aber es würde dort dunkler, ein Auseinanderlaufen : ein Fabulieren, ein Hundegebell hinter einer der Türen, das Anschlagen eines Motors im Gartenhof, die aus einer Wasserlache herausführende winzige Hundefährte, jene vertrackte Szene des Armeschwingens, der Schirm mit dem Hundekopf, die Verteilung der Spuren war unbestimmt, geschminkte Szene und Mund, diffizile Begierde, kleine Fundstellen, Kollationen / ein Hundegefährt, in der Straße / das Armeschleudern, das Schwingen des Schirms, sie habe ihn wiedergesehen, in einem Traum, sie habe ihn langsam, schlendernd, die Straße heraufkommen sehen, und obwohl sie ihm von der anderen Seite aus Zeichen gemacht habe, sei er nicht auf sie aufmerksam geworden, er sei mit geschlossenem schwarzen Schirm die Straße heraufgekommen und habe *plötzlich seinen Schirm seitlich rotieren lassen*, er habe seinen Schirm plötzlich zu drehen begonnen, es sah wie Armkreisen aus, nämlich Müllern, und er habe dabei geradeaus vor sich hingeblickt und überhaupt nicht auf ihr Winken geachtet, später habe er den Schirm mit der Spitze nach oben geschultert also wie ein Gewehr getragen : sie sei betroffen gewesen, es sei ganz gegen seine Gewohnheit gewesen, mit schwingendem oder rotierendem oder *aufgepflanztem Schirm* durch die Straßen zu schlendern, und obwohl ihr das Ungereimte, ja, Vertrackte, sogleich aufgegangen sei, habe sie das Gefühl nicht zu unterdrücken vermocht, das beiläufig Spielerische solchen Hantierens müsse Bestandteil eines weitläufigen Ritus gewesen sein, dessen Sinn ihr verborgen geblieben sei, dessen Chiffren ihr Verwunderung und Verwirrung beigebracht hätten . . diese ganze Schirmsequenz!, habe sie endlich gerufen, passe ja überhaupt nicht zu seiner Person –

gleich nach dem Erwachen habe sie die Lilien in der Vase verteilt, er habe sie vom Bett aus dabei beobachtet und gerufen ER VERGESSE VON EINEM ZUM ANDEREN MAL darauf, nämlich daß die Vögel nicht sängen sobald es August sei / er sei dann aus dem Bett gesprungen und zum offenste-

henden Fenster getreten und habe in den Garten hinausgeblickt und zur Hausfront am Rande des Gartens, er habe sich später zu ihr umgewandt und sie behutsam an sich gezogen und seine Arme um ihren Nacken gelegt und sie lange angeblickt, er habe sie ein wenig *hochgezogen* so daß sie auf seine Füße zu stehen gekommen sei, er habe sie enger an sich *gezogen*, und sie habe es als heftiges und erregendes Gefühl wahrgenommen daß sie, stehend und atmend und warm, einander berührten, und während er ihr die SANFTEN KISSEN EINES WAHRHAFT FUSS-SCHEMELS nämlich seinen einen und anderen Fuß unterschob, und lachend mit ihr, ihre Leibesmitte umschlungen haltend, in inständiger Kreiselbewegung, auf dem Parkett, und im Alkoven fort und fort und rundherum, gestapft sei, hätten sie beinahe beide das Gleichgewicht eingebüßt obwohl sie einander festzuhalten suchten, und er habe fortwährend und zärtlich an ihr Ohr gemurmelt, oder eigentlich an ihrem Ohr vorüber, WIE VERTRAUT! ACH WIE VERTRAUT SIE SCHON SEIEN!
und wie bestürzend die Erfahrung solch erfundenen Glücks!
an diesem Abend, als wären sie einander versprochen gewesen, und hätten lange auf einander gewartet, an diesem Abend, als seien sie einander zum erstenmal begegnet und hätten einer des anderen Nähe gesucht, *mit jener sanften Gelassenheit welche einer einzigen Liebesstunde die*

süße Versunkenheit einer Ewigkeit zu verleihen vermag

ein Wortspiel Holundergebüsch es regnete dann ans Fenster / rosa und weiß, es sei sehr bewegend gewesen, nach dem Regen zu grünen, rosa und weiß, Sie scheinen heute so weiß gekleidet / wie das Licht in unserem Zimmer / und durchsichtig wie eine Hand vor der Sonne, die lebhaften Regungen des Gemüts, Sie vergessen es, flüstere ich, von einem zum anderen Jahr, ja Sie vergessen sogar daß Sie es immer von neuem vergessen konnten, Sie vergessen darauf daß die Vögel in diesem Monat nicht singen, Sie wundern sich, daß Sie es wieder vergessen hatten, es schien Ihnen plötzlich, Sie würden es bis zum nächsten Jahr nicht behalten können daß die Vögel in diesem Monat nicht singen, Sie rufen es sich oft während des übrigen Jahrs ins Gedächtnis zurück, aber Sie vergessen es wieder, sobald es August ist –
und während Sie beinahe mechanisch immer wieder die Augen reiben und immer wieder zu mir flüstern, *ja schwatzen!*, nämlich in einer merkwürdigen Sprechbeschleunigung, indem Sie immer von neuem die Satzanfänge zu wiederholen suchen, dann aber immer wieder ins Stocken geraten, will es mir scheinen, die beharrlich versuchten Ansätze, die verweilende, die aufgehobene Wiederkehr solcher Motorik, gehe eine rät-

selhafte Verbindung mit dem starken Rauschen der Bäume ein, im Garten im Wind, und stelle, außerorts, wie im Traum wechselnde Zimmerechos her so daß der Schall je in verschiedene Richtungen gelenkt sei .. *da sah man schon keine Räder mehr* .. so daß ein Perseverieren, rufe ich, im Blitzen Ihres Angesichts sich fortzupflanzen scheine, jene Stellen also die ich in der Musik als unterirdisch bezeichne, Einsprengsel aus einer anderen Welt / und um von einer vergessenmachenden Welle sich umschlungen zu fühlen und in den Strudel einer tieferen Strömung hinweggerissen zu werden /
und liebhaft das Zungenreden, metrische Ausstattung einer Leibhaftigkeit an den unteren Gliedmaßen das gläserne Knie, ein Durch-Imitieren ein Wandern durch ein Motiv, eigentlich seien es Variationen eines einzigen Themas gewesen, rufe ich, und bei wechselnder Stimmung: Ihre Tagseite, Nachtseite / Unbehagen, Verdruß / und es liege alles so nah bei einander wie Liebe und Verdammnis, eine rauhe Zerreißung, und viele traurige Schlösser, die jüngste Spindel, des Treppenhauses, *und blutstropf' wahre Phantasie* ..
eine Gedankenverborgenheit, einer Verschränkung, tastend und tappend, scheu, mit halbgeschlossenen Lidern, Haarfrost, das Vegetative abermals Kreatürliche, nach dem spärlichen Schneefall waren die Bürgersteige fast trocken

geblieben, an wenigen Stellen habe sich ein lianenhaftes Eisblumengeranke ausgebreitet, ein hypnotischer Zustand, rufe ich, Sie imaginieren lauter kleine Geschichten also Ablesungen meines Gesichts, und was könnte besser schmecken als dies Salzige!
Sie ließen mich mitten im Wort zurück und eilten auf Bella zu, die ins Zimmer getreten war / in leeren Zirkeln in Balkenlettern als schlüge sogleich wieder alles um / ach, rufe ich, so halten Sie mir die Treue, wenn auch nur über Stunden oder Tage hinweg . . Fistel oder Fensterchen, eine rauhe Zerreißung als hätten wir uns lange zerstreut, wir verbrachten zwei Nächte dann gingen Sie weg, Sie scheinen von Augen bedeckt, mit Augen versehen, gingen Sie weg / Netz oder Gewand, ohne Ärmelöffnungen, erschrockenes Armzeug Fußfessel Ferse, *der rauchende Fuß der blinde Schuh*, im Krebs der Umkehrung, sehen Sie doch wie gefiedert der Engel und mit schrecklicher Fittichhaut überwachsen . . ich schließe Sie tief in die Arme – wie bestürzend sei die Erfahrung solch erfundenen Glücks!
eine unbeschreiblich feine Erfahrung, sie sähe ihn wiederhergestellt, in ihren Träumen, von Violen und Wicken, schlingernden Weidenblättern umkränzt, sie sähe ihn, – ein Aufflammen und Erlöschen – in seiner leuchtenden Erscheinungsform wieder, aber wenn sie ihn berühren wolle, entschwinde er ohne ihr ein tröstliches Wort zu

sagen oder ein Zeichen zu geben, sie sähe dann in seinem Knabengesicht die schmerzlich gekräuselte Lippe, zu seinen Füßen die Amselfeder und wie er sich niederbeugt / Ambivalenz von Gefühlen, Mimosenwind, im Osten das safrangelbe Gestirn aber es würde dort dunkler, sie frage sich immer wieder, sei es eine Luftspiegelung gewesen? sie habe ihn als *Erscheinung in der Straße*, am Morgen, gesehen, er sei im Auto gesessen und habe sich über das Lenkrad gebeugt und mit spähend nach oben gerichtetem Blick durch die Frontscheibe nach jemand ausgeschaut, vielleicht erwartete er ein Zeichen, einen winkenden Gruß aus einem der Fenster des Hauses.. ein Fäßchen am Gürtel, so sei er ihr später wiederbegegnet, einen abgehalfterten Fahrradsattel unter dem Arm.. sie sei mit einem Schrei zur Seite gesprungen, sein Fahrzeug habe sie halbwegs zur Seite gepreßt nämlich die rasende Luft habe sie niedergewuchtet : unbestimmt äugend in Tröpfchenform, die dunkle Sonne das viele Blut, die Verteilung der Spuren unbestimmt, geschminkte Szene und Mund, jemand rief pausenlos ZU SPÄT.. VIEL ZU SPÄT.. und hastete hinter ihr her / es sei vielleicht das Bildnis eines munteren jungen Mädchens gewesen / der eine im Stehen wie unschlüssige Fuß, der hingespielte wie hingesteuerte Fuß, hinter einer der Türen Hundegebell, das Anschlagen eines Motors im Gartenhof, in der Straße die aus einer Wasserlache herausführende winzige

Hundefährte, die Verteilung der Spuren unbestimmt, das Mädchen, erinnern Sie sich, stürmte an uns vorbei die Treppe hinunter beinahe in meinen Arm, jemand im Oberstock rief ZU SPÄT .. VIEL ZU SPÄT .. vermutlich die Stimme des greisen Verwalters, obwohl verändert / es sei vielmehr ein Schnarren und Kratzen, ein schartiges Klingenwetzen wie gegen Scherben gewesen, und nochmals das Bellen des Hundes, das Läuten des Mädchens an einer Tür im Untergeschoß, dann fielen die Geräusche in eins zusammen

zufällig sei sie hier / der Baum vor dem Fenster treibe schon Blüten, die Wasserlilien hätten sich wieder geöffnet / sie habe ihm zu trinken gegeben indem sie seinen Mund und sein Gesicht mit Wasser benetzte .. das helldunkle Fächeln der Lüfte, im Mai im Juni, seine das Kinn bedeckende Hand, Holundergebüsch, er fächerte sich lange, in der entferntesten Ecke des Gartensaals, neigte nachdenklich den Kopf zur Seite, senkte die Lider, ein Geriesel der Sprache, und um Glitzern zu sehen / sie verließen gemeinsam das Haus und liefen gegen die dunkle Sonne, setzten wie im Flug über die Wassertreppe, erfundene Felsentreppe, zum Meer nämlich Delirien Treppenfall Wellen des Meeres, der Seen .. ein Verschwinden in einer Nische in einer Mauer des alten Schlosses, freilich sei sie betroffen gewesen, er habe sich in einer Nische des alten Gemäuers niedergekauert und die verwirrendsten Fragen an sie gerichtet, er habe den Kopf nach einer Seite geneigt, die Lider gesenkt, und sich lange gefächert, er habe unbestimmt gelächelt und zu ihr *aus der Nische herausgesprochen* : sie sei betroffen gewesen, und die pausenlosen Fragen hätten einen gelegentlichen Ausfall ihres Gedächtnisses bewirkt, eigentlich habe sie sich in der Hervorbringung ihrer Erinnerungen beeinträchtigt gefühlt, ja er habe sie, wie er regungslos und unbekleidet in seiner Nische zusammengekauert gesessen sei, auf unerklärliche Weise in seinen Bann geschlagen, was ihr ein heftiges Herzklopfen verursacht habe und der wahrheitsgetreuen, sorgfältigen Beantwortung aller Fragen hinderlich gewesen sei, eigentlich sei ihre Bereitschaft zur gewissenhaften Ausforschung und Formulierung innerer und äußerer Erfahrungszusammenhänge immer geringer geworden, vielmehr habe sie ihre Antworten wie unter Zwang hervorgebracht, was etwa bei der Bemühung um die redliche Beantwortung seiner Frage UND HABE SIE JE MIT JÜNGEREN MÄNNERN ZU TUN GEHABT? zum Ergebnis geführt habe, daß sie mit NEIN zu antworten sich gezwungen gefühlt habe und also mit tiefer Überzeugung *die Unwahrheit sprach indem sie sich vollkommen aufrichtig wähnte* .. wenn sie es recht bedenke, habe es zeitlebens bei ihr solche Elisionen gegeben, sie habe jederzeit unter solchem Daneben-Denken, Daneben-Reden, Daneben-Tappen gelitten, und diese Auslassungen seien wiederum in einer undeutlichen Verschleifung ihrer Sprechweise offenbar geworden.. er habe in einem sanft-litaneihaften Ton weiter Fragen an sie gerichtet, aber sie habe sich keine Klarheit darüber verschaffen können, inwieweit dies einer bloßen Neugierde, oder einer zartsinnig forschenden Hinneigung entsprang, und indem er fast pausenlos eine Frage an die andere reihte, habe er ja schon jede Beantwortung ausgeschlossen, vielleicht, so schien es ihr jetzt, habe er von Anfang an keine Antworten erwartet, er habe sie mit seinen Fragen vielleicht nur zärtlich bedrängen oder liebevoll überschütten wollen, seine Stimme sei dann auch immer leiser geworden, er habe schließlich nur noch geflüstert zu ihr, und es sei wie ein Liebesgeflüster zwischen ihnen gewesen, aber in ihrer großen Verwunderung und Verwirrung habe sie einmal dazwischengerufen ACH IN WELCH EINER LAUNE ER HEUTE SEI! *nämlich verblüffender Schein*, und es habe eine leichte Betäubung in ihr hervorgerufen, und als sei er mit zärtlichen Blicken eingedrungen in sie / die ungetrübte Quelle liege nun frei, so habe er, nicht ohne Rührung gerufen, liebhaft das Zungenreden, ein Durch-Imitieren, ein Wandern durch ein Motiv – eigentlich seien es Variationen eines einzigen Themas gewesen / vertrackte Szene in einem Traum / bei wechselnder Stimmung, in einer Vergangenheitsform so sehe er es zuweilen, nämlich indem er in dieser Gegenwart mit zärtlichen Blicken in sie eindringe, habe er es gleichzeitig mit Vergangenem zu tun, er umarme in ihr die Gesamtheit ihrer Liebeserfahrungen, und habe das schattenhafte Vorhandensein ihrer früheren Geliebten mit einzubeziehen gehabt wenn er ihr beiwohnte und von ihrer Hand Speise und Trank empfing /

ein paar verlorene Schneeflocken stoben am Fenster vorbei, rufe ich, und während über meinem Schreibtisch noch Licht brannte, merkte ich plötzlich, wie ein größeres Licht von draußen eindrang, der Himmel hatte sich aufgehellt und die Sonne legte sich in blendenden Längsstreifen über die vorspringenden Fassadenteile der gegenüberliegenden Häuser, von drei Freunden die auch untereinander sehr vertraut sind, kamen am gleichen Tag Briefe an! ich liebe diese scheinbaren Zufälle, sie häufen sich in letzter Zeit, man ist versucht sie als HÖHEREN FAKTOR auszulegen, überhaupt spüre ich in diesen Tagen und Wochen geheimnisvolle Zusammenballungen und Fingerzeige daß mich die schlechte Weltlage gar nicht zu tief beeindrucken kann / eine Ausstoßung, rufe ich, Kopulation von Wörtern, jener flüchtige unerklärliche Augenblick, als schlügen alle Glokken gleichzeitig an – *das Phänomen der Glocken*, erinnern Sie sich? dazwischen Hundegebell . . und als schlüge sogleich wieder alles um

er habe sich damals durch eine abwärtsführende Seitengasse der Hauptstraße genähert und sei dort zur Straßenkreuzung gelangt, als es von der alten Kapelle zu seiner linken zu läuten begonnen hatte : ein erschreckendes Geräuschphänomen das gleichzeitig auch als visuelle Wahrnehmung aufgetreten sei habe ihn erbeben lassen, so sei er vorerst nicht imstande gewesen, die Straße zu überqueren sondern sei wie festgewurzelt stehengeblieben und habe das gegenüberliegende Gebäude angestarrt : und obgleich er sich bewußt war daß der Glockenton von links komme, habe er das Läuten überdeutlich aus dem hohen weitläufigen gegenüberliegenden Haus vernommen und an dessen Vorderseite etwas wie den Schatten einer riesigen dahinter schwingenden Glocke gesehen –

es habe ihm eine beunruhigende Empfindung gemacht, und zwei Gedanken, die einander eigentlich hätten ausschließen müssen, hätten sich aufgedrängt : im Innern des gegenüberliegenden Hauses müsse eine Glocke zum Schwingen gebracht worden sein – – im Hintergrund des Hauses, und durch seine Mauern hindurch, müsse aus einer Kirche von der er bis dahin nichts gewußt habe, Glockengeläute dringen / es habe in ihm eine große Benommenheit hervorgerufen, er habe sich gezwungen, die Straße zu überqueren, und habe sich auf das Gebäude, aus welchem noch immer der Glockenton drang, zubewegt – er sei schon sehr nahe gewesen, da seien die Töne plötzlich UMGESPRUNGEN : die Töne seien auf die andere Straßenseite, von wo er eben gekommen war ÜBERGESPRUNGEN, ja, sie seien tatsächlich ZURÜCKGESPRUNGEN, und hätten sich im Innern eines Wohnhauses an der Straßenecke festgesetzt, welches der Kapelle unmittelbar benachbart war : als hätten die Töne die Rückkehr zur ursprünglichen Schallquelle anzuvisieren gesucht, sie jedoch um wenige Meter verfehlt / er habe die Glocken dann immer schwächer gehört : nämlich sie seien dann immer schwächer geworden, sie hätten sich in den Glockenturm der Kapelle zurückgezogen und seien dann gänzlich verstummt

eine Ader gehabt / ein schöner Lüster, düsterrotes Gilet, und um Glitzern zu sehen, des Meeres, der Seen, etwa mißlungene Annäherung an ein Motiv, verfehlte Liebkosung, in allen Abstufungen des Blauen und Roten ich äuge ins dunkle raschelnde Astwerk, in die höchsten Zweige des Wipfels der Linde, und nach dem heftigen Regen schien die Erde wie neu zu dampfen, der Himmel in blendendes Gelb und Orange gehüllt, die dunklen Beeren . . ein rotes Wams . . in den Scheiben der Fenster des gegenüberliegenden Hauses hatte sich die Flamme des scheidenden Tages verfangen

jener flüchtige unerklärliche Augenblick, vertrackte Szene in einem Traum, und Knotenschnur wenn man es innerlich liest, zwischen den beiden dichtbehangenen Kleiderständern konnte ich das Gesicht des Mädchens *wie einen Bildausschnitt,* am Gasthaustisch gegenüber betrachten ohne daß sie es merkte : es war von lebhaftem Ausdruck und besaß noch jenen Liebreiz des Unbewußten welcher in Kindergesichtern so zu entzücken vermag, ich rätselte über ihr Alter, sie war vielleicht zwölf, einmal als sie schräg nach unten blickte, merkte ich sie sei jünger, sie sprach zu jemandem den ich nicht sehen konnte und es flog etwas kaum wahrnehmbar Helles an ihrer rechten Schläfe vorüber, etwas Unberührbares und eigentlich Unfaßbares das in eine früheste Kindheitsphase verwies / ich sandte ihr ein Lächeln hinüber, sie schien es nicht aufzufassen

eine Ader gehabt, rufe ich, vertrackte Szene in einem Traum, das Geläute der vielen Glocken über dem See vom dumpfen schweren Wind verschlagen, der beginnende Winter, über dem See, der sinkende Abend, das dürre Rascheln in den Bäumen und unter welchen wir lange und schweigend hergingen, ohne uns anzusehen / tonlos verstört ein Gemurmel der Ohren, eine düstere Spannung, eine angstvolle Verlegenheit zwischen uns / in Balkenlettern in leeren Zirkeln,

eine rauhe Zerreißung als hätten wir uns lange zerstreut / an der obersten Stufe einer Holztreppe die zum See hinabführte, ragte – vermutlich zum Zwecke der Kennzeichnung als Privatsteg – an einer Stange in Augenhöhe ein Holztäfelchen welches in pedantischer Zirkelschrift den Namen der Besitzerin, *aber auch meinen eigenen Vornamen*, trug : UND WIEDERUM IN JENER SCHEINBAR UNVERMEIDLICHEN FEHLERHAFTEN SCHREIBUNG! riefen Sie sogleich in einem Anflug von heiterer Bestürzung aus, was mir augenblicklich jedes Gefühl von Verzagtheit und verstörter Verlegenheit nahm – ja, die Stimmung hatte so plötzlich umgeschlagen daß es uns vergnügte, in scherzhafter Übertreibung, einen Tadel an Unbekannte auszusprechen und sie einer allgemein verbreitet scheinenden Lässigkeit und gleichgültigen Unbelehrbarkeit zu bezichtigen / Sie schnaubten ein wenig, zogen wie in einer Laune die Wangen ein, horchten hohlwangig mit dem Munde plötzlich mit bloßem Auge die beweglichen Prismen, über dem See, durch Drehen, durch Ableiern des Horizonts, das Anbringen von festen noch fest geschlossenen Augen, und Augenknospen . .
in Balkenlettern, in leeren Zirkeln, oft spiegelt mir mein Bewußtsein verwirrende Bilder vor, sekundenweis will es mir scheinen, es sei nur eine vorübergehende und künstliche Munterkeit gewesen und wir sänken von neuem in die überwunden geglaubte verzagte Fremdheit zurück /

vertrackte Szene in einem Traum, wir hätten gemeinsam das Haus verlassen und wären gegen die dunkle Sonne gelaufen, wir hätten einander an den Händen gehalten aber kein Wort zu einander gesprochen, eine rauhe Zerreißung, rufe ich, als hätten wir uns lange zerstreut : als hätten wir uns von einander abgekehrt und jeder hätte für sich in der Betrachtung der hohen und massigen Wolkensäule über dem Wasser verharrt, aus welcher etwas wie dichtes sanftes Glühen zu sickern schien, und hätten uns Trost erwartet von diesem Anblick

Wand oder Nebel des Hauses / mit rohem Cape, die Möwen schnäbelten über dem Wasser, später habe sich eine leichte Entspannung zwischen ihnen bemerkbar gemacht, und sie habe gerufen WAS FÜR EIN WIDERSPRUCH : IN BLITZENDEM WEISS DIE FEUCHT-ÖLIGE REINLICHE DAUNE DES SCHWANENGEFIEDERS .. die gefiederten Bilder, die spiegelbildliche Nähe, und fortgemustert Rosettenarme des Nils / etwa ein Plätzchen und nackt wie Splitter, bei gewissen Bewegungen sei seine Blöße zu ahnen gewesen / Naturschauspiel! jetzt zu dem Stockgeleise! in Balkenlettern, in leeren Zirkeln immer noch einmal den See umwandert, Schönheit des Lüsters, unversehens, Wand oder Nebel des Hauses, die Schrecken die Heiden, die steten Lämmer, mit blassen Winterwicken umkränzt /

während die ersten Sternklumpen und der abermals abnehmende Mond hinter den Wolken hervorrückten und das Läuten der Glocken über dem See ertönte, habe sie einen Augenblick lang die Empfindung gehabt, sie würde auf dem Wasser in einem Nachen gebettet an seiner Seite dahingleiten, er würde einen Arm um sie schlingen und ihre Hände würden für die Dauer eines Atemzuges in einander ruhen, er würde seine Wange dicht an die ihre legen so daß ihre Lippenpaare sich seitlich ein wenig berührten, der Nachen würde sich langsam fortbewegen, mit ihnen, ein vages Schaudern würde beim Glänzen der Strömung im Widerhall der Glocken sie gleichzeitig sanft durchdringen

bedenken Sie doch, und um Glitzern zu sehen, der Mond schien draußen ich schicke Ihnen jetzt eine Rose, ein Gemurmel der Ohren, Entdeckerglück / Sie hätten mich dann mit allerlei Namen bedacht, meine Schläfe gelüftet und wieder bedeckt, Sie hätten ein Döschen geöffnet welches *lichtblauen Puder* enthielt, und in seinem Deckel einen winzigen Spiegel barg, und hätten mit Hilfe einer seidenen Quaste etwas davon auf Ihrem Kinn, auf Ihren Wangen, und Lidern verteilt, UNTERHALB DESSEN, rufe ich, *geschminkte Szene, und Mund,* ein Schimmereffekt wie Pfauenglanz blau und silbern getönt der Blendhorizont, auf Ihrer Wange, auf Ihrer Stirn .. solch Blumenwinter, an den unteren Gliedmaßen, ein wehendes Wintergras, ein zerbrechliches Knie und von der

Farbe des Schnees die schmerzlich gekräuselte Lippe, die Amselfeder vor Ihren Füßen, und wie Sie sich niederbeugen um sie aufzunehmen und nah ans Auge zu führen . . Depeschensprache, ein Schwenken des Halses / und wurde genarrt von allerlei eingebildeten oder wirklichen Vorstellungen, haben mich meine Augen getäuscht oder wurden zweimal Ihre Freunde *ins Bild gerissen?* – Bodenwelle mit Blumen, Sie halten die Hände ineinander verschränkt, und während Sie, aus einer erhöhten Position wie es scheint, zu mir blicken, *in meiner Tiefe wo ich stand* und Ihr Auge, als hätte es allzu lange auf mir geruht, ABLÖSEN, höre ich Ihre Stimme, wie einen Lockvogel rufen : SIE SEIEN BEREIT . . SIE SEIEN BEREIT FÜR MICH . . IM TAMARINDENGEZWEIG . .
ich liege still, verschränke die Arme unter dem Nacken, bedenke alles – im Krebs der Umkehrung, rufe ich, und Auge in Auge : wie es aus Ihren Augen bricht : ein lauschendes Wiedererkennen, ein verschwenderisches verströmendes Lächeln, ach wie es von Ihren Lippen quillt! ein perlendes Tauen, ein flüchtiges Wiederversinken, ein Traumgeschehen, im Atembereich / der Depeschenbote / ich war erregt / auszuwurzeln und alles, Sie halten den Kopf nach hinten geklappt, Sie drücken behutsam die Reibfläche eines Streichholzes gegen die Unterseite des Tisches, bis es aufflammt, ich rufe SCHWANENFLAUM ACH ENTZÜNDLICHE FORMEN, Abzeichen Ihres Ver-

langens : übermäßiges Auge.. wildernde Muse / welch rotes Küssen, und züchten.. *zärtlichste Zote,* sanftes Reptil züngelt in den Windungen meines Ohrs / etwa ein Plätzchen und nackt wie Splitter, bei gewissen Bewegungen, sei seine Blöße zu ahnen gewesen, metrisches Klopfen, Tremolo seiner Hand –
oft spiegelt mir mein Bewußtsein verwirrende täuschende Bilder vor, sekundenlang will es mir scheinen, Sie säßen mit entblößtem Oberkörper, in einem dicken Buche lesend, am Rande eines Teiches, in einem unbekannten Garten, und es sei die Stunde des Sonnenunterganges, *ganz aufgeflochten* / zwei Schwäne glitten lautlos über die spiegelnde Wasserfläche dahin..
ach lieber Valerian, sekundenweise will es mir scheinen, Sie säßen wieder in Ihrem Schaukelstuhl und winkten mir beim Eintreten mit einem willkommenden Lächeln zu, Sie begännen sachte zu schaukeln, Sie fächerten sich zuweilen, und blickten dabei lange zu mir, Sog und Sprudel zugleich, Sie schnaubten ein wenig, zögen wie in einer plötzlichen Laune die Wangen ein, horchten hohlwangig mit dem Munde, plötzlich mit bloßem Auge
die beweglichen Prismen, rosa und weiße Seide, durch Drehen, durch Ableiern des Horizonts, das Anbringen von festen noch fest geschlossenen Augen, und Augenknospen – ein geschmeidiges Zeitmaß wir tasteten zu einander

und bedenken Sie doch, ein Geriesel der Sprache, Ausbreitungen der Zunge ein Kleidungsort / offene Denkbreiten, scherzhafte Phantasien, einer Verzögerung.. wie spät es geworden sei! rufen Sie mit verhaltenem Atem und lesen ein zweitesmal das Zifferblatt Ihrer Taschenuhr ab / also kein Plagiat, rufe ich, kein Plagiat, und doch, es greife um sich, schlage Wellen, übertrage sich von einem zum andern in betörenden Vorstellungsketten, ein Echo zwischen den Wörtern, zwischen den Sätzen –

vielleicht, rufe ich, hätte das Objekt sich überlisten lassen von mir, vielleicht wäre es mir gelungen, wenigstens für kurze Zeit die Vorstellung Ihrer Erscheinung beim Anblick Ihres Lieblingsstuhls zu zerstreuen, hätte ich es über mich gebracht, ihn nach Ihrem Weggang auch anderen Besuchern anzubieten – vielleicht wäre der Bann längst gebrochen, hätte ich es zugegeben daß jemand anderer als Sie ihn benutzten : ich hatte jedoch nichts Eiligeres zu tun gehabt als ihn sogleich nach Ihrem Weggang *weiß einzukleiden*.. rosa und weiß, mit rosa und weißer Seide, zum Zeichen seiner Unantastbarkeit! und wie ein Museumsstück! Rücken und Sitz in weiße Schonbezüge gehüllt, die Armstützen rosa / die Lämmer die Launen, obskuren Bedrängnisse, niedergeschwätztes Gebot, ganz so wie der Geist Sie mir in Erinnerung (*brüllt*), und niemand könne wissen wer der Eingeladene, wer der Gastgeber sei –

die Erinnerungssteine, die Briefe, die Kunst die Dezember-Bouquets! haben Sie meinen Brief mit dem FLÜGELBAUM bekommen? dazu brauchte es einen guten Menschen, denn er war mir aus dem Bündel Briefe, die ich zur Post bringen mußte, auf der Straße herausgefallen, nicht mehr zu finden – ob jemand den verlorenen Brief für mich in den Briefkasten steckte? (die Damen umgürten die Ritter, vor einem alten Karussell, vielleicht neigt sich die Welt jetzt dem Ende zu, denn alle WIRKLICHEN PARADIESE : FRIEDE SCHÖNHEIT und PHANTASIE haben zu welken begonnen –)

später im Laden beim Anprobieren der Schuhe : die junge Verkäuferin flüsterte, während Sie Ihnen die weiße Sandale, welche zu eng schien, überstülpte MAN MÜSSE ES ÜBER DIE HAND TUN, nämlich die Seitenverschlüsse machten es nötig ALLES ÜBER DIE HAND ZU TUN sobald der Käufer darauf bestehe, den Schnallenverschluß selbst einzuhaken / Fistel oder Fensterchen eine rauhe Zerreißung, erschrockenes Armzeug Fußfessel Ferse / Kalenderweg, der abermals untergehende Mond, und Eulenschreie, vielleicht, es sei der Kopf eines Ibis gewesen, die Wildtauben, Sperlinge im Niederfliegen, hielten sich dicht über unseren Köpfen, so daß ich einen Augenblick lang *ihre etwas eingezogenen Füße zu sehen bekam und darüber erschrak*, nach knapper Landung, rufe ich, ein abermaliges Emporschwingen gegen den wächsernen Horizont, flatternde Kopfbanderolen, Ihr schimmerndes Netzgewand, eine rauhe Zerreißung, etwa ein Plätzchen und nackt wie Splitter, wir sanken unter : ein schwerer Wahn, Wange an Wange, Wimperngebüschel, Geflüster, zähe Schleppe, und halbgegürtet, Sie stimmen ein altes Wanderlied an, und alle Kopfregister gezogen! der arme Fuß der rauchende Fuß ach Sie fabulieren so viele Länder! und vielgestaltig wie Wolkenschatten über sanft welligem Hügelland : der Text habe mit lebhaften und rhythmisch wiederkehrenden Bewegungsabläufen zu tun, der Tempowechsel entspräche vollkommen seinem inneren Aufbau nämlich von Morgen bis Mitternacht : solch empfindliche Lebenswärme, und in innig angepreßten Momenten / SCHÄDELUNGEN / Repliken –

später Repliken – ein Zusammenbacken und -kleben, die Rosen kurz vor dem Aufspringen . . viele Knospen . . um der Leiterschaft willen um der Leidenschaft willen je ein Blatt ausgerissen, die Vogelgestalt ziemlich umklammert, in der eben geleerten noch feuchten Teetasse sah ich, als ich sie überstülpte, den letzten Tropfen zu saugen, mein erschrockenes Spiegelbild, ich hatte letzte Nacht mein eigenes Sterben geträumt aber nicht viel erinnert außer der Frage die ich vor dem Ende an Freunde gestellt hatte UND SEI EIN VERWESUNGSGERUCH BEREITS WAHRZUNEHMEN?, und dem sehnsuchtsvollen Verlangen, alles noch einmal widerrufen zu können / *ein Kot, ein bräunliches Ende* .. ein Zwillingszahn im Kiefer, in der Gestalt eines bedrohlichen Männleins müßte entfernt werden, so könnte ich möglicherweise noch einmal gerettet werden, an Brust und Wange ein gelber Fleck der nicht abging, in der linken Ellenbogenbeuge ein heftiger Blutaustritt, mir trat Schweiß aus, Blut sickerte aus Nase und Ohren, die Lidränder waren verklebt und angeschwollen, meine Zunge schien plötzlich zu groß und zu schwer für meinen Mund, und es machte mir Mühe zu artikulieren –

die weiße Sandale, ein finsteres Schwindelgefühl / sie habe damals, als er sie auf dem kleinen Voralpenbahnhof erwartete, zuallererst seine weißen Sandalen gesehen : ja, seine weißen Sandalen hätten ihre Blicke so ausschließlich angezogen, daß sie die unterste Stufe beim Aussteigen aus dem Zug übersehen hatte und beinah gestürzt wäre, er habe sie aber rechtzeitig aufgefangen, und ihr Gepäck das auf dem Steg zwischen den Nachbargleisen ausgestreut lag, aufgelesen, er habe sie angelächelt und willkommen geheißen und sie zwischen den mehreren auf verschiedenen anderen Gleisen stehenden Zugsgarnituren hindurchgeleitet, und endlich im Inneren des Bahnhofs die beiden Reisetaschen abgestellt und ihr seine Arme entgegengestreckt und sie ein weiteres Mal mit großer Herzlichkeit begrüßt und sie mit frohlockender Miene angeblickt – sie aber habe zu Boden geblickt, nämlich auf seine Füße welche trotz winterlicher Temperatur in weißen Sandalen staken, und sie habe sich nicht losreißen können, sie habe seine Blicke auf ihrem Gesicht gefühlt aber nicht aufzublicken vermocht, später, als er ihr auch noch die Schultertasche abzunehmen versuchte um diese mit dem übrigen Gepäck in seinem Auto, vor dem Bahnhofgebäude, unterzubringen, habe sie plötzlich den üblen Geruch der seinen Händen anhaftete wahrgenommen, *ein Kot, ein bräunliches Ende* / und in der Eile, er habe es verabsäumt sich reinlich zu machen, und sie erschrak weil sie merkte daß ihre ganze Aufmerksamkeit nun von einer Sinneserfahrung zur anderen wechselte nämlich vom Gesichtssinn zum Geruchssinn, und daß sie davon neuerlich mit einer solchen Ausschließlichkeit beherrscht werden würde daß alle übrigen Umweltbezüge ihr während dieser Zeitspanne ausgespart erscheinen würden, als wären sie nicht existent gewesen /

eine verschiedene Beschaffenheit, rufe ich, der Luft und des Lichts, Giselle habe die Hyazinthe (rosa und weiß) nach dem Abblühen auf dem kalten Korridor abgestellt, ich war bestürzt, war einen Augenblick lang selber die Blume die Kälte

empfand und in der Ecke des Korridorfensters würde erfrieren müssen
AGONIE – ein panikartiges Schreckgefühl überfiel mich, wir drängten zu fünft in das winzige Sprechzimmer des diensthabenden Arztes, und mir war zumute als hätte man mir alle Gliedmaßen verrenkt und als wären meine Augen nicht mehr imstande geradeaus zu schauen, wir wurden aufgefordert Platz zu nehmen, und ich merkte daß es zu wenig Stühle gab – der Spitalsarzt klebte im Türwinkel, er war der einzige der stand, wir wollten von ihm wissen wie lange es noch dauern würde, oben .. MORIBUND, sagte er endlich, ein angestrengtes Lächeln auf seinem Gesicht, seine mahlenden Kinnbacken für Sperriges, und IM STADIUM DES VERFALLS, MORIBUND, SIE HABEN IHN SCHON ABGESTELLT, AUF DEN KORRIDOR /
eine blaßgrüne Senkung, sage ich, und seitab getragen werden, und sich in Gegensätzen begreifen – und sei es ein Symbol des Verschwindens gewesen?
Lerchenfeld, die verwirrendsten Vorstellungsketten rissen nicht ab, Giselle sagte plötzlich ES SCHNEIT! ES SCHNEIT! ES SCHNEIE! ES SCHNEIE! indem sie einen Blick aus dem Seitenfenster des Wagens tat, aber es schneite wirklich nicht, sie sagte dann sie müsse sich wohl geirrt haben, sie müsse es sich eingebildet haben, die Lehre vom Zufall, rufe ich, Marie Elend, Maria Schnee, der

abermals untergehende Mond, Schönheit des Lüsters, ein perlender Wind, ein Luster aus Elchgeweih pendelte von der Decke des Wohnzimmers, ein Fächer von rosa und weißer Seide lehnte gegen die Fensternische, das rötliche Licht und wie es plötzlich von innen her gegen die Scheiben stieß : als ob Ungewisses im Spiel sei, rufe ich, und wir unentwegt *verdutzt und verblüfft* den Treffer ins Schwarze erwarteten .. das permanente also verlangende Streben, *die Wahrheit zu treffen*, wie es jenen Rasenden : von der Wahrheit Besessenen, vom ersten Tag an ins Herz eingebrannt ist .. und Talismane aus Sprache .. Kalenderweg, Eulenschreie, *wir haben es heute mit der Veränderung der Welt!*, im Gegensatz zur Beschaulichkeit und Selbsterlösung unserer Eltern / nämlich changierender Koller / Schlieren im Fensterpapier, die Osterluzei fand ich im Juni / er habe zuweilen seine Wange und seinen Mund auf ihre Schultern gedrückt : was ohne Bedeutung war weil seine Gedanken bei Bella oder Sofia gewesen seien ..

mit veilchenblauem Gesicht säbelte die Siamkatze hinter Ihnen her, wie Fetische im Galopp verreisend, eine Vereinbarung mit dem Feuerschlucker, um auf den Straßen der Stadt zu überleben .. ein elektrisches Herz eine Tischrunde im Tempel der Kunst .. heute tutete mich ein Auto von der Straße her wach, im Fenster glänzte der Morgenmond, aus einem bestimmten Blickwinkel schien er ein wenig verbeult, wie tränengeblendet so wurde ich dessen inne, Haarfrost, die Sterne, die Briefe zum Jahreswechsel, die Blütenblätter der Amaryllis weit aufgeschlagen und durchsickert von Blut – und Leim des Adlers, *ein Kot, ein bräunliches Ende* /

eine Ader gehabt, haben mich meine Augen getäuscht, oder wurden zweimal Ihre Freunde ins Bild gerissen? *die gediegenen Schreie*, immer von Ihren beiden jungen Freunden hervorgebracht wenn sie etwas begriffen hatten, was ihnen erklärt worden war, dem Schreien von Pfauen ähnlich, höchst sonderbare Repliken, bei abwechselndem Auf- und Zuschnappen des Mundes, obligate Schnappbewegungen des Mundes, Schwenkbewegungen des Halses, durch Drehen, Ableiern des Horizonts, rufe ich, und wenn sie während der allgemeinen Dispute und polemischen Auftritte etwas begriffen hatten, kniffen sie die Augen ein wenig zusammen, stießen jene höchst merkwürdigen tierhaften durchdringenden Schreie aus, die auf das Einsetzen ihrer Erleuchtung hinweisen mochten, oder anzeigen sollten daß sie ihrer selbst nun erst wirklich gewahr geworden seien, dabei knitterten ihre jungen Gesichter wie feinstes Fließpapier, eine hohe Vergnügtheit kräuselte ihre Stirnen, Brauen, Nasen und Münder, zerknüllte ihre Wangen und Augenlider, glättete sich und warf von neuem ein feinmaschiges Netz zahlloser winziger Fältchen über / Fistel oder Fensterchen eine rauhe Zerreißung, Schlieren im Fenster, eine verschiedene Beschaffenheit der Luft und des Lichts, der abermals untergehende Mond, und changierender Koller . .

zwischen den Rüstern, von der Gartenbank her wo wir saßen, sahen wir dann es wehte die weißen Vorhänge zum offenen Fenster hinaus, wir konnten sehen wie die Spitzengardinen sich im aufgerauhten Verputz der Hauswand verfingen, sich blähten, stülpten, spreizten, sich ins dunkle Gemäuer zu krallen schienen, Fensterpapier, mit gesenkten Köpfen welkten die Blumen dahin, *und ohne Übergang : Sie waren dann plötzlich nicht mehr da!*

doch Giselle schien etwas von Ihnen bewahrt zu haben, ja, Giselle schien etwas von Ihnen auf geheimnisvolle Art wiederzugeben, ein naher Zusammenhang, rufe ich, ich lief zu Giselle als könnte ich Ihnen dort wiederbegegnen, nämlich Sie hatten sich ihrer Person in einer so erregenden Weise mitgeteilt, daß Giselles Sprache und Blick, Giselles Bewegungen, Giselles besonderes Verhalten angetan waren, mir Ihre Gegenwart vorzutäuschen – so unterhielt ich mich, auf ihrem Bette sitzend, lange mit ihr nämlich mit Ihnen und folgte mit Verwunderung und Verwirrung dem vertrauten Widerschein Ihrer Züge auf ihrem Gesicht zum letzten Absatz der Textprobe, die Sie mir beilegten, assoziierte ich sogleich DIE SCHNEEGRUBEN IM RIESENGEBIRGE von Caspar David Friedrich, ich bin nicht sicher ob Sie das Bild kennen, eine Federzeichnung, beinah wie eine verblichene Photographie, und man weiß zuerst nicht, *ob Schnee oder Sonne* über der Landschaft liegen . .

mit flatternden Kopfbandagen, rufe ich, es sei das Bildnis eines munteren jungen Mädchens gewesen, *ganz aufgeflochten,* sie sei mit offenen Kopfbandagen, leicht flatternden Banderolen, als Kielfigur eines mit schwarzem Tuch ausgeschlagenen die Wellen durchfurchenden Nachens dahingeflogen, habe sich später *in immer neue Mädchenfiguren verwandelt,* in der Dunkelheit schien sie in großer Eile hinter mir herzukommen, im Rükken konnte ich ihre hastigen Schritte spüren so daß ich anhielt und mich umwandte um sie sehen zu können / die Blütenblätter der Amaryllis waren vollkommen aufgeschlagen und schienen blutgetränkt, es blendete meine Gedanken, der blutende Kopfverband hatte sich gelöst, die roten Kopfbandagen sanken zu Boden – ein Mädchenkopf, rufe ich, mit kurzen ins offene wallende braune Haar eingeflochtenen Zöpfen, ein blasses Ge-

sicht, die Augen schimmernd von Tränen, sie hastete hinter mir her, war mir vielleicht schon längere Zeit gefolgt, hatte mich womöglich bei meiner Andacht in der Kirche belauscht – obwohl, die Kirche schien leer als ich wegging: sie hatte mich eingeholt, ich hatte sie fragend angeblickt, neugierig, was sie mir zu sagen haben würde, so im Galopp verreisend, und Haarfrost, in ihren Zöpfen glitzerten kleine Schneekristalle, ja! sie habe mich in der Kirche von der Orgelempore aus beobachtet, habe mich weinen gesehen: sie habe sich darüber gar nicht beruhigen können, und atemlos, mit erstickter Stimme: sie sei mir gefolgt: UND OB SIE MIR BEISTEHEN, OB SIE MICH TRÖSTEN KÖNNE?
im Krebs der Umkehrung, rufe ich, schwimmt Schnee davon?
mit rohem Cape, und fortgemustert, sie habe eine große schwarze Tasche an einem Schulterriemen getragen, sie habe meine Antwort kaum abwarten können sie habe sich rasch abgewandt und sei zur gegenüberliegenden Straßenseite gelaufen, ich sah dann wie es *schrecklich weißlich, von Schaum,* aus ihrem Mund quoll, wie sie zu einem Baum sprang und sich darunter erleichterte, und danach in Verlegenheit die Hand vors Gesicht schlug / obligate Tasche / bewahrt Sandale Gebein

ganz aufgeflochten, als seien Sie durch den Hag gebrochen, Ihr flackerndes Auge / Magnesiumschein / als hätten mich meine Sinne betrogen / so schlage ich meine Hände vor mein Gesicht und rufe, ach wenn Sie jetzt wiederkämen und mit wohlgesetzten Worten nach einer Erfrischung bäten, ich schlüge in Bedrängnis die Hände vor mein Gesicht und flüsterte Ihnen zu ICH HABE NICHTS UM ES IHNEN ANZUBIETEN! ach lieber Valerian, wenn Sie jetzt plötzlich wiederkämen und nach Ihren Kleidern verlangten, müßte ich es Ihnen eingestehen ICH HABE ALLE IHRE KLEIDER VERSCHENKT! wenn Sie jetzt wiederkämen, ich hätte mich wahrhaftig meiner Unbesonnenheit zu schämen! Sie aber würden mir deswegen nicht gezürnt haben, Sie würden vielmehr mit nach hinten geklapptem Schädel in ein mächtiges Lachen ausgebrochen sein welches mich wie das rasende Echo eines Donnerschlags im Gebirge von allen Seiten und ohne enden zu wollen, eingekreist hätte / so seien wir dann einen Augenblick ROTE BÄUME gewesen / ohne Übergang, rufe ich, der Vogel habe dann seitlich seinen gelben Schnabel nah an die Pfütze gelegt, einmal kurz zu mir aufgeblickt und gierig zu trinken begonnen, Haarfrost und Sonnenscheibe, der abermals untergehende Mond, die Amsel hatte um zu trinken den Schnabel nicht wirklich ins Wasser getaucht, sondern ihn eng und emsig an die flache Pfütze gedrückt, und elektrisches Wetter, später

Repliken, Lockvogel, die eindringliche Stimme einer Amsel vom Dachfirst des gegenüberliegenden Hauses, ein Aufflammen, Erlöschen, von Licht in Fenstern, ein Echo für zwei Pauken und Donnerschlag, oft spiegelt mir mein Bewußtsein verwirrende Töne, verwirrende Bilder vor / eine Ader gehabt, er müsse dann bald wieder hierher zurück, er müsse bald wieder an seinen Schreibtisch zurückkehren, er sei sich die längste Zeit nicht sicher gewesen, ob es ein niederschwebendes Blatt gewesen sei das über den Beeten schaukelte, oder ein in die Tiefe sinkendes Nachtpfauenauge, im Fleisch der Sprache, verbissen ins Fleisch der Sprache, er sei schon im Weggehen gewesen, da habe das Telephon geläutet, er habe noch abgehoben, aber Bella wartete schon an der Tür, ja er habe es Giselle am Telephon offen eingestanden, er würde mit Bella, die schon wartete, einen längeren Spaziergang unternehmen, ja er habe Bella angedeutet er müsse dann bald wieder hierher zurück, er müsse bald wieder an seinen Schreibtisch zurück, und deswegen wollten sie alsbald weg, eigentlich seien sie schon im Aufbruch gewesen, aber da sei ihr, Giselles Anruf dazwischengekommen, eigentlich sei er den ganzen Tag über angeregt und in Stimmung zu schreiben gewesen, aber er hatte es Bella schon lange versprochen gehabt, mit ihr am heutigen Nachmittag spazierenzugehen, und nun sei sie da und warte schon an der Tür / vibrierend, schon

seit dem Morgen, sei er in guter Schreibverfassung gewesen eigentlich pausenlos, es seien im Grunde traumatisch bedingte Texte gewesen auch arbeite er gewissermaßen ohne Netz, er arbeite beinahe ohne Netz, und müsse oftmals den tiefen Fall ins Ungewisse erleiden – was ihn andererseits wieder vor Gleichförmigkeit und klischeehaften Erbaulichkeiten bewahre / im Galopp verreisend, und so vieles gebe es noch zu bedenken / NACH-ÄFFCHEN / Werk-Eigenschaft, es blendete seine Gedanken, und es sei immer von neuem ein berauschendes Unterfangen gewesen –
so lachten Sie und mir kamen die Tränen dabei, nach dem Regen zu grünen Ihr schimmerndes Netzgewand, etwa ein Plätzchen und nackt wie Splitter, in rosa und weiße Seide gehüllt, mit rohem Cape die spiegelbildliche Nähe – die verwirrenden Vorstellungsketten rissen nicht ab .. die rosa und weißen Schonbezüge auf Ihrem Lieblingsstuhl, das Zuschneiderädchen war auf den Boden gefallen, und unter den Schrank gerollt, ich sprang auf, eilte hinzu um es aufzuhalten, ich glitt aus, geriet ins Wanken, fing mich aber an einer der rosa Armstützen Ihres Lieblingsstuhls auf – ein zerstreutes Aufschauen, eine besondere Beschaffenheit der Luft und des Lichts, nach seinem Weggang habe sie seinen Lieblingsstuhl mit rosa und weißer Seide behängt, sie habe alle seine Kleider verschenkt, nur wenige Stücke seiner seidenen Hemden habe sie zurück-

behalten, nach dem Abblühen habe Giselle die rosa und weiße Hyazinthe auf dem Korridor abgestellt, sie hätten dann gemeinsam die rosa und weißen Schonbezüge aus zwei älteren Hemden zugeschnitten und mit der Hand gesäumt, und aus den Resten Taschentücher genäht . .
ade Vögelchen ade, im Niederfliegen habe die Taube sich dicht über ihrem Kopf gehalten so daß sie einen Augenblick lang ihre *etwas eingezogenen blutroten Füße* zu sehen bekam worüber sie sehr erschrocken sei, und tränengeblendet gegen die Sonnenerscheinung, sie habe sich immer noch einmal umgedreht und ihm zugewinkt, sie habe mit den Augen gewinkt, sie habe den Grabhügel mit ihren Blicken zärtlich umfangen, sie habe sich während sie sich entfernte, immer noch ein weiteres Mal umgedreht und mit ihren Augen gewinkt, es sei schon immer ein Brauch zwischen ihnen gewesen, jeder von ihnen wollte immer noch einmal zurückwinken können, keiner wollte beim Abschiednehmen derjenige sein, der das letzte Winken des anderen unbeantwortet zu lassen haben würde / nach knapper Landung, das Tier habe sich dann mit durchdringenden Schreien gegen den wächsernen Himmel gehoben, indes zwischen den Rüstern die Zwillingskinder mit bunten fliegenden Röcken, seitlich baumelnden Umhängetaschen, Eistüten in den Händen abermals aufgetaucht seien /
die verwirrendsten Vorstellungsketten, rufe ich,

rissen nicht ab, oft spiegelt mir mein Bewußtsein überraschende Bilder, erregende Töne vor, sekundenweis will es mir scheinen, Ihr Bildnis (jene Photographie im schwarzen Holzrahmen welche Sie gleicherweise mit sanftem und beherrschendem Ausdruck wiedergibt) hätte Gewalt über mich bekommen, ich suche dann seiner schmerzlich-verwirrenden wie einschüchternden Wirkung durch die Anwendung mancherlei erbärmlicher Kniffe zu entgehen, – einmal habe ich Ihr Bild in den Schrank gesperrt, das andere Mal stellte ich es, vom Betrachter abgewandt, in eine nischenartige Vertiefung der Zimmerwand, meiner abergläubischen Vorstellung zuvorzukommen, mich von Ihnen aus Ihrem Versteck heraus bei sämtlichen Verrichtungen des täglichen Lebens beobachtet, ja *beaufsichtigt zu wissen*, andererseits erscheint es mir wohltuend, mich in einer alle Gedanken und Handlungsabläufe einschließenden Weise von Ihnen angeleitet und *schützend umgeben zu wissen*, ja, mich Ihrer liebevollstrengen Obhut *überantwortet zu wissen* . .
Goldlack, eine blanke Zitrone, Lockspeise Lieblingsgericht, Sie knabberten leicht an der Fächerquaste, hoben die Brauen hoch, wir verbrachten zwei Nächte dann gingen Sie weg, sekundenweis will es mir scheinen, Sie legten wieder wie früher von außen die Hand zum Abschied ans durchscheinend gelbe Fensterpapier daß es knisterte, und perseverierend, versteckhaft mit leichten

Poren, von einem Blütenstand zum anderen gehüpft, die durchdringende Stimme einer Amsel vom Dachfirst des gegenüberliegenden Hauses, ein Lamm an der Morgendämmerung und ein Lamm an der Abenddämmerung / später Repliken, noch rosa am Giebel noch rosa am Glied am Giebel, wir verbrachten zwei Nächte dann gingen Sie weg, beiläufige Reglements einer unbestimmten Beziehung, rufe ich, aber wie es gekommen sei kann ich nicht sagen

wie es sich wirklich zugetragen habe, könne sie nicht ergründen, ebensowenig wie es geschehen konnte, daß sie von dem Gefühl durchdrungen gewesen sei, er lasse ihr seinen Beistand angedeihen wie nie zuvor / Ausgießung seines Segens, wie wenn seine liebende Obsorge mehr denn je über ihr walte.. wie tränengeblendet, und gegen die Sonnenerscheinung Alumne / weiße Askese, beim Tischgebrauch, vielleicht, es sei der Kopf eines Ibis gewesen / er kam in den Diwan / er habe sich unverdrossen seiner endgültigen Destination genähert / zwischen den Rippen, seine Atemluft habe sich zwischen den Rippen zusammengepreßt gefühlt, an diesem Morgen vom Fenster aus, konnte er zwischen den Rüstern die beiden Mädchen sehen, sie seien auf- und niedergelaufen und hätten einander mit halblauten Zurufen geneckt, Haarfrost und Laubgeflüster, die Stirnmähnen der beiden Kinder seien zu Zöpfen geflochten gewesen was nicht ohne Absicht

geschehen sein mochte / die Sturmnähe der Lilienregen hätten ihm plötzlich den Atem benommen, er sei nur sehr langsam vorwärtsgekommen, endlich hätte er einen Fuß vor den anderen gesetzt ohne sich in Wahrheit fortzubewegen, darüber habe er sich lange nicht beruhigen können –
er sei jetzt aufgestanden aber er wisse nicht was er jetzt tun solle, und was er anziehen solle, *und er sei plötzlich ganz desorientiert gewesen* /

die Echoserie, zwischen den Rüstern, die zarten Zitronen, erinnern Sie sich, das Laubgeraschel, Ankündigung eines Botschafters einer Ersetzungsperson : als mir plötzlich, auf dem Gemüsemarkt, eine Nonne entgegenkam, sie trat mit ihrem noch leeren Einkaufsnetz sacht auf mich zu, wies auf die übereinandergestapelten Kisten, in welchen Bananen und Zitronen lagen, und flüsterte mir zu, OB ICH VIELLEICHT WISSE WIE TEUER SIE SEIEN? ich ließ sogleich meine Blicke rundherum schweifen, konnte aber erst nach einer Weile eine mit Kreide bezifferte Tafel entdecken, und obgleich die Weißgekleidete sich in der kurzen Zeit kaum entfernt haben konnte und der Marktplatz, der in dieser Abendstunde nur von wenigen Menschen besucht war mit Leichtigkeit überschaubar war, konnte ich sie nirgends entdecken, sie blieb auch verschwunden, als ich später zu wiederholten Malen die Reihen der

Marktstände und Buden durchschritt um nach ihr zu suchen –
ein Liebhaber der Wahrheit : mit Augen versehen, dann gingen Sie weg, beim Flurumgang, zwischen den Rüstern, Sie schienen von Augen bedeckt, Sie verbrachten zwei Nächte dann gingen Sie weg / später Repliken, die spiegelbildliche Nähe / sei es eine blitzschnelle Abschweifung, sei es ein Symbol des Verschwindens gewesen?

nach knapper Landung, Sie wehrten dann alles ab und riefen entrüstet zu mir SOLCHE LOCKSPEISE! Sie wehrten es düster ab, als würde allein schon die Zubereitung jener Speise eine (von mir erhoffte) Liebesumarmung zwangsläufig nach sich ziehen müssen, IHR LIEBLINGSGERICHT, rufe ich, der Depeschenbote, ich war erregt, stürzte zur Tür, Sie zu empfangen, IHR LIEBLINGSGERICHT, rufe ich, ICH HABE ALLE VORBEREITUNGEN GETROFFEN / die Zubereitung der Speise, Sie wehrten es ab als würde allein die Erwähnung der Speise Sie zu einer unwillkommenen Umarmung verpflichten / die Zutaten, rufe ich, krasse Zitrone vorzugsweise die blanke Kamille, Kandis und Lauchgewürz, die eingewölbten, die abgerundeten Ecken, der Teig in der Pfanne – wie er allzu geschwind ankrustet! ach, rufe ich, SIE WEHREN JA ALLES AB, und was könnte besser schmecken als dies Salzige!

Rosettenarme des Nils, später Repliken, die Natur der Passantin, ein Möbel auf dessen Simsen, bei gewissen Bewegungen sei seine Blöße zu sehen gewesen noch rosa am Glied am Giebel, gegen den rosa Westhorizont seien die safrangelben Felder zu sehen gewesen / Augentäuschung! rufe ich, die Umgebung des Auges, und eine kleine Retuschierung des Auges am Morgen die ewige Jugend verkörpernd so sei er, Valerian, im rosa-weißen Gewand, die Brust in Seidenfarben, erschienen, den Nacken mit einem seidenen Shawl umwickelt nämlich so sei er gegen den Westhorizont zu sehen gewesen /
und Giselle habe, indem sie die Blätter des Walnußbaums zwischen ihren Fingern zerrieb und den herben Geruch glücklich einsog, gerufen, der Duft der blumenbesäten Hänge, man spüre den Duft der Wiesen, Goldlack und Rosen, man könne es bis hierher, in die Straßen und Gäßchen der Großstadt spüren, ein köstliches Echo, vom südlichen Wind herübergetragen, erinnern Sie sich, im rötlichen Widerschein der Markise taumelten zwei Kohlweißlinge gegen einander, unter dem Wetterdach, außen erscheinen die Fenster, und sie habe ihrer Idee fleißig nachgesetzt / Klette Waldrebe Distel, sie sehe es wieder vor sich, die bunten Glaskugeln, auf hohen Stöcken im Rosengarten, die jungen Stämme, bemoost, und wie im Vorwärtsschreiten ein wenig geknickt : zärtliche Kniekehlen, Mädchengelenke / Storch-

schnabel, Rittersporn, Trüffel und Schwirrkonzert, gegen den Westhorizont, die verblassenden Konturen der Hügel, die Wechselrufe der wilden Tauben auf den benachbarten Firsten, unsere Vorstellungsketten, rufe ich, vielgestaltig wie Wolkenschatten über der Landschaft, ich neige manchmal dazu, mich düsteren Vorahnungen hinzugeben / als hätte ich nur noch wenige Wochen zu leben, was mich erstarren läßt / mir träumte die letzte Nacht, ich läge in einem riesigen alten Bett mit großen Bettvorhängen, halb zugezogen, und jemand, dessen Gesicht ich nicht sehen konnte, machte sich am offenen Feuer in der Ecke des Zimmers zu schaffen, und legte unausgesetzt nach obwohl Sommer war, auch standen die Fenster offen, ich wehrte es ab und rief, es sei ja schon warm genug!, im Wind vor dem Fenster schaukelten blutrote Pelargonien in hellgrünen Blumenkästen, die Gestalt am Kamin wandte sich um und ich sah im Widerschein der Glut daß es ein junger Mann in ländlicher Tracht mit blutroten Füßen war, und hinter ihm tauchte ein vergilbter Palmzweig in einer hohen Glasvase auf, die auf dem Boden stand und gesprungen schien, ich zog die Bettvorhänge zu daß niemand, wenn ich wieder einschliefe, mich ansehen könne, später kam ein Knabe der wie Tobias aussah lachend zu mir und sagte, er habe die roten Kniestrümpfe angezogen, ich blickte ihn an und erschrak, denn er war barfuß und bis zu den

Kniekehlen blutig rot, und im Stehen, als ruhte sein Unterarm an unsichtbarer Stelle auf schien seine abgewinkelte Hand lässig niederzuhängen, alsbald, flüstere ich, zwischen den Rüstern die Halbfigur, ein wenig verschwommen Giselle, rief MAN ESSE DANN VIEL BEDACHTVOLLER WENN ALLE ZUSAMMEN SEIEN, *auch müsse es lange sein,* es müsse von langer Dauer sein daß man mannigfaltig zusammen komme und einander wechselseitig und lange betrachten könne, auch würde man sich so besser darüber beruhigen können, daß die Zeit eine *unhaltbare und befristete* sei! die Gespräche, zu Häupten würden sich tröstlich entfalten und Samenhaaren eines Blätter- und Blütendachs gleich ihre köstlichen heilsamen Düfte verströmen und jedes abgrenzende nämlich eingeengte Gefühl vergessen lassen, *im Gegen- im Dritt- im Geviertschein,* das liebende Reden, das liebende Schweigen würde nicht enden, im Zusammen-Schein mit der Sonne, so habe Giselle gerufen, und daß wir einander nicht wieder verloren gingen! es dürfe kein allzu kurzes Verweilen sein / Fistel oder Fensterchen, rufe ich, es hatte uns alle erfaßt, die Dinge hatten sich zu verwandeln begonnen, auch sei er, Valerian, uns allen EIN STERN gewesen, aber vielleicht *habe nicht er uns verlassen sondern wir ihn . .*

im Gegen-Schein, im Zusammen-Schein mit der Sonne, und daß er nicht wieder entwiche!

im Gedritt- im Geviertschein, eine kleine Retuschierung des Auges, am Morgen, rufe ich, und sei es eine Augentäuschung gewesen? der gehörnte Mond, mit seinem von der Sonne entlehnten Licht / und dessen eine Hälfte das eine Mal hell das andere Mal finster sei / doch dieses Bild ich sehe es immer dazwischen / die Umgebung des Auges, und sei es eine Augentäuschung gewesen? wie überhaupt alles was um mich vorging in jenen Tagen? die Umgebung des Gartens, ICH SEHE ES MANCHMAL DAZWISCHEN, die Badeanstalt im weitläufigen Rasengelände doch dieses Bild ich sehe es immer dazwischen bis zum Ende setze ich dieser Vorstellung fleißig nach : vor einer Gruppe jugendlicher Badegäste auf Holzliegen : ein zages und schwaches Mundverziehen zwischen Weinen und Lächeln auf ihrem Gesicht : *so sah ich sie,* die pelzvermummte ältliche kleine Figur, in der Sonnenglut des Augustnachmittags ans Gittertor der Anlage treten und lange und mit starrem Ausdruck auf das muntere Treiben im Innern blicken / obschon dem Menschen viele Täuschungen vorkommen, *sah ich sie* mit pelzverhülltem Kopf auf der kleinen Moosfläche vor dem Gitter der Badeanstalt regungslos stehen, in der Nähe eines Baumes, dessen Schatten um sie fächerte, und ich sah dann daß sie sich abwandte, ein paar Schritte zu tun, aber ich war schon hochgeschnellt weil ich sie näher betrachten wollte, ich wollte mich eigentlich überzeugen davon, daß sie aus Fleisch und Blut sei! aber sobald ich ans Gittertor kam, war sie verschwunden, ich ließ meine Blicke dann noch lange vorwärts und rückwärts schweifen, konnte sie jedoch nirgends entdecken / später schien es mir, ich sähe sie in der Straße wieder, im dichten Menschengewühl, und sie stülpe versteckhaft-scheu eine riesige Pelzmütze über, oder hielte eine Hand wie einen Fächer der sie verbergen solle vor ihr weißes Gesicht, nach elf Minuten ist alles vorbei

der schiefe Ozean, des Mondes Gestalten, Schmetterlinge und Stiefmütterchen so renne ich auf und ab, tue Dienst im Schlund in der Hölle, auf dem Dachboden in der Küche, koche bügle und wasche, den Garten sehe ich manchmal dazwischen, doch dieses Bild, ich sehe es immer dazwischen, es blendete meine Gedanken, die Übung des Auges, und wahrhaft von Mund, ein hypnotischer Zustand, rufe ich, zwischen den Rüstern, der abgespiegelte Baum, Planetenstellungen, und es liege alles ganz nah beieinander wie Liebe und Verdammnis –

den Schlaf gesucht nicht gefunden, und wieder bei gehörntem Mond Ihre Briefe gelesen, außerorts, und wie das Anschlagen dunkler und schwerer Körper / den Geräuschen des Wassers welches gegen den Landungssteg hin- und widerwallte, gelauscht

(I.S. »einer Schlange über den Kopf zu streichen . .«) ein Möbel auf dessen Simsen so will es mir scheinen, wir liefen durch nächtliche Stra-

ßen.. wir laufen einer Schar uns verfolgender Freunde davon und welche uns, mit halblauten scherzhaften Zurufen neckend, zurückhalten wollen, die Natur der Passantin, Beatrice ist dicht hinter uns her, SAGEN SIE ES MIR LIEBER GLEICH, rufe ich flüsternd zu Ihnen, wollen Sie mit Beatrice allein bleiben?
Sie strecken lachend den Hals und rufen NEIN UND NEIN SIE IST NUR EIN EBENBILD! obligatorische schwarze Tasche / sie sei nur ein Ebenbild, und er bewahre ihr etwas wie eine aufmerksame, gewohnheitsmäßige Anhänglichkeit über die Jahre hinweg, weiter nichts.. allmählich, meine Gedanken beginnen sich zu verwirren, die Hagebutten am Straßenrand, rufe ich, *als wollte ich abschauen,* zu beiden Seiten der leeren Fahrbahn die roten Hagebuttstauden, er habe die Tür aufgemacht und sie angeblickt als hätte er nicht mehr damit gerechnet daß sie kommen würde, und wie ein Blitz sei ihr die Vorstellung durch den Kopf gegangen, daß es ihr eigentlich nicht wohl gehe, und während sie den Klingelknopf an seiner Tür gedrückt habe, habe sie sich vollkommen erschöpft gefühlt und als ob sie im folgenden Augenblick an der Schwelle zusammensacken würde, und was würde er dann tun? er würde sie vermutlich unter den Armen zu fassen versuchen und ins Innere schaffen..
er habe dann auf ihr Läuten wie in Verwirrung die Tür geöffnet und habe sogleich bei ihrem Anblick

mit einer Hand sein Gesicht bedeckt als würde er vor einem unabwendbar herannahendem Unheil sich schützen wollen .. er habe, obgleich sie sich überhaupt nicht verspätet habe, nicht mehr gerechnet damit daß sie kommen würde, eine Reihe beängstigender Träume habe ihn heimgesucht, während des oberflächlichen Schlummerns habe er einen Hinweis bekommen, AN DER SCHWELLE DES TRAUMES, nämlich er würde ihr geöffnet haben und sie würde ihm mit blutüberströmtem Gesicht entgegenstürzen, und er würde sie auffangen und einen unterdrückten Schrei des Entsetzens ausstoßen, es würde ihm den Schweiß aus den Poren treiben, und er würde sich nicht beruhigen können /
er habe sich einer Folge paradoxer und zum Teil krasser Gedankenverknüpfungen ausgesetzt gefühlt, er habe sich durch ihren Anruf augenblicklich belebt gefühlt, aber sobald ihre Stimme verklungen gewesen sei, habe er sich beengt und mißvergnügt gefühlt, er habe dann in seiner bekümmerten Ratlosigkeit, und ohne Absicht, in einem Nachschlagewerk geblättert und sei im Generalregister auf die *Hinweiszahl 7,14* gestoßen, dies habe ihn auf seine Morgengepflogenheiten verwiesen, früh aufzustehen um möglichst bald mit der Arbeit beginnen zu können, aber auch ohne Übergang, im Galopp zu verreisen –
der schiefe Ozean, rufe ich, Umgebung des Auges, es gäbe Schlafmittel, die bei einer gewissen

Anwendungsweise paradoxe Auswirkungen zeigten so daß der Schlafsuchende während einer ganzen Nacht wach liege . . in unfaßbarer Weise, es blendete meine Gedanken, ich beugte mich aus dem Fenster, um Sie kommen zu sehen, *aber ich wurde durch eine Bewegung von nebenan abgelenkt* : aus dem Augenwinkel konnte ich etwas im Nebenfenster sich rhythmisch bewegen sehen, *jemand staubte ein Tuch aus*, ich hatte jetzt einen raschen Blick hingeworfen, *jemand mit starrem Profil weißer Perücke staubte mit beiden Händen ein Tuch aus* : mich faßte ein Grauen bei diesem Anblick, ein Ekelgefühl! mir graute so sehr daß mir aus allen Poren der Schweiß austrat, aber es war auch eine Erschütterung, rufe ich, ich war erschüttert darüber, wie die Alte das Tuch hielt, ja, *wie sie sich an diesem Tuch festzuhalten schien* mit starrem wie geistesgestörtem Blick, *und um sich nicht hinabstürzen zu müssen*, mit rhythmischen Schlägen und ohne Augenbewegung gab sie sich dieser monotonen *Verrichtung des Beutelns* hin, und schließlich mußte ich mich abwenden weil ich es nicht mehr ertragen konnte / einer Schlange über den Kopf streichen, in der tiefsten Nacht, und vor Neumond oft spiegelt mir mein Bewußtsein erregende Bilder vor, versteckhaft mit leichten Poren, eine verwirrende Vorstellung folgt der anderen / mir träumte, jemand hätte in meinen zur Hälfte gefüllten Papierkorb eine Schlange geworfen um sich ihrer zu entledigen, sie raschelte dann noch längere Zeit zwischen den zerknüllten Papieren, züngelte des öfteren hoch, konnte sich aber nicht mehr befreien / Sie riefen damals, in den nächtlichen Straßen, es sei nur eine gewohnheitsmäßige Anhänglichkeit gewesen was sie mit Beatrice verband und was sie den Verkehr mit ihr über die Jahre hinweg aufrechterhalten ließ, ABER MAN STOLPERE GEWISSERMASSEN ÜBER SIE, mit vollen Lungen, flüstere ich, taten Sie diesen Ausruf, ACH BEATRICE SIE IST NUR EIN EBENBILD / vor dem Zubettgehen habe er noch etwas essen wollen, aber in der Obstschüssel die Bananen seien schon schwarz gewesen und die Brotschnitten in der Vakuumpackung schienen Schimmelflecke zu haben, er habe dann auf sein Hungergefühl vergessen nämlich er habe es *verschlafen,* und am Morgen habe es überall in der Wohnung nach verfaulendem Holz gerochen, der Mimosenzweig sei tief über den Rand des Glases herabgehangen aber die welken, zu Kügelchen zusammengerollten Blüten verströmten noch immer einen zarten Wohlgeruch, später sei dann auch bald *diese Passage mit der Schlange gekommen,* und als er ihr Zimmer betrat habe es nach Rosmarin gerochen / sie habe sich dann einer Folge paradoxer, zum Teil unfaßbarer Gedankenverknüpfungen ausgesetzt gefühlt, und sie habe mehrere zeitlich zusammenfallende Sinneswahrnehmungen registriert, er habe das *Handarbeitsdeckchen* vor ihr ausgebreitet das er in einem

Altwarenladen für sie gekauft hatte, und sie habe mehrere Male, aus Verlegenheit, gefragt ob es tatsächlich eine handgearbeitete Tischdecke sei und habe den Ajourrand mit vorgetäuschter Bewunderung durch ihre Finger gleiten lassen, sie habe ihn gleichzeitig wie aus der Ferne reden hören, ja, man könne es der Verarbeitung an der Rückseite ansehen, daß es sich um eine handgestickte Decke handele, nämlich an der Art wie die Fäden vernäht seien, und ihr Blick sei dann, wie zufällig durch die offene Zimmertür in die linke Ecke des Korridorfensters gefallen, in welcher die abgeblühte Hyazinthe stand, und sie habe wieder Giselles Erklärung gehört, daß es nötig sei, den abgeblühten Blumenstock im kalten Korridor abzustellen, wenn er im nächsten Jahr neue Blüten treiben solle, und sie habe dann im ganzen Haus *diesen Fäulnisgeruch* wahrgenommen, und sie habe ihn schließlich an sich selbst zu spüren vermeint, während sie saß wenn sie vorgebeugt saß nämlich als dränge er unaufhaltsam aus allen ihren Leibesöffnungen hervor /
einer Schlange über den Kopf gestrichen / die obligatorische Tasche / eine Verkleidung, Personenverkleidung, ein paar alte Klamotten, Gamaschenstiefel, noch rosa am Glied am Giebel, schiefer Ozean Schildereien, das Rendezvous der Freunde! und perseverierend, mein Ausschnitt aus diesem Körper, oder neckend am längeren Hals und Kopf, kopfnickend nickend den Hals, und

aufs äußerste eines Geschlechtsglieds / der aufgeregte Stil! so daß mir vorkommt, ich hörte mich wieder zu Ihnen sprechen : daß ich Sie beobachtet hätte wie Sie während des Lesens und Exzerpierens, von Zeit zu Zeit mit einem schiefen versteckten Blick mich gestreift hätten : *wie um zu prüfen ob ich inzwischen wieder eingenickt sei!*
plötzlich Mimosenwind, Diele und Bank, haben mich meine Augen getäuscht, oder wurden zweimal Ihre Freunde ins Bild gerissen?
solch Schwirrkonzert / wir saßen mit Freunden zusammen / solch turbulentes Radschlagen Poltern, Fortschweifen Wiederkehren, malerisches Verweilen! und Leichtfertigkeit, von Sprache, und wie sie ohne Zusammenhang dem Munde entschlüpft in Sekundenträumen, und sich, vollends in Beschämung augenblicks dorthin zurückwünscht!
ein Brausewetter! ein Blitzeschlafen! und doppelte Schwalbe! Doppelnatur! Träume in Bruchteilen von Sekunden, heftig, unvorhersehbar, ambivalent –
erinnern Sie sich, *mein hypnotischer Schlaf!* als ob Sie mich nicht einschlafen lassen wollten bei Tisch, und mich pedantisch anstoßen wollten, weil ich immer weniger aufzufassen imstande schien was um mich her vorging, oder geredet wurde . . *jede Art von Betäubung*, rufe ich, so daß mir immer von neuem die Augen zufielen und Sie Mühe hatten, mich zärtlich zu überwachen . . und

mich vom Brust Ort abzudrängen.. wo ich süß.. und sekundenweis.. Schlaf sog..
eine aufgewühlte Benommenheit, meine Gedanken beginnen sich zu verwirren, ein empfindliches Erschrecken das mir den Atem benimmt: das Gelächter der Freunde an unserem Tisch, die Gesichter der Freunde, furchterregend, im Rhythmus des Pulsschlags abwechselnd nah und ferne gerückt / IM WINKEL DES OBJEKTIVS / ein schiefer Ozean, Treppenfall, Schiffe die auf dem Meere schweben..
und Kindspersonen, rufe ich, welche mich alle ein wenig anstarren wollten, halb mitleidig halb belustigt, als handelte es sich um eine Verkleidung / Personenverkleidung / Landschaften Schildereien, aufs merkwürdigste zusammengebildet, bebildert, ein Möbel auf dessen Simsen / und *widerbellt als ein Hund*, die Beobachtung allergeringster Objektveränderungen, als hätte eine Hand sie aus ihrer ursprünglichen Lage verrückt, der gewürfelte Estrich, außen erscheinen die Fenster, die muntere Farbe, und Rede, der Kinder, welche ich durch ein (abwesendes törichtes und verlegenes) Lächeln bekräftigen zu müssen glaubte –
alles schien vor meinen Augen und Ohren ungewöhnliche Formen und Farben und Töne angenommen zu haben, und sie pausenlos gegen neue zu tauschen, bunt und geräuschvoll, die munteren Pfiffe der Vögel, unter dem Haus der offene

Gartensaal, die noch flache wenngleich gepolsterte Brust des einen weiblichen Kindes, die Umgebung des Auges, ein Möbel auf dessen Simsen, die aufgeregte und ungestüme Bewegtheit der Kinder-Spiele, das zu einem neuerlichen Höhepunkt gesteigerte schräge Trollen, jagende Balgen, hakenschlagende Feixen

plötzlich, ein Auseinanderklaffen der Bilder, im schütteren Wald im Winkel des Waldes, Sie ließen es allzusehr in der Schwebe .. so daß ich von neuem die Richtung verlor, Ihre Tagseite Nachtseite, und als hätten Sie mich in eine ratlose Verwirrung gestürzt .. im schütteren Wald, beim Einhängen und Abbrennenlassen der Sprühkerzen im unbelaubten Geäst, plötzlich das Licht, ein Auseinanderklaffen der Bilder, als wollten Sie mich ablenken, mich mein gestörtes Gleichgewicht wiederfinden lassen / plötzlich das Licht, rufen Sie, flammte von innen her gegen die Scheiben, taumelte plötzlich gegen die Scheiben / zwei rötliche Schmetterlinge, flüsterte ich, Widerschein eines Glücks, einer Verheißung .. erinnern Sie sich, wir klatschten vergnügt in die Hände, hakten mehrere Sprühkerzen in den bloßen Zweigen der Erlen fest und entzündeten sie, wir traten dann ein wenig zurück, das Feuerwerk betrachten zu können, schlangen beglückt die Arme um einander und riefen einander zu SOLCH HEIMLI-

CHER WALD, ACH SOLCH PARADIESISCHER GARTEN! und gefiederte Bilder, gegen den Westhorizont, *wahrhaft von Mund,* ein Aufflammen, Erlöschen von Licht in Fenstern, eine Kette verwirrter Geister, die Tannen und Zirben des Wäldchens mit langen Sprühkerzen behängt .. ES IST WIE WEIHNACHTEN! ACH ES IST WIE WEIHNACHTEN .. und im Wirbel des Waldes, die blendenden Sternenkräuter .. und während wir später unbekümmert und fröhlich die Straßen des Städtchens durchwanderten, überließen wir uns jener Art angeregter Betrachtung, die jeden geringsten Gegenstand einen Rang des Bedeutenden, ja Unvergleichlichen annehmen läßt, und alles schien uns gleichzeitig aufzufallen, im nämlichen Augenblick zu berühren, auch wandelte uns das neugierige Verlangen an, möglichst oft zu verweilen, um im Genuß solcher Stimmung DIE ALLES NEU FÜR UNS MACHTE, jegliches Menschengesicht, jedes Ding, den Himmel, die Luft, staunend miteinzubeziehen, also die reinen Begriffe bereitwillig aufzufassen : wie sie den Sinnen in kurzweilig frischer Umkleidung sich darbieten wollten, in Fasern und Farben, ein Aneinanderbiegen, in Schildereien, in Fenstergärtchen, wir folgten dem Nicken der Glyzinienköpfe lange mit unseren Augen, ahmten ihre anmutigen Bewegungen halb scherzhaft mit Kopfschwenken nach, lauschten den munteren Vogelrufen in den beinahe kahlen Gebüschen / später ein Schlingern der Luft, ein behende schwirrendes Echo im Umkreis, von den Giebeln der Häuser, wie riesige Zipfelmützen, bizarr heruntergezogene grüne Türmchen, die kalten Strahlen der Sonne rieselten funkelnd darüber .. zusammengesetzte Naturen, erinnern Sie sich, die roten Pappelrosen in ihrem Gehege, der hochaufgeschossene Knabe mit Tropenhut, welcher uns raschen Schrittes überholte und dabei in der vors Gesicht gehaltenen aufgefalteten Zeitung las, in einem Alkovenfenster die beiden dunkelmähnigen Jünglinge, hintereinander stehend, herunterblickend, die gestreckten Arme seitlich gegen den Fensterrahmen gestemmt, und der größere schaute dem kleineren abwechselnd über die eine und andere Schulter, sie kehrten sich dann zu einander und nestelten an sich und einander herum, der eine stülpte sich dunkle Brillen über / Koinzidenzen, im Himmelsgewölbe das Hauszeichen bildete einen weißen Hirschen ab, der, auf einer gebüschelten Moosfläche stehend, aus welcher mehrere Rispen des Nesselkrauts ragten, an einer vom Bildrand herabhängenden Fächerquaste knabberte, im leeren Schaufenster eines Strickmodengeschäfts kauerte eine kleine grüngekleidete Frau mit bloßen Füßen und war damit beschäftigt, sich einen Span aus der Sohle zu ziehen, ein Fenster zerbrach über unseren Köpfen, splitterte dicht hinter uns auf den Gehsteig, einzelne helle Stimmen näherten sich, jemand reichte den Ellenbogen statt der Hand ..

ein Aneinanderbiegen, Repliken, der volle und bleiche Mond, Anachronismen, abzuleiern und alles, im Widerschein eines Lächelns, erinnern Sie sich jener besonderen Erscheinung : als der Widerschein Ihres Lächelns, in der Straße, von Beatrice auf mich überging? Sie hatten sich in der Straße lächelnd von Beatrice verabschiedet, ich war zufällig vorübergekommen und ich fing Ihr Lächeln von Beatrices Zügen auf : *als hätte es einzig und von Anbeginn mir gegolten!* : und es mochte dort eine Weile weitergestrahlt haben, denn es schien mir, ein jeder der meinen Weg kreuzte, hätte selbst entgegen seinem Willen in einem plötzlichen Augenblick der Überraschung innegehalten, mich zu betrachten –
Erfindung, und Ebenbild!, rufen Sie, ach Beatrice, sie ist nur ein Ebenbild / düsteres Heimchen, feuchte Koloratur, Grille zirpend durchs Haus, einmal, rufe ich, kamen Sie die Stiegen zu ihr herauf und sahen Sie vorgebeugt, und abgewandt, stehen, sie wetzte ein großes schartiges Küchenmesser gegen den Rand der untersten Steinstufe, blickte erschrocken auf als Sie zu sprechen begannen und Sie fühlten sich tatsächlich von widerstreitenden Regungen der Befremdung Verlegenheit und Furcht wohl auch des Mitleids, durchdrungen, *gleicherweise fand ich sie fassungslos hockend,* rufen Sie, oder : als ich sie so

sah, wie auf Knien, mit offener Brust, und ausrufend WIE ANTIPODEN SIND WIR, ALS WÜRDEN WIR PLÖTZLICH ENTGEGENWOHNEN!, empfand ich sogleich, es lag etwas Drohendes, und Verzweifeltes, in der Luft : AUCH SEI EIN LOSTAG GEWESEN! / in allen bedeutenden Gegenden / Beatrice hätte sich umgezogen, ein Straßenkleid mit großen weißen Tupfen und Fledermausärmeln übergestreift auch habe sie sich eine rosa Schleife ins Haar gesteckt .. POLKA DOTS, rufen Sie leise, Halbfigur! die unerschöpfliche Brust, ein wenig verschwommen der Himmel im blumenverzierten Alkoven .. Schrippengras eigentlich Hanfkraut, Nesselfarn : ein Blütenfaden aus dem Willkommstrauß der über der Schwelle hing, sei, als sie durch die Tür auf den Korridor trat, an ihrer Haarschleife hängen geblieben, etwa ein Plätzchen und nackt wie Splitter, bei gewissen Bewegungen sei ihre Blöße zu ahnen gewesen, aber *es stachelte nicht eine Lust in ihm an* : vielmehr habe er sich bald wieder fortgemacht, die ausgeblichene Rispe des Federstrauchs sei dann, nachdem sie sich von ihrem Kopf abgelöst hatte, in einem Lufthauch vom Korridorfenster ihm *nachgeschwebt* / ein Taubengestirn zwischen den Rüstern die Halbfigur, über Ätherwellen ein starrer gläserner Ton wie von einer Schar *ausschwirrender Riesenlibellen,* dann der Wechselruf zweier Wildtauben als Sie die Straße, die in gleißendem Licht lag, wiederbetraten so daß es Ihnen

vorkam, die Akkommodation des Auges wollte nicht gleich gelingen .. nämlich die eindringlich lockenden Stimmen zweier Amseln vom Dachfirst gegenüber, das nahende Donnern eines Flugzeugs ohne daß Sie es ausmachen konnten, versteckte Formen einer Beziehungswelt, rufe ich, Anachronismen, abzuleiern und alles ..
der volle und bleiche Mond anderseits die scheidende Sonne, und heimkehrend hatten Sie im Treppenhaus ein sachtes Zirpen und Knirschen vernommen *tatsächlich ein Zwitschern* : und sogleich Ihren Kopf nach hinten geklappt um im Gewinkel und Treppengewölbe womöglich ein frisch gefertigtes Schwalbennest zu entdecken und mit aufgesperrten Schnäbeln die jungen Vögel darin –
Koloraturen, rufe ich, Anachronismen, abzuleiern und alles, und sei es ein musikalisches Akkompagnement gewesen?
Sie erblickten dann im oberen Stockwerk den greisen Verwalter, aus Ihrer Position vorerst rumpfabwärts also von unten, in der Nische eines offenen Korridorfensters, auf dem marmornen Fensterbrett, stehen, und, indem Sie höherstiegen in seiner ganzen Gestalt, und konnten sehen, wie seine eine Hand – daß es davon zirpte und knirschte – mit einem Putzlappen in raschen Bewegungen über die Scheibe des Oberlichtfensters fuhr, während die andere sich an der Gabelung des Fensterkreuzes festhielt, so hingen die

Wolken tief in die Luft / und der Himmel hatte Feuer gefangen, beschwerte das Haus /
die Gesangvögel, Meerkatze, Angelstern, eine solche Geschehensform sei voller Widersprüche gewesen, voller Gedankenbrüche, überdies hätten sich die Phobien gehäuft, die Pausen dazwischen seien kürzer geworden /
Bilder und Briefe aller Gegenden, rufe ich, im Galopp verreisend, und kaum jemand sonst vermag es, Eindrücke so gut zu vermitteln wie Sie, lieber Valerian, und denken Sie nur, an eben dem Morgen als Ihr Brief vom letzten Augusttag kam, erreichte mich auch jener andere Brief, den Sie, vor vielen Monaten, einer gemeinsamen Freundin für mich anvertraut hatten, *beinahe unmerklich, schrieben Sie damals, gehe die Veränderung in Ihnen vor ..*
ein Aneinanderbiegen und unter Blumen gefangen, der Welt größte Körper, ich sehe manchmal Ihr stilles Gesicht nah vor mir –

später sitzen wir dann im Schatten eines jener großen Bäume die das Brunnenhaus säumen, zwischen den Rüstern das leise Schleifen Schnarren und Zirpen zage Rücken der Kufen im Kies sobald Sie, in Ihrem Schaukelstuhl ruhend, Ihren Oberkörper hin und wieder ein wenig strecken : ein absichtsloses gedankenverlorenes Ansetzen zu einer Schaukelbewegung, zerstreuter Wind in

den Wipfeln, und wie Sie lange mit halbgeschlossenen Augen nachzusinnen scheinen
in jener beiläufigen Badewiese, rufe ich, wenn der Wind, jäh und ungestüm die Blätter der hohen Hecke auseinanderbog, glühte es von entfernteren Fenstergärten rot auf, plötzlich, an der Vorderseite eines flächig anmutenden mächtigen Trompetenbaums erschien eine leuchtende Mondscheibe / wie auf Gemälden, rufe ich, die Platane ließ dann ein Blatt niederfallen, es berührte uns leicht, glitt an uns herab, sank vor unseren Füßen ins feuchte Gras : es hat die Form einer Hand nachgeahmt! rufen wir beide wie aus einem Mund, es habe noch Grünes in seiner Mitte, an den schöngliedrig gespreizten Fingern schon Gelbes und Braunes gehabt, die reglose Luft ins Grüne und Blaue verschwommen / verloren, unter dem Schattengewölbe, von Buchen und Erlen . .
Sie halten das tönende Kästchen dicht ans Ohr, aber, rufe ich, Sie scheinen kaum hinzuhören! Sie scheinen es vielmehr als akustischen Schild gegen unliebsame und fremde Geräusche gebrauchen zu wollen! – tatsächlich sei ein störendes Stimmengewirr, je mit den Wellen der Luft näher oder ferner gerückt, aus den unteren Teilen des Gartens vernehmbar gewesen, aber vielleicht, flüstere ich, wollten Sie auf solche Art auch nur einer *plötzlichen Anwandlung von Verlassenheit inmitten vertrautester Umgebung* entgehen /

unter dem Schattengewölbe von Buchen und Erlen ein schmeichelnder Wind / er habe das Kästchen gegen sein Ohr gepreßt, er habe so Stunden im Rohrsessel zubringen können, es habe den Anschein gehabt, er habe nicht wirklich hingehört so sehr sei er mit Nachsinnen beschäftigt gewesen / er habe mit halbgeschlossenen Augen das tönende Kästchen zärtlich an sich gepreßt, ebenso habe er sich immer von neuem mit liebevoller Versunkenheit dem Rauschen des Meeres in der spindelförmigen und rosettenverzierten Muschel welche er einmal von einer Reise mitgebracht hatte, hingegeben / mit geschlossenen Lidern, auch sei sein Atem so unhörbar leise gewesen daß beim Anblick seines vollkommen stillen und schönen Gesichts ihrem Gefühl von Bezauberung sich auch ein solches von schmerzlicher Vorahnung und tiefer Wehmut beimengen wollte / die Seidenblumen und Rosmarin / und sie würde augenblicklich der Täuschung erlegen sein, der Todesschlaf habe ihr ihn an diesem heiteren Frühherbstmorgen entrissen : *noch nie habe sie jemand so sanft schlafen sehen :* kaum hob und senkte sich seine Brust, ein wunderbares rätselvolles Lächeln schwebte um seine blassen und schmalen Lippen, der Widerschein eines goldenen Luftschleiers in welchem, der Flügelzeichnung eines Pfauenauges vergleichbar, eine unendliche Zahl warmer dunkler Pupillen zu zittern schien, lag über Stirn und Wangen gebreitet . .

(TRANSALPINER RADIONIST) / über Ätherwellen, zärtliche Schleppe, und Nesselgewand, mein Ausschnitt aus diesem Körper, *er habe sich endgültig fortgemacht,* so im Galopp verreisend, Muff und Stola aus Affenpelz ..
und wie tränengeblendet gegen die Sonnenerscheinung, er sei, obgleich er erkannt hatte, daß die Bahn die er hätte erreichen wollen, sich bereits in Bewegung gesetzt hatte, noch zwei oder drei Schritte vorwärtsgelaufen als habe er es nicht wahrhaben wollen / eine Verlegenheit, aus einer Vergeblichkeit, rufe ich, Fußfessel Ferse und Treppenfall / unter dem Schattengewölbe von Buchen und Erlen, rufe ich, sein erschrockenes Armzeug, er schirmte gewohnheitsmäßig die Augen ALS SEI ES DIE OFFENE SONNE aber es habe der volle Mond durch die Gardinen geleuchtet als er erwachte – er trat dann ans Fenster und erblickte auf dem frisch gekalkten Schornstein gegenüber einen reglos hockenden dunklen Vogel, ohne ausnehmen zu können von welcher Gattung er sei / in der Straße, das Bastardhündchen und welches sein Geschäft verrichtend sich umschaute ob ihm jemand zusehe, jaulte fast unhörbar auf, in der Morgendämmerung der grellblau gestrichene Hydrant, an der Straßenecke, schien *mit zwei seitlich gestreckten Armstümpfen zu winken* .. Affix .. aus ihrem hypno-

tischen Schlaf eigentlich Ohnmacht sei sie erwacht .. er beuge sich dann aus dem Fenster, den Geruch von welken Blumen und Laub aus den verwilderten struppigen Vorgärten einzuziehen .. und angeheftet .. zwischen den Rüstern, die Halbfigur, ein wenig verschwommen Giselle, DIESE PERSON MÜSSE VOLLKOMMEN REIN BLEIBEN!

im Sonnengezirkel, sie seien zusammen in einem größeren Kreis von Freunden gewesen, es sei nur eine leichte Bewegung ihrer Arme gewesen, ein Vorstrecken und Zurückziehen, in Sekundenschnelle, aber er habe diese Geste sogleich als Anzeichen eines in Augenblicken großer Erregtheit oder Betroffenheit in ihr auftretenden Kältegefühls zu deuten gesucht und die Frage an sie gerichtet OB SIE TATSÄCHLICH FRIERE? sie habe die Ärmel ihres hellen Jacketts durch abwechselndes Strecken und Beugen der Arme in die richtige Lage zu ziehen versucht und auf seine Frage mit einem zerstreuten Lachen geantwortet : *keineswegs friere sie*, die Ärmel des Kleides unter ihrem Jackett hätten sich bloß ein wenig nach oben verschoben : ohnehin sei es warm hier, die Fenster der Gaststube stünden offen und ließen die laue Sommerluft ein : ABER IM RÜCKEN DIE SPIEGELWAND ÄNGSTIGE SIE! ja, die Vorstellung daß ihr Rücken, daß ihr Hinterkopf, den Blicken jener der Spiegelwand gegenüber Sitzenden ausgesetzt

sei, sei ihr unerträglich! habe ihre Gedanken zu beherrschen begonnen! schon fühle sie sich aus dem Zusammenhang des allgemeinen Gesprächs ausgegliedert, den Worten ihres Tischnachbars könne sie kaum mehr folgen / sie sollte später vielleicht einen anderen Platz wählen, aber eher nicht einen solchen der sie dem steten Anblick ihres eigenen Spiegelbilds aussetzen würde, denn dies könnte ihre zornige Befangenheit womöglich noch steigern
IM RÜCKEN DER LANGE SPIEGEL : er habe eifrig genickt, verständnisvoll zu lächeln versucht, und sie habe gespürt, während er Kopf und Nacken bewegte, daß seinen Kleidern ein frischer Duft entströmte vermutlich Rosmarin, er habe dann dieses und jenes zu ihr geredet aber sie habe ihm nicht mehr zugehört, und eigentlich habe sie außer der Helligkeit seiner der Hitze wegen ungewöhnlich stark hervortretenden Augen und der winzigen Schwitzbläschen die sich an seinen Lippenrändern gebildet hatten, *nichts mehr auffassen können* / sie habe sich vielmehr in die Position eines scheinbar aufmerksam lauschenden wenngleich vollkommen stummen Gesprächspartners GESCHICKT, ODER GEFLÜCHTET, und habe sich plötzlich, zu ihrer Verwunderung, mitten in einem ungemein vergnüglichen Geschehen befunden, über das sie nicht zu reflektieren vermochte : es habe ihr plötzlich Vergnügen bereitet, das Mienenspiel ihres Gegenübers zu imitieren,

scheinbar verständnisvoll nachzuzeichnen, jedem Stirnrunzeln, jedem Hochziehen seiner Brauen nach Spiegelbildart zu entsprechen, seinem Lachen das eigene wie ein allzu knapp bemessenes Echo folgen zu lassen .. glättete sich einmal sein Gesicht für Sekunden, nahm auch das ihre einen gleichmäßig-ernsten Ausdruck an, oder ihr Blick wechselte neugierig hüpfend zwischen seinen Augen und seinen Lippen hin und wider, sie blickte dann auch ein wenig zur Seite, an ihm vorüber, *und wie verdutzt, nach unten, zum gewürfelten Estrich*

die Entdeckung des Lichts, rufe ich, einen ganz neuen Umkreis beschreibend, ein Zustand der Überraschung, ein Meerschaum-Mund, ein langes Leuchten und Glockenwohnen .. drei Uhr früh, rufe ich, von der Straße ein seltsam bauschiges Lärmen als würde auf Lederbeutelchen eingeschlagen, auf meiner Schwelle das BLUMENGESCHENK, als ich heimkehrte, verwirrte mich, zwischen den weißen und getigerten, einen betäubenden Duft verströmenden, Lilien ein Kärtchen mit meinem Namen, aber Widmung und Unterschrift waren nicht zu entziffern .. der hypnotische Lilienduft, und obwohl in geläufiger Sprache will es mir scheinen, ich könnte nichts von dem was Sie zu mir reden verstehen / *ein Durch-Imitieren ein Wandern durch ein Motiv*, auch hielten Sie

sich zumeist in Gedankenbereichen auf, die mir verschlossen schienen, ich vermochte kaum je, Ihnen dahin zu folgen, nickte nur, ein Verständnis vortäuschend, hie und da mit dem Kopfe – die Verborgenheit Ihrer Gedanken, die Schwerelosigkeit Ihrer Stimme, der hypnotische Bannstrahl, Ihres Auges .. oder als zögen geheimnisvolle Wolkenschatten über eine Landschaft hin .. ein hypnotischer Blütenduft, beim Lesen mir fallen die Augen zu, Sie stoßen mich an daß ich nicht wieder einschlafen solle, meine Schritte die nicht mehr vorwärtskommen, Sie eilen mir über steile Wassertreppen voraus, indem Sie die anmutigsten Reize Ihrer *Gedanken-Prospekte* vor meinem Auge abwechselnd enthüllen und wieder verdecken, Donner und Blitz, ein geraffter Schleier vor der Fassade, der greise Verwalter, unter dem Schattengewölbe der Balustrade, schirmte lange das Auge mit seiner Hand .. Sie scheinen von Augen bedeckt, Sie wenden sich mit einem unbestimmten Lächeln an mich als ob Sie über meine Anwesenheit überrascht seien, zwischen den Rüstern die Halbfigur ein wenig verschwommen, Giselle, etwas Landläufiges, rufe ich, erinnern Sie sich, als Giselle es sich wieder einmal in den Kopf gesetzt hatte, Ihretwegen zu fasten!
Mund und Mündchen .. wir bogen um eine Straßenecke, zu dritt, sie schien auf wunderbare Weise verwandelt, schien schmächtig geworden,

furchtlos und kühn, UND VON ERLEUCHTUNGEN BEDRÄNGT! ihre Haltung schien etwas Empfindliches, etwas würdevoll Feierliches angenommen zu haben, drückte Anmut, und erhabene Zuversicht aus –
später, rufe ich, schweigend und matt : sie trug schwarze Kleider an jenem Morgen, sie saß in einem tiefen Holzsessel mir gegenüber, und streckte die Beine weit von sich und auseinander *als habe sie aufgegeben* während ihr halberwachsenes Kind Tobias an einem Seitentischchen schweigend die Suppe löffelte, nämlich an diesem Morgen saß sie mir gegenüber in einem tiefen Holzsessel, streckte die Beine weit von sich und auseinander, die festen kleinen Füße in schwarzen Halbschuhen / also mit schwarzen Bandagen umwickelt, Pantöffelchen wie die Tänzerinnen dergleichen tragen / eigentlich manisch, in den Augen schreckhaft flackerndes Licht, Schwitzbläschen an den Lippen, und nachdem sie tagelang keine Nahrung zu sich genommen hatte / relativ hoch postiert, rufe ich, UND NICHTS AUSSER WASSER!
erhöht und gesteigert, *es mundete ihr,* panisch und pausenlos sie fühlte sich beinahe fliegen, schmachtend so in der Fuge (Fügung), im Flug, über den Wassergärten, und zwischen den Erscheinungen (»hiatus«), kippte alles fortwährend um, ein verschiedener Sprachakzent, rufe ich, sie habe sich plötzlich von einem überwälti-

genden Gefühl der Erregung ergriffen gefühlt, Gestalten und Umstände offenbarten sich ihr in immer neuen verwirrenden Zusammenhängen und Ausmaßen .. das schlaffe gelblich verfärbte Lindenblatt auf dem Rasen, das Hören verschiedener Töne beim Erklingen eines einzigen Tones, und wechselnde Zimmerechos, so daß der Schall in verschiedene Richtungen gelenkt sei, Verdünnung durch Wolkenbruch, Anwandlung einer Blutunterlaufung .. »so groß sei die Hitze gewesen im Haus ..«

Nachahmung von Natur, das schlaffe gelblich verfärbte Lindenblatt auf dem Boden, bei umgekehrtem Blick (»hiatus«), im Hintergrund, nur erahnbar, das Klirren von Gläsern –

etwas Landläufiges, rufe ich, die Rosenstöcke im Garten, sie bedecke dann zeitweise ihr Gesicht mit den Händen SO SEI SIE ERSTARRT, es erscheine ihr eins ins andre verstrickt, und verschachtelt, die Rosenstöcke im Garten die mehreren Gräser, die Rosenstöcke zu Anfang des Winters, ihre Köpfe, verdorrt, *zur Erde niedergebogen und niedergebunden,* in Stroh verpackt, unter einer Laubdecke begraben : nämlich ihr Kopf, Giselles Kopf, eine Feinnervigkeit, rufe ich, sie sei dann mit weit von sich gestreckten Beinen vor Ihnen gesessen *als habe sie aufgegeben,* sie sei mit weit von sich und auseinander gestreckten Beinen in einem tiefen Holzsessel ihm gegenübergesessen, *ihr Kopf an ihrem hübschen Halse hing tief herab*

/wir saßen im Wintergarten zu dritt, Sie flüsterten später zu mir, ohne mich anzublicken OHNEHIN SAMMELTEN SICH UNNÖTIGE DINGE WIE VON SELBER AN! so wollten Sie sich nicht noch mit Gegenständen, welche Ihnen zum Geschenk gemacht würden, belasten – wenn es unumgänglich wäre, würden Sie, was Ihnen aufgedrängt worden war, nur in Verwahrung nehmen wollen also bis zu einem Zeitpunkt, da es Ihnen wieder abgenommen werden könnte –

Hanf oder Hänfling so greife es ihr ans Herz / sehen Sie doch! etwas Panisches, sehen Sie doch, im Keim erstickt, welkend in ihren greisenhaften zerknitterten Trieben, die winzigen Rosenknospen, sie werden nie aufgehen! sie werden verkümmern, verfaulen, verderben, ihre Blatthülle wird sich von rosa nach schwarz verfärben, ach sehen Sie doch, in rosa Seidenpapier verpackt, die zahllosen kleinen Geschenke – ich habe sie lange hier aufbewahrt, in der Hoffnung, Sie würden sie eines Tages doch noch an sich nehmen wollen ehe sie verblassen, zu Staub zerfallen

mit verbergenden Augen!, rufe ich, es greift mir ans Herz, rufe ich, silberne Tabatière mit kleinem Singvogel, der sich nach Schluß des Gesangs seitlich hinlegt und im Kästchen verschwindet, eine sitzende Mohrengestalt, der Hammer im Nimbus und auf den Amboß geschlagen, ein musikalischer Pokal aus welchem sich im Fließen der Melodien eine kleine Schlange windet, und

wieder versinkt, ach! rufe ich, auf einer alten Schallplatte hört man Vogelgezwitscher, jemand stimmt einen stillen Gesang an, bläst die Meermuschel, das hat mich an Ihren Garten erinnert / und den ich wohl nicht mehr sehen werde . .
die weißgraue Eskimopuppe, aus Wachstuch, ist umgefallen und liegt auf dem Herzen

die Augen-, die Wangenklappen, das stampfende Herz, ein winziger weicher Herzschlag, unter den Bäumen, in der Allee, das gestockte Blut in der Straße die zertretenen Maulbeerbaumfrüchte, Marie Elend, Maria Schnee, ich fühle wie Giselle mich an der Hand nimmt, als würde sie mich sogleich in etwas einweihen wollen das einzig mir vorbehalten sein solle, die Augen-, die Wangenklappen, sich sputen, es hatte uns auf eine seltsame Weise befreundet, sie nimmt mich vertrauensvoll beiseite, sie zieht mich lächelnd hinter sich her, wir betreten hintereinander die hochgelegene Terrasse, die freie Sicht von hier oben, über die Dächer der Stadt! die bunten Wassergärten! und bis zu den Bergen! so rufen wir, wie aus einem Munde, flüssigen Landes unter Zypressen! ach die freundlichen Topfpflanzen, zarten Luftmalereien . .
später sitzen wir dann im Schatten eines jener großen Bäume die das Brunnenhaus säumen / relativ hoch postiert, rufe ich, Bodenwelle mit

Blumen, Sie hatten ja Giselles Brief nur zu einem Drittel gelesen, rufe ich, Sie hatten zuerst den Brief zu lesen begonnen ohne die Miene zu verändern, ihn aber dann mit einem schmerzlichen Lächeln beiseite gelegt / nämlich er habe sich durch die Lektüre des mehr als acht Seiten langen Briefes geschwächt gefühlt, es habe ihn über die Maßen angestrengt, der klagende Ton darin habe ihn tief bedrückt, der Lindenbaum warf dann ein Blatt ab : es habe die Form eines Herzens gehabt, das schlaffe wellig gebeulte Lindenblatt segelte vor unseren Füßen ins feuchte Gras, seine Farben flossen gelb und grün in einander, ich hob es auf und wir sahen, der Stiel war geknickt und an der Rückseite des Blattes *angelegt und wie angeschmiegt*

so flitzen die Wangen vorüber, zwei Fagotte ein Couvert aufgerissen, ein Federspiel, ein Gedankenspiel, ein Repetieren der Hörner Fagotten, ein Nachtschrecken, lieber Valerian, ein Rose-von-Jericho-Wunder, Mariazeller Kerzen zum Beispiel ich träume so viel / ist es ein Namenszauber?

ich vermied es törichterweise, rufe ich, mich ihm zu erkennen zu geben weil sein Name mir nach den vielen Jahren nicht mehr geläufig war, ihm mochte es ähnlich ergangen sein, so zerrten uns unsere Blicke die meiste Zeit hin und wider, wohl kehrten wir unsere Köpfe immer von neuem nach einander, blieben aber nicht stehen, einander zu grüßen / Maria Namen Marie Elend Maria Schnee, hinter meinen dunklen Gläsern, wie hätte ich ihn anreden sollen? zu seinem gelichteten KATZENKOPF welcher eben um eine Straßenecke verschwunden war, assoziierte ich endlich ein großes O -- : aus der Erinnerung taucht, leicht ablesbar für mein inneres Auge und vignettenhaft sein vollständiger Namenszug auf ..

ein Aufblühen in Grün Blau und Purpur so flitzen die Wangen vorüber, *Schein der Erde (Breton)* es blendete meine Gedanken / im Schaufenster der Blumenhandlung, an der ich eben vorübergekommen war, saß, inmitten verzweigter Topfpflanzen und üppiger Sträuße in hohen Vasen, ein riesiger schwarzer Kater mit grünen Pupillen und blickte gelassen vor sich hin, ich machte ruckweise halt, und einen Schritt rückwärts, um *dieses Bild,* das in warmen sanft-funkelnden Wellen mich eingeholt hatte, bewußt auf mich wirken zu lassen : das Tier begann sich zu strecken, sein Fell zu sträuben, es faßte mich kurz ins Auge, bewegte sich behutsam zwischen den Blumenarrangements umher / ein geschmeidiges Zeitmaß, rufe ich, wild und schmachtend zugleich, ein Aneinanderbiegen, am frühesten Morgen, ein Aufflackern Flirren und Flattern, das violette siebenflötige Fliederrohr, wenn es nachts im Wind tönt .. in den Bosketten mit vollen Lungen in den Längsbeeten farbenreichen Gestecken die blendenden Asterblumen / *aus Waldtrümmern, rufe ich, im Winkel des Waldes,* ein Aufblühen in Gelb Grün und Blaugrau, gleichwohl verdutzt und wie unter Blumen gefangen

ein polyphones Geflecht, rufe ich, ein grobianischer Sprachfuror, Giselle verstand sich zu solchen Zeiten des Fastenhaltens vorzüglich auf die Kunst des doppelten Hörens, sie konnte, beim Erklingen eines einzigen Tones auf beiden Ohren verschiedene Töne hören, ein langes Sirren in ihrem Kopf, ein Flirren und Flattern, ein an- und abschwellender Ton, von der Flurseite her, sie konnte lange bevor sich jemand der Türe genähert hatte, das Schellen der Hausglocke hören / Bildtüren, Kaskaden, das exotische Licht, rufe ich, Wärme der Dämmerung, Giselle habe sich von *Gehör-Visionen* bedrängt gefühlt, kleine Äolsharfe Windharfe zwischen den Zähnen, Geisterharfe, sprödes Repetieren der Hörner Fagotten ein Federspiel, zwei Fagotte ein Couvert aufgerissen, wechselnde Zimmerechos so daß der Schall je in andere Richtungen gelenkt sei –

ein Sausen Schwingen und Schwirren, ein Rassel- und Raschelgeräusch, eine elektrische Bahn fährt an meinem Fenster vorüber, ich sende Ihnen

heute zwei Nymphen, Seerosen .. der Wind im Garten bläst, und die Fliederröhren tönen wie Flöten .. so haben wir jetzt echte Windflöten in unserem Garten .. ein Möbel auf dessen Simsen / ein schlaffes gelblich verfärbtes Blütenblatt hatte sich aus dem Tulpenstrauß in der Vase gelöst und war lautlos auf den Fußboden niedergesunken, in der Straße, ein dürres längliches, mit seinen Rändern nach oben gekrümmtes Blatt, ruhte kahnförmig gewölbt auf einer kleinen Pfütze .. sende Ihnen den Mond über China dort wo dieses Blatt liegt und sich aufschlägt, in Nîmes zum Beispiel, so ins Grüne gehaust, zwischen Moos und Eichenblättern, hinter dem römischen Tempel / Giselle tippte gedankenverloren mit der Fußspitze an nämlich was sie für einen alten Talisman hielt, blickte zu mir herüber und fragte UND HABE ER ETWA VON FERNE GRÜSSE GESANDT, EIN ZEICHEN GEGEBEN .. das nächtliche Grollen, habe es uns gegolten?
Gegenstände von Liebe, Mövengefieder, einer gesamten Körperwelt, Fetisch-Objekte, Landschaften Schildereien, ein Möbel auf dessen Simsen, und doppelte Schwalbe Doppelnatur, ach die Brieftafeln! habe er immer gerufen, Gottesmutter von Wladimir, Maria Namen Marie Elend Maria Schnee, seine Handpalme einerlei Raserei, Sprachhand und Pilgerspiegel, das Amulett gegen den bösen Blick, der Talisman im Knopfloch seines Jacketts, die winzigen Widderköpfe, perlenbesetz-

ten Muscheln, tief in die Manteltaschen versenkt, Überreste von Asche und Bimsstein, die runden Anstecknadeln, Trophäen an seiner Schulter / Bildtüren Kaskaden einerlei Raserei seine Tagseite Nachtseite, linke Brustseite Stelle des Herzens, im dunklen Holzrahmen gegen die Wand die wechselnden Mädchenköpfe / Schein der Treue / abzuleiern und alles – WIR SIND JETZT ALLEIN!

aus Waldtrümmern, rufe ich, von der Flurseite her, es begabte Giselle mit dem Doppelhören, plötzlich ein fahles Licht, die gefiederten Wasserbäume im Eis, im Wind, an den Fensterläden, gefranste dumpf schattende Fluten .. eine Verrückung, eine Verschiebung, eine Kopfhaut-Verplatzung! flüstert Giselle, *eine Ohren-Verstellung, -Vertellung* .. es begabte sie dann mit dem Doppelhören, sie habe sich zu solchen Zeiten den merkwürdigsten *Gehör-Visionen* ausgesetzt gefühlt, ein Flattern und Flackern, von der Flurseite her, ein Sausen Schwingen und Schwirren, ein Gläserklirren, auf beiden Ohren das Hören verschiedener Töne beim Erklingen eines einzigen Tones, ein Rassel- und Raschelgeräusch .. an diesem heutigen Wahrheitstag, flüstert Giselle, das unstete Taubengestirn seines Zimmers, ein zartes Klirren von Gläsern im Hintergrund, einmal, beim Anstoßen ihrer Gläser, *als plötzlich der reine Wohlklang ausblieb und sie deshalb einan-*

der erschrocken anblickten, habe er, in scherzhafter Phantasie gerufen, man müßte sogleich aus dem Bereich einer Hinterbühne ein EINGESAGTES Gläserklirren, nämlich ersetzungsweise, bestellen können / in Miniaturen, Ersetzungstraum – was habe es zu bedeuten gehabt?
Sie trugen gekrepptes Haar, ein Bürsten, ein feines Streichen, ein zartes Kratzgeräusch, ein Rascheln wie von Fensterpapier, Geräusche des Schlafens, des leisen Schleifens, Schlingerns und Fegens, *ein zärtliches Reiben* : *Herunterbürsten an einer stehenden Figur* : stattlich, mit einem dunklen Tuchmantel bekleidet, der über der Brust etwas spannte, im Stiegenhaus, in der nächsten Etage, die vorspringende Treppe verdeckte mir, wo ich stand, die Szene ein wenig, ich sehe dann, wie sie, eine ältliche schmale entschlossen wirkende Person *an ihm herunterbürstete* und gleichzeitig auf ihn einredete, es schien sie redete mit jedem Bürstenstrich, wie im Takt, auf ihn ein / eine Etage über mir, die Treppe verdeckte mir, wo ich stand, den Blick auf seinen Kopf! nämlich, rufe ich, *sie bürstete an ihm herunter als sei er eine hohe stattliche Schneiderpuppe ohne Kopf* / zwei Gevierte ein Treppenfall, Geräusche des leisen Schlafens, des Schleifens, Sie ruhten wieder in meinem Arm .. das zärtliche Schleppeziehen das leise Atmen, Schein der Erde (Breton) .. Sie trugen gekrepptes Haar .. verstreut, verloren, die Träume lösten einander, ohne Übergang, ab .. ein

Ersetzungstraum, rufe ich, es habe nicht sonderlich zu Ihrer Person gepaßt, ich wünsche Ihnen Glöckchen von Glas, Brieftauben, Sperlinge, wächserne Blumen .. und statt des Kopfes, was habe er statt des Kopfes getragen? flüstere ich beinahe ungeduldig, als hätte nicht ich Ihnen, sondern Sie mir den Traum von der Schneiderpuppe erzählt, eine stattliche Brust, rufe ich, mit kostbarem Tuch bekleidet, Ersetzungstraum, ein Klirren von Gläsern, im Hintergrund Wolkengebüschel, Geräusche des leisen Schlafens, des Schleifens, ein heimliches Schleppeziehen

endlich habe ich einem drängenden Wunsch in mir nachgegeben und wieder in dem kleinen altmodischen Hotel an der Diege Quartier bezogen, alles erinnerte mich an Sie und unseren gemeinsamen Aufenthalt dort aber es schmerzte kaum mehr, ich bekam auch wieder das Zimmer *nach dem Meer hinaus* .. leider ist mit ihm Unvorhersehbares geschehen in der Zwischenzeit, so daß ich es erst gar nicht glauben wollte : es kommt nämlich WIE EIN SCHEUES TIER NICHT MEHR BIS ZUR PROMENADE HEREIN sondern bleibt weit draußen, ein Zustand der eine Dauerebbe befürchten läßt, und man muß eine Weile gehen ehe man es erreicht, selbst die abendliche Flut bringt es nicht näher, die Brandungsgeräusche sind noch zu hören wenngleich gedämpft..

Liebhabereien! .. rufe ich, Schein der Erde (Breton), abzuleiern und alles, Fetisch-Objekte, ein Möbel auf dessen Simsen, ein Klingeln hinter mir in der Straße, und, als wollte ich den Schmerz nicht wieder heranlassen, so trommelt mein Herz, ich weiche erschrocken zur Seite, lache gezwungen auf, Donner und Blitz die fleißig krächzenden Ohren, als wollte man, rufe ich, aus einer großen Entfernung, mit freiem Auge, die Bewegungen von Personen und Gegenständen gegen die Horizontlinie auszumachen versuchen, ein Trance-Zustand, rufe ich, Veränderungen zu grün, und alles gegen den Himmel verschoben, DÄMMERNDER RAPS, zwitterhaft wäßriges Doubeln und Touchen, periodisches Tätscheln, Schleifen, Zirpen und Stapfen, die Stimme zusammengedrückt, der Blick über die Hügelkette verloren, Sie folgen Giselle mit den Augen, über die weithin gestreckten graugelben Felder weg, über die im Abendschein matt leuchtenden Waldschneisen Bodensenken und Kuppen jenem unbekannten Punkt zu, in welchem Landschaft und Horizont sich zu vereinigen scheinen, entrückter Trancelauf / mein Auge .. indem ich nun ebenfalls Giselle die Himmelslinie entlang verfolge, ruft sie zu mir WIE WINZIG SIE SEI / WIE WINZIG SIE PLÖTZLICH GEWORDEN SEI kleine Erwachsene in langem Gewand und Mantel /

und goß dann das Trinkwasser wie es in hohen Gläsern umherstand, mit fürsorglicher und wich-

tiger Miene auf die ausgetrocknete Erde im Blumenkistchen, in der Fensternische, wo zaghaft Knospendes spärlich ragte .. äußerst schweifender Neptun .. dunkle Agave .. ein Florist so sah man Sie in dem Himmel, Szene im milden Wetter, ein Tropenleben / eine Feinnervigkeit, flüstere ich, alles in weiße und rosafarbene Laken gehüllt, ich sehe Sie an mancherlei Orten, in der Mitte der Menge, aus einem Zugfenster der elektrischen Bahn winkend, ich sehe Sie auf einem weitläufigen Platz in einer Fernsprechkoje telephonieren / Sie trugen gekrepptes Haar, *es verlieh Ihnen jedes Alter* .. offene Denkbreiten, rufe ich, Sie huschten davon, später sehe ich Sie *in einem Alleegäßchen Schneebälle werfen* : Sie warfen einem dunkelhaarigen fremdländisch wirkenden Mädchen, das in einem offenen Fenster stand und Sie freundlich anblickte, Schneebälle zu, lange flogen die Schneebälle auf und nieder, endlich legte das Kind wie zum Zeichen daß es zu spielen aufhören wolle, die Arme kreuzweise über die Brust, mit den Fingerspitzen je eine Schulter berührend ..
ich sehe Sie dann in die Hauptstraße einbiegen aber sobald wir aufeinander zukommen, merke ich daß mein Auge mich wieder getäuscht hat, wenn ich voranschreite, will es mir scheinen ich könnte das vertraute Echo Ihrer Schritte hinter mir erkennen, aber wenn ich mich umwende, ist alles leer .. ich schreie flehend zu Ihnen ACH!

HAKEN SIE SICH DOCH EIN! : ich schreie in meinem Kopf, bleibe vollkommen stumm –
Ihr leibliches Auge, Ihr nachdenkliches Lächeln, Ihre leichte bewegliche Stimme! der süß fortspinnende litaneihafte sanfte Ton! man könne ihm bald verfallen –
zuweilen spiegelt mir mein Bewußtsein verwirrende täuschende Bilder vor, sekundenweise sitzen Sie wieder in Ihrem Korbstuhl mir gegenüber, stellen mir Fragen, blicken mich forschend an wir reden lange und mit flüsternden Stimmen blicken einander lange an nämlich Ihr leibliches Auge als hätte es lange auf mir geruht / Hingabe Zunge Ergebenheit, Ausbreitungen der Zunge ein Kleidungsort, ein fernes Klingen der Gläser, Geräusche des leisen Schlafens, des Schleifens, ein zärtliches Schleppeziehen .. ich liege still, verschränke die Arme unter dem Nacken, bedenke alles .. leuchtend ein Taubengestirn, WO IN ALLER WELT SOLL ICH SIE SUCHEN?

wie unter Blumen gefangen, rufe ich, das Blumenrondell! in das Blumenrondell fielen die Vögel ein, ließen sich taubenblau nieder – offene Denkbreiten, rufe ich, flaches Gelände, Federchen, Blüten, und Schlehe, ein Schneeballstrauch, auf einem Wegweiser stand ZUR LAUBENKOLONIE : über einen offenen fluchtartigen Gang schien man zwischen zwei Stiegenaufgängen dorthin zu gelangen : ich erblickte ein Gartenoval, in seiner Mitte eine große weiße Rabatte mit niederstürzenden blauen Tauben, dahinter ein gleichsam herausgeschnittenes kurzes Stück Heckenzaun : ein kränklich aussehender älterer Mann hatte sich langsam, wie prüfend, *auf diesem Gestrüpp* niedergelassen, sich vorsichtig zurückgelehnt als könne er das Vorhandensein einer Rückenstütze erwarten, und es schien ihm bequem zu sein, denn indem er die Arme seitlich ausstreckte, tat er es mit einer Behaglichkeit als ließe er sie auf gepolsterten Armlehnen aufruhen, in seinem Korbgeflecht, rufe ich, in seinem schwankenden Korbgeflecht in seinem Tremolo, ein hell-dunkler Ton der dem wechselnden Blätterschatten entsprechen mochte, war dann erahnbar, frische Maulbeeren wurden auf Blättertellern gereicht, Huflattich!, rufe ich, Irrgarten! Taubengestirn, leuchtend wie Phosphor WO SOLL ICH SIE SUCHEN?

mit ausholender Geste, mit Erhebung so habe sie ihre Geschichte erzählt, er habe sekundenweise seinen Blick von dem ihren gelöst, sie habe sogleich wissen wollen OB SIE IHN GELANGWEILT HÄTTE? er habe sich sekundenweise abgelenkt gefühlt : er habe im Zimmer umhergeschaut, den weiß glänzenden Boden betrachtet, zwischen den Dielenbrettern die kleinen wächsernen Blumen, in der Ecke des Zimmers, der halbe Pfeifenstrauch / sie habe den Anblick der schneeballwerfenden

Kinder, in der Straße, erinnern wollen, aber es sei ihr dann doch wieder entfallen, ja, es sei so vollkommen ausgelöscht gewesen in ihr, daß sie keinerlei Anhaltspunkte zu finden vermochte : am frühen Abend sei sie wegen einer Besorgung noch einmal ausgegangen : und indem sie eine kleine rundliche Gestalt in fremdländisch-bäuerlicher Tracht, Kopf und Schulter von einem bunten Tuch bedeckt, auf sich zukommen sah SEI WIE VON SELBST DAS VERLORENGEGLAUBTE BILD VOR IHREM INNEREN AUGE WIEDERERSTANDEN : nämlich die *Frau in Kugelgestalt* habe sich trotz der zahlreichen Hüllen, in die sie gemummt schien, und trotz der Last auf ihrem Rücken – sie trug einen großen verschnürten Pappkarton wie ein Joch quer über Nacken und Schultern – mit behenden und raschen Schritten vorwärts bewegt / Flocke und Kerze es habe geschneit, Holundermark es habe zu schneien begonnen, ein Florist so sah man Sie in dem Himmel, es habe geschneit *an der Flurseite der kleine Apparat habe geschneit,* ein Durch-Imitieren ein Wandern durch ein Motiv : Tusche rauchend, und rauschend, allgemeine Motive von Träumen, Farnkraut und Lilie : die zarten Pflanzenmotive seien auf dem Straßenpflaster erschienen : die glänzenden Fliesenböden seien mit weißen Rispen und Rauten bedeckt gewesen, das Mobiliar sei in weiße und hellrosa Laken gehüllt gewesen, in der Zimmerecke, der halbe Pfeifenstrauch, sei mit Haarfrost überzogen

gewesen, er sei langsam, MIT ERHEBUNG auf seinem Flügelrad an ihr vorübergefahren und habe dabei gerufen MAN MÜSSE ZUWEILEN, UM ÜBERHAUPT ETWAS WAHRNEHMEN ZU KÖNNEN, SEINE BLICKE IM *Halbkreis* SCHWEIFEN LASSEN, ja, das Auge müsse seine Beweglichkeit durch solches Rotieren wiedererlangen und möglichst lange bewahren können, man sollte nicht immerzu geradeaus auf einem einzigen Punkte verharren, andererseits das Auge aber auch wieder nicht in eine beliebige Ferne zerstreuen, man sähe dann viel zu wenig, und könne zum Schluß gar nichts mehr wirklich erfassen / ein Feuerprozeß, rufe ich, sehen Sie doch, eine Sonnenerscheinung, Spielkarten, Fokusse auf dem Pflaster: es zeigen sich dann die Sonnenbildchen als Sicheln / zur nämlichen Stunde – die Luft gesättigt von Feuchtigkeit, die Zeit der Dämmerung kurz – sei der Mond, durch die Dunstschicht mächtig vergrößert wie ein riesiger roter Lampion vor ihr aufgegangen –
aber statt des Kopfes, rufe ich, was habe er statt des Kopfes getragen?
in voller Blüte und Wasserminze, Eisenhut, Schrecklicher Ginster, in unterschiedlichen Bescheinungen, und Beschreibungen, rufen Sie, blickt es uns aus den tiefen Schlünden getigerter Blumenkelche mit gelben Pollenaugen an : das Einzigartige, Unfaßbare eines wiederhergestellten früheren Zustandes / das leichte Gewölbe :

Gewölk, im hohen Tabakladen, hob und senkte sich mit der Bewegung der Luft die von draußen kam, *es verlieh Ihnen jedes Alter,* Sie preßten ein paar trockene Gräser an Ihre Lippen, die länglichen Rauchkringel umwanden schwebend Ihr Haupt, blaue Lupinen, drei Ähren an Ihrer Brust, auf Stirn und Wange so drückte Sie Schnee / die gefiederten Bilder, das auf- und niederschaufelnde Sonnenrad, *als aquarellierten wir es geschwinde*

es begann aber dicht zu schneien, ich rufe zu Ihnen, sehen Sie doch! eine Sonnenerscheinung : die nebelige Leuchte am Himmel, ein Feuerprozeß, sekundenweis will es mir scheinen, Sie stehen schwarz gekleidet, unbewegt in einer Hauseinfahrt, an der anderen Straßenseite, und grüßen leicht nickend zu mir herüber, ziehen dabei einen schwarzen Zylinder, ach, rufe ich, wie unverzagt Sie Wache stehen, Sie scheinen auf jemand zu warten .. später habe sich die Flockenfülle als weißer undurchdringlicher Flor zwischen unsere Blicke geschoben, ich konnte Sie kaum mehr sehen .. Sie hielten den Kopf ein wenig schief, faßten sich mit einer Geste, die Bedauern oder Zerknirschung ausdrücken mochte, an die Brust und neigten sich mir mit einem schwachen Lächeln entgegen .. es griff mich mächtig an, und die Tränen sprangen mir von den Augen, ich

hörte Sie etwas flüstern, konnte aber nichts verstehen, Sie hatten ein weiteres Mal zu mir herübergegrüßt und den Hut gezogen, ich lief durch das dichte Gestöber zu Ihnen und drückte meine Wange an Ihren Mund, ich fühlte wie Ihre Arme sich um meine Schultern legten –
Sie seien berührt gewesen, flüsterten Sie, wie sehr der Anblick der präparierten Vögel und Schlangen in Ihrem Haus mich beeindruckt hatte, ach, rufe ich, die wächsernen Blumen! die Abgottschlange! von der Decke die kreisenden Dohlen! und als wollten sie wehmütige Laute ausstoßen . . ein angestrengtes Gefühl, rufe ich, der Diwan trägt eine Delle! die mehreren Kinderbesuche!, geben Sie lachend zurück –
ich war nicht ganz frei von Furcht, flüstere ich, die Schlange züngelte mir entgegen, die altertümlichen Spiegel, der kleine runde Marmortisch auf Bärenfüßen, die braunen glänzend polierten Holzklappstühle, wie Kinositze in einer Reihe, neben dem Fenster, die Sitzmöbel, Fransengardinen, gefiederten Bilder : ALLES ÜBTE AUF MICH EINE VERWIRRENDE WIRKUNG AUS!
Bergfried, und Gärtnerinsel, Ausbreitungen der Zunge ein Kleidungsort, Sie hätten gerade so viel Jasmin in die Tasse getan als in Ihrer hohlen Hand Platz fand, ein paar getrocknete Gräser, rufe ich, der offene Weidenkorb, darin übereinandergeschichtet, staubbedeckt Ihre Lieblingsbücher! vermischtes Leben und Wetterfiguren / Tusche

rauchend, und rauschend, rohe Bretter als Behelfstischchen über umgestülpte Papierkörbe getürmt, mit Farbtinte auf lose Blätter Notizen gekleckst und überall im Hause wie geheimnisvolle Fährten ausgelegt, mit vollen Lungen, die mehreren Kinderbesuche, das Kartenhaus, der Diwan trägt eine Delle! die schwarzen Zimmervögel, im schwermütigen Nadelholz, ihre flüchtigen Schatten gegen die Wand / Szene im milden Wetter, es roch plötzlich scharf nach verwelkten Gartenrabatten, *besagter* Tisch, und Salbeigeflüster, Tremolo Ihrer Hand, in voller Blüte Wasserminze und Eisenhut im Vorüberziehen die angestrengten Gefühle, wild und schmachtend zugleich, flackernd wie eine Flamme unter dem Hauch der sie bewegt, nachts sitze ich wieder auf, einen Brief an Sie auszudenken, aber ich weiß die Gedanken am Morgen nicht mehr oder es fehlt mir an Mut /

Giselle war unversehens aufgetaucht, sie stand plötzlich ohne geklopft zu haben in der Tür, *eine lange Kette glänzender Kastanien um den Hals,* sie blickte mich schweigend an, sie schien verzagt oder verstört, sie stand unschlüssig als wollte sie gleich wieder gehen, und als sie sich umwandte las ich von der Rückseite ihrer Lederjacke NO FUTURE ab das stampfende Herz, im Winkel des Waldes ich habe es nie so gierig gehört / und was eine Sünde ist .. wir essen den ganzen Garten den Mond, die Felder Steppen und Sümpfe, dann atme ich auf .. wenn ich Streifzüge durch die Wälder mache .. ich habe auf einem Berg viele Haselnüsse gesammelt, heuer ist ein Haselnußjahr! ICH VERGLEICHE SIE JETZT MIT EINEM SPERBER, *und ich schaute einen Augenblick lang aus Ihnen heraus!, nämlich ich hatte plötzlich, einen Augenblick lang gefühlt wie ich Sie verkörperte!*

Ihr klares scharfes gleichzeitig feucht wallendes Auge! ich konnte plötzlich mit Ihrem Auge sehen! jemand sprach zu mir, und ich antwortete mit Ihrer Stimme! ich bin gelegen und war in Ihrer Person! mit Augen, Ohren, Nase und Mund .. Weide und Wissensdurst, ein Schlafen und Wachen, der Glanz der Gestirne ein Medaillon oder aus Wolken, jede Art von Betäubung, oder Trunkenheit, ich saß auf dem Rücksitz Ihres Wagens und blickte während der Fahrt einmal kurz aus dem Seitenfenster : die Empfindung war lebhaft SO DASS ICH ERBEBTE : ich schaute einen Augenblick lang aus Ihnen heraus! ich fühlte an mir die Erschlaffung Ihrer Wangenmuskeln, diese besondere Art besorgten Betrachtens aus der Tiefe der Augenhöhlen hervor, ich verschob knirschend Ihren Ober- und Unterkiefer, blies leicht durch die Nase die Ihre war, merkte das kritische Kneifen zweier Fältchen zwischen den Augen-

brauen, an Ihrer Stirn, NÄMLICH ICH HATTE ES BRENNEND EMPFUNDEN WIE SEHR ICH SIE SCHON VERKÖRPERTE –
Sie führten mir oftmals die Hand, an meinen Sohlen knirscht noch der Kies, von der Straße, so wehen schlafsüchtig schlingern die Seiten die Augen wir wandeln *mit Augenlust im Mond*
Ihr Auge blitzt wie bewundernd zu mir, schnellt sogleich wieder fort, Ihr schmachtendes Knie tastet heran, Funken und funkeln zu welcher Stunde der Nacht, Sie blasen das Feuer an –
später eine schreckliche Sonnenerscheinung, rufe ich, alles in weiße und rosa Laken gehüllt, ein Satzfragment beim Erwachen, der Kastanienbaum vor dem Fenster trug Früchte und Blüten an *einem* Ast / unter Blumen gefangen, auf Stirn und Wange so drückte Sie Schnee, ich sehe Sie wieder vor mir, flach liegend, mit geschlossenen Augen, die Lippen eingezogen als lauschten Sie einer fernen unergründlich süßen Musik –
sie sei überhaupt nicht darauf gefaßt gewesen, sie sei wie erstarrt gewesen als plötzlich die Tür des Kämmerchens geöffnet wurde und sie ihn einen Augenblick lang habe sehen können, er sei in weiße Tücher gehüllt mit dem Kopf gegen die Tür, mit den Füßen zum Ende des fensterlosen Raumes gelegen, so habe sie ihn gesehen, aber ihr Herz, tief erschrocken, *wies die Wahrnehmung ab* / obligate Tasche, flüstere ich, starres Entset-

zen, der Pfleger habe die Tür nur kurz geöffnet, sich nach der großen schwarzen Tasche am Kopfende der Bahre gebückt, sie herausgehoben und wortlos abgestellt, nämlich er habe die Tasche zu ihren Füßen niedergestellt und habe den Türflügel zugezogen – dabei sei es ihr vorgekommen, als ob Valerians Kopf gestreift worden sei.
Leiervogel, Flüßchen des Januar auch habe das langsame Träumen nicht enden wollen! das Erschrecken darüber, Sie leblos von weißen Tüchern bedeckt vor mir liegen zu sehen, sei so heftig und bitter gewesen daß es wohl einer großen Anstrengung bedurft hätte, mir während des Träumens die Widerrufbarkeit eines nur geträumten Vorgangs bewußt machen zu können / Sie ließen es allzu sehr in der Schwebe, wer wisse es denn, könne es wissen ob und wann wir einander wiedersähen?
ich werde Sie sehr vermissen, ich habe auf einem Berg viele Haselnüsse gesammelt, ach, rufe ich tonlos, als habe sich alles nur in einem Traum zugetragen und das Grauen würde geendet haben mit dem Erwachen!

Fliederwildnisse flüssigen Landes, mit Lupinen, in den Fittichen, der UNREISE, drei Uhr früh, der Vollmond blendend wie Sonne, trägt einen schwachen Hof, er habe es am Vorabend verabsäumt gehabt, die Vorhänge zuzuziehen .. *prü-*

fend ob irgend rosenfingrig, so habe er nach turbulenten Träumen zwei Stunden den milchigen Himmel durchs Fenster betrachtet, und plötzlich in seinem Bett zu frieren begonnen, und sich zusammengerollt wie als Kind, während er sich Notizen machte, habe der geöffnete grüne Filzschreiber über der Bettdecke nach frischgepflückten Narzissen gerochen, nach dem Eintrocknen auf dem Papier aufreizend nach Äther, ach, rufen Sie, Veränderungen zu grün! der Morgenhimmel habe überwältigende Bilder hervorgebracht .. auf dem Stuhl, neben dem Bett der rechteckige Kunststoffbehälter mit dem Kohlepapier habe im ersten Morgenlicht ölig geschillert wie regennasser Asphalt, beim Morgengang auf der Straße sei eine stämmige tiefschwarze französische Bulldogge mit nachschleifender Leine auf ihn zugelaufen gekommen und habe sich winselnd und wedelnd vor seine Füße gelegt, und sich angeschmiegt, und mit riesigen kullernden Augen Zwiesprache fordernd zu ihm hochgeblickt / es falle ihm als Prinzip einer Annäherung auf .. an eine Hauswand gedrückt, sei eine Taube mit vor Kälte aufgeplustertem Gefieder gesessen und habe den Betrachter ihr nahes Ende fühlen lassen, gegen die Erde geduckt, im angrenzenden Rasenstück, sei ein struppiges Amselpärchen gehockt / im Vorüberziehen, und insgesamt, in erzählender Eindringlichkeit sei alles ein wenig anders als sonst gewesen –

eine Ambivalenz von Gefühlen, rufe ich, und indem Sie an spezifischen sehr ausgefallenen Beispielen generelle Erfahrungen beschreiben, legen Sie viele Bezüge zu meinen eigenen Erinnerungen und Empfindungen frei daß es mich immer von neuem mit einem Gemisch von Verwunderung, Verwirrung und Entzücken durchfährt .. als Lebensstudie, so ins Grüne gehaust, mit verschwimmenden Umrissen gemalt, oder wie eine Federzeichnung, eine verblichene Photographie, und man weiß zunächst nicht, ob Schnee oder Sonne über der Landschaft liegen
liebhaberisch ins Journal getragen / Fuß Note wie Quelle /
Volksrad gefahren Sie seien wieder Volksrad gefahren, es klingelte in der Straße heftig von Rädern, ich kam gerade des Wegs, in Miniaturen Sie trugen gekrepptes Haar, verstellten die Flügel, *es verlieh Ihnen jedes Alter*, mit Ihrem Flügelrad langsam an mir vorübergefahren ..
Bomarzo Erdmaul und Nachtlegende, bemerkenswerte Parabel : WO ICH DOCH ALLE NACHT AN DEINER SEITE LAG! : das hörte ich einen Mann zu einer Frau sagen, als sie rasch unter Bäumen dahingingen, hinter ihnen lief ein kleines Mädchen, wo es doch regnete, sie redeten leise und schnell als wenn sie den Text eines Schauspiels einüben wollten – drei Halbfiguren, ein verschattetes Bild, beim nochmaligen Hinsehen statt der ganzen Gestalt nur ein Rocksaum oder die gerade

noch ausgemachten Füße .. bin hingerissen schief gekommen schief angekommen / Gesteck oder Korb, über den Tisch gereicht, aus schrägem offenen Flaschenhals gießen Sie mir den Wein ins Glas .. ich schlafe dann kurz, innen am Hals ich als Pendel in mir, hänge abgekapselt in mich hinein ..

die krassen Momente, rufe ich, die gefrorenen Blumen, vielleicht hatten Sie es zunächst auch gar nicht so brennend empfunden, plötzlich landete *ein winziger Honigtropfen* auf der Tischplatte während Sie dort ein Buch aufschlugen, wir tauschten verwunderte Blicke, Sie blasen das Feuer an, *aus Ihrem Mantelzipfel fallen die glühenden Kohlen,* es falle ihm als ein Prinzip der Annäherung auf, Funken und funkeln zu welcher Stunde der Nacht, damals an der Diege in dem engen Hotelzimmer habe er sich im halbwachen, oder im Zustand des Einschlummerns, ein paarmal in der Vertikale auf ihr *zurechtgerückt,* es sei eine nicht zu überbietende und bis dahin unbekannte Glücks-Erfahrung für ihn gewesen und schloß die geschlechtliche Vereinigung wie eine Freveltat von selbst aus, sie sei die ganze Nacht wachgelegen, oder habe nur kurz geschlummert, und habe in immer neuer zärtlicher Erregung gefühlt wie sein Körper auf ihrer Brust und ihren Hüftknochen schwerelos-sanft aufruhte und nur sekundenweise in winzigen wie *zurechtrückenden* Bewegungen sich nach unten oder oben verschob, am Morgen, nach dem Frühstücken habe *ein Honigtropfen* sich plötzlich aus seinen Kleidern gelöst und sei auf den Tisch gefallen / das stampfende Herz, es blendete meine Gedanken, Sie schienen von einer lebhaften Erregung ergriffen / Weide und Wissensdurst, Ihres Augs, kühne Fermate der Braue, wachsames Zeichen über dem Auge, hingerissene Sprechmaschine vom Wahn befallen .. der schöne Stil .. Duftanhang .. die gefrorenen Blumen .. die außerordentlichen Zustände einer Besessenheit, die krassen Momente, rufe ich, Sie hatten es vielleicht zunächst gar nicht so brennend empfunden / es komme einer Entleibung gleich! einer Vermessenheit! einem alle Gefahren verachtenden tollkühnen Unterfangen! einem schrecklichen Fieberwahn –

ein dunkler Reflex, eine beängstigende Heftigkeit malte sich einen Augenblick lang auf Ihren Zügen, gleichzeitig eine ungewöhnliche Abspannung, eine Verzagtheit / er habe sich in einem Anflug von Überdruß in seinen Korbstuhl zurücksinken lassen und habe den kleinen Apparat dicht an sein Ohr gepreßt, eine Neigung, er habe eine bittere Neigung zu allen ihn umgebenden Dingen, also etwas wie Liebe, gefaßt, und diese Empfindung schien von größerer Haltbarkeit als jene zu sein, die ihn mit den Menschen verband, welche mit ihrem Bedürfnis nach Nähe und Wärme ihn zuweilen betroffen machten oder in ihm eine mit Schuldgefühlen belastete Abwehr hervorriefen –

eine Vorstufe zur Vollendung, der Kastanienbaum trug Früchte und Blüten an *einem* Ast, er habe sich heftig zurückverwiesen gefühlt nämlich er habe es oftmals und nachdrücklich empfunden, wie lange dieses sein Erdenleben nun schon währe, es komme ihm zuweilen vor, er sei am Ende einer anstrengenden Wanderung angelangt und könne nun, vom eben erreichten Punkt aus, die lange Spur seiner Fußreise zurückverfolgen bis zum Anfang, was ihm, der überwundenen Gefahren und enttäuschenden Fehlschläge wegen noch im nachhinein die kalten Schauer über den Rücken jage – ebenso, wenn er sich die zahlreichen MENSCHENFIGUREN vor Augen rufe, welche, indem sie ihn in den verschiedensten Abschnitten seines Lebens begleiteten diese Lebensphasen für ihn in einer besonderen Art zu akzentuieren vermochten – und indem er sich solcherweise zurückverwiesen fühle, habe er gleichzeitig eine neue Erfahrung gewonnen : es sei ihm gänzlich unvermittelt und eindringlich bewußt geworden, daß er von nun ab beinah alles zu entbehren imstande sein würde : ein Zustand, nach welchem er früher vergeblich gestrebt habe : als sei nun kaum mehr etwas von Bedeutung für ihn, als empfinde er im Grunde keine wirklichen

Bedürfnisse mehr, und eigentlich gab es in ihm nur den Wunsch nach völliger Loslösung von weltlichen Sorgen, Geschäften und Sehnsüchten / seine Tagseite Nachtseite so sei er erstarrt, starr liege er, ohne sich rühren zu wollen und ohne innere Regungen, zeitweise bedecke er sein Gesicht mit den Händen, und beinahe unmerklich, ohne Übergang habe sich die Veränderung in ihm vollzogen / eine Vorstufe zur Vollendung, das Herz habe sich ihm zusammengekrampft / ich wollte zu Ihnen sprechen aber Sie legten mir die Hand auf den Mund und fragten WOLLEN WIR WIRKLICH DARÜBER REDEN?
Hostienmühle Holundermark, über Ihr blasses Gesicht huscht es wie Schatten, der Kellner blieb vor unserem Tisch stehen als erwartete er eine neue Bestellung / die teilweisen Fingerspitzen, die ausstrahlenden Augen, mit jeder Berührung der Hand, mit jedem Wort das wir wechseln, mit jedem Schritt unsres Fußes : die Beschwörung der Schatten!
und indem Sie ganz abwesend wirken nämlich mit einer schweren und zähen Sanftmütigkeit was mir wie bitterer Honig ins Herz sinkt, rufe ich LANGSAMER HIRSCHENSPRUNG ins dunkle Gezweig, und Trauerwirbel .. wo es doch regnete .. wo ich doch alle Nacht an Ihrer Seite lag .. wo wir einander doch immer so gut ergänzt, so innig verstanden hatten / *wildernde Muse, welch rotes Küssen, und züchten*

im Vorüberziehen die Schatten, sehen Sie doch die Schatten, als riesiges Spinnengeweb über unseren Köpfen! Sie wenden sich mit einem Seufzen ab und senken die Stirn -- gegenüber, an der oberen Hälfte des französischen Fensters nehme ich die ruckartig auf und ab schnellende Spiegelung eines hinter uns ragenden fünfarmigen Wandleuchters in Kerzenform wahr : als würde der Leuchter in Halbminutenabständen von unsichtbarer Hand jäh aufwärts gehoben und wieder heruntergelassen
dürres Geraschel der Hand, Kopf und Rücken ausgehöhlt, mit Türchen verschlossen –
er habe sie fragend angeblickt, ihre Hand die einen Augenblick lang auf der seinen gelegen sei, habe abgehoben, sie habe plötzlich sein schräges Profil, die einseitige Rötung seines Gesichts, seine abgewinkelte Schulter als Zeichen einer Abwehr verstanden, und sie habe Qual und Verstimmung und ein verwirrtes Erschrecken in seinem großen schwimmenden Auge gelesen .. fortgesprungen davongesprungen, später im Regen, als würde er mit Bedacht die Trittsteine wählen auf welchen er trockenen Fußes über die aufgeweichten Wege gelangen könnte, habe er langsam und behutsam Wort für Wort zu ihr hinüber gesprochen und sie zum Abschied wie begütigend auf beide Wangen geküßt ..
fortgesprungen davongesprungen! Parabel solcher Geschehensform, die Leuchte am Himmel,

rufe ich, dunstverschleiert, und wie wir das Unglück Auge in Auge ertragen wollten!
fortgesprungen davongesprungen .. wir hätten lange geredet, gescherzt, gelacht, und als ich aus einer übertriebenen Munterkeit unter meiner Pelerine ein paarmal in die Hände klatschte, schien es Ihnen vergnüglich zu sein und Sie riefen mit gespieltem Erstaunen EIN DUMPFER TON! UND WIE AUS DER FERNE! .. wir stoben dann auseinander /
ein fauchender Mond sei über der Straße gestanden, ein weißer dünner senkrechter Rauch sei einem Schornstein entwichen, mit einem einzigen schweren Flügelschlag habe sich eine Krähe vom Wipfel einer Platane ins darunterliegende dämmrige Rasenstück sinken lassen / sie hätten munter geredet, gescherzt, gelacht, aber ihr Lachen sei dann ohne Ausdruck allzu lange auf ihren Zügen zurückgeblieben, sie hätten gelacht und munter geredet aber es sei alles wie unter Zwang gewesen, es sei tatsächlich nichts als ein Schmerz, eine langsame Qual gewesen! : und Erleichterung, als sie sich endlich zum Aufbruch hatten entschließen können –
fortgesprungen davongesprungen, sie stoben dann auseinander, sie zerstreuten sich dann nach verschiedenen Richtungen als hätten sie von Anfang an nichts anderes gewollt, ja, als hätte der Umstand des Einander-Wiederbegegnens ihnen den Wunsch eingegeben, in schmerzlicher Unge-

duld einander sogleich wieder aufzugeben, einander zu fliehen –
es zerstreute sie nach verschiedenen Richtungen und sie winkten einander lange und heftig nach, als hätten sie sich zuguterletzt doch noch einer unseligen Bürde entledigen können .. DIE ÜBERWUNDENE NÄHE!, rufe ich, und was ich erst jetzt erinnernd wahrnehme, mir sprangen die Tränen dabei als wir immer noch ein weiteres Mal uns nach einander umwandten, einander über die dämmrigen Straßenzüge hinweg immer noch ein letztes Mal zuwinkten also immer endgültiger uns von einander entfernten bis wir einander kaum mehr ausnehmen konnten und schließlich ganz aus den Augen verloren hatten – ich hatte zu weinen begonnen und konnte nicht sehen wohin meine Füße mich trugen / Fistel oder Fensterchen, eine rauhe *Zerreißung*, durch Drehen des Horizonts und erschrockenes Armzeug : die zärtlichen Bälge Wangenbälge flitzten vorüber / mit bloßem Auge, rufe ich, die beweglichen Prismen, und solle das ganze wie ein Ritual von neuem beginnen?
fortgesprungen davongesprungen, die krassen Momente, der Traum von den verdorbenen Broten die in großen verbeulten Säcken überall im Hause umherlagen, der Schimmel blähte die Säcke auf, staubte hervor, legte sich als grauviolette Schicht über die glänzenden Fliesen des Bodens, aus dem Waschwasser im Becken starrten uns trüb-listige Seifenschaum-Augen drohend

und lange an, ein fasernder rauchender Mond zerrann über den Dächern, lautlos mit einem einzigen Flügelschlag glitt ein dunkler Vogel ins dämmrige Gartengelände / fortgesprungen davongesprungen, Parabel solcher Geschehensform, erinnern Sie sich, rufe ich, als ich Sie vor einer Reise zur Bahn begleitet hatte und Ihnen, während der Zug schon anfuhr, das Päckchen mit der LILIENSEIFE durchs offene Abteilfenster hinaufreichen wollte, *indem ich zwei oder drei Schritte mitlief* . .

im Traum habe er eine alte vergilbte an den Rändern aufgebogene Photographie in den Händen gehalten und sie einigen Umstehenden, mit denen er vertraut war, gezeigt : das verkrüppelte in voller Blüte stehende Fliedergehölz im Innenhof des alten Hauses, er selbst als Kind, von seiner zahlreichen Familie wie schützend umgeben, seitlich zwei Eingänge die zu Nebengebäuden führten, im Hintergrund eine niedrige abbröckelnde Grenzmauer . . aber plötzlich hätten sich die Figuren auf dem Bild zu bewegen angefangen, sie seien umhergegangen, oder durcheinandergelaufen, oder hätten sich an mehreren Stellen gruppiert und hätten lebhaft geredet . . in der Dämmerung leuchteten Wasserminze und Eisenhut auf, ein kleiner weißer struppiger Hund mit umgelegten Ohren trottete in die Mitte des Bildes und ließ sich dort nieder . . etwas Landläufiges, hier verwirre sich bald sein Gedächtnis . . flüssigen Landes und unter Zypressen, Flocke und Kerze Holundermark . .

fortgesprungen davongesprungen /im Erkerzimmer ein Palmenhain, das stampfende Herz, mein Ausschnitt aus diesem Körper, es blendete meine Gedanken . . Sie stehen dann still, blicken mich lange mit vor der Brust gekreuzten Armen an ohne zu sprechen . . ein Cédille! flüstere ich, eine kleine sich windende Schlange!, erinnern Sie sich? etwa ein Plätzchen und nackt wie Splitter mein Ausschnitt aus diesem Körper . . Gardinengeriesel und Treppenfall . . die krasse Desorientierung eines Betrachters . . wir sitzen vorgeneigt und zu einander geneigt und mit unseren Haarhelmen einander berührend in der Teestube an einem Marmortischchen, und während ich Ihre weiße Brust zwischen den Verschlüssen Ihres Nesselkleides schimmern sehe, gebe ich mich abermals einer meiner Lieblingsvorstellungen hin, bei welcher Sie, sich plötzlich eines bis dahin ungeahnten Reservoirs an gemeinsamen Erfahrungen, Erinnerungen, Gedanken und Begierden besinnend, zärtlich ausrufen SIE SEIEN BEREIT . . SIE SEIEN GANZ OFFEN FÜR MICH . .

fortgesprungen davongesprungen, *eine rauhe Zerreißung,* durch Drehen des Horizonts und

erschrockenes Armzeug, Fistel oder Fensterchen, exzessives Hirn .. Fußfessel Ferse Muff oder Stola aus Affenpelz .. Gardinengeriesel, ein Treppenfall, das Motorengeräusch von der Straße ließ die Fensterscheiben summend erbeben .. im Erkerzimmer ein Palmenhain / mit leichten schwebenden Schritten, mit linder Schleppe und spurlos, also in jener ausführlichen Zerstreuung der Glieder seien sie aneinander vorübergeschwirrt, später, im geschmeidigen Zeitmaß auf dem engen Parkett, hätten sie sich näher zu einander verschoben zwischen den anderen Paaren, und hätten *kaum von der Stelle rückend,* eng umschlungen zu tanzen begonnen, dabei habe er mit heruntergeneigter Wange ihre an seiner Schulter aufruhende Hand gestreichelt und geflüstert ER FÜHLE SICH IM BANN IHRER NÄHE, sie habe dann seine Erregung auf sich übergehen gespürt und ihm mit einem liebkosenden Anpressen ihrer ganzen Körperfläche geantwortet /
mit verbergenden Augen, rufe ich, eine mit diffizilen Begierden durchflackerte Nacht die Puppe ist umgefallen und liegt auf dem Herzen, es hatte an der Tür schrill geläutet, aber es gab schon lange keine Glocke mehr an meiner Tür, die Koinzidenzen, flüstern Sie, das Foto im Grünen, Statuette des Wesens, ich stammelte Unverständliches, murmelte vor mich hin, fühlte, wie meine Lippen ansetzten, Worte zu formen, aber im Ansatz verstummten .. nämlich aus einem Traum geris-

sen, inmitten von Bäumen Spalieren und Blumen, nach einem Regen zu grünen, im abgeholzten Birkenwäldchen, die betäubenden Augenberührungen, ein zages Bündel von Vogelstimmen / und welche des nachts auf einer Weide sich wieder zerstreuen . .

Drolerien . . am Morgen der Honiglöffel, wie er durch eine falsche Bewegung der Hand am klebrigen Rand des Honigglases hängenblieb, mit dem Stiel nach unten einen Augenblick aufrecht stand und sich wie eine tödlich getroffene Westernfigur langsam vornüber neigte und auf die Platte des Frühstücktisches hinschlug . . der Magen meines Zahnarztes!, rufen Sie in einem scherzhaften Ton, ich hörte den Magen meines Zahnarztes, während er, neben mir stehend, meine Mundhöhle mit einem Spiegelchen ausleuchtete! . . ein Satzfragment beim Erwachen, es klingelte in der Straße heftig von Rädern, rufe ich, es klingelte dann an der Tür obwohl es dort keine Glocke gibt, Mehlplättchen, rufe ich, als habe es Staub geregnet, oder wehende Pollenkörner im Wind . . bisweilen Schreckspur : Halluzinationen (Tränen) aus einem Baum, das plötzliche Auftauchen, Wiederauftauchen Ihrer staubigen Wanderschuhe . . nämlich so auf den Leib geschrieben, das einfallsmäßige Denken . .

und die Kostbarkeiten des Stils, rufe ich, seien mir wirklich erst aufgegangen, als ich begonnen hatte, auf ein Notizblatt mehrere Sätze aus Ihren Briefen mit der Hand abzuschreiben, und während ich sie mir halblaut, immer aufs neue vorlas, merkte ich plötzlich DASS SIE EIN MÜNDIGER AUTOR GEWORDEN SEIEN!
ach, rufen Sie, die Augen weit aufgerissen als wollten Sie *die Welt essen*, Sie hätten es sich in Ihren jüngsten Schriften angelegen sein lassen, mit der Sprache gleicherweise direkt und im Verborgenen umzugehen, es sei Ihnen nämlich endlich gelungen, *indem Sie sie nur mit der Pinzette anfaßten sich in den Begriffen zu verkörpern!*
Sie wenden sich von mir ab, lenken den Blick kurz zum Fenster ohne hinauszusehen, bedecken einen Moment lang Ihr Gesicht mit den Händen, schauen über die Schulter zu mir zurück und rufen, Sie wollten, die eigenen Schmerzen zu überschwärmen, sich immer ausdrücklicher, präziser, in das erfundene Vakuum (Träne) einer hinreißenden Sprachoffenbarung begeben / nicht zu vergessen : der kontrollierte Zufall, als Unterfütterung, reinliches Zeichen, einer Redefigur! – ausdauernd! mit Bestimmtheit! in dunkleren und helleren Tönen! : *aber manchmal müsse man der Sprache schon ihren Willen lassen!*
Sie drücken die Reibfläche eines Streichholzes gegen die Unterseite des Tisches bis es aufflammt,

der allesverzehrende Ausbruch, rufen Sie leise, jener *selbstzerstörungswillige Wahn* stehe unmittelbar bevor, ach, rufe ich, in diesen ZUSAMMENGEPACKTEN TAGEN ..
und indem Sie, Ihre Blößen verhüllend und mit dem Mantelzipfel die Augen reibend, in erzählender Eindringlichkeit mir erscheinen, rufe ich, immer die Mispeln und Disteln! Eschen die Äscherung .. wir sitzen dann wieder im Garten zusammen, die Oliven fallen von selbst auf eine Strohmatte unter den Bäumen, Eiche Rüster und Erle, rufe ich, ein Möbel auf dessen Simsen, und während Tobias mit dem kleineren Hausrat hin- und widereilt zu den beiden Transportautos in der Straße, erzählen Sie mir, Sie hätten einmal bei einem früheren Umzug das bauschig gelockte Pferdehaar, von Mähne und Schweif, auf Ihrem Nacken gespürt durch den Schonbezug der Matratze hindurch nämlich die Kringel im Rükken : Gespinst einer scheuen Liebkosung, flüstere ich, im einfallenden Licht spielten die wirbelnden Staubkörner um Ihren Kopf welcher unter der Last wie tränengeblendet, gegen die Sonnenerscheinung HERAUF SPÄHTE, der untere Kehlkopf, ein nahes und fernes Blitzen und Blinken, Spülstein und grüne Quelle, keuchendes Ausstoßen der Luft, der Wind bläst Ihren Haarschopf nach vorn, fünf Tage pocht April ..

äußerster Neptun und Körperzelt, eine liebreiche Flußgemeinschaft, zu Erschöpfungszuständen neigten Sie ohnehin / wie kann ich Sie mir an Haupt und Gliedern erneuern?
Sie nehmen die Brille vom Kopf und reiben sich lange die Augen, im wild rüttelnden aber lauen Oktoberwind habe das trockene Ahornlaub in schwankenden Kronen sirrend getönt / gehäufte U-Reime, Luftgewirr, und sei nicht schon früher einmal an seinem Fenster dieses Klopfen gewesen? er aber habe solche Nachbarschaft nicht zu erklären gesucht, oder nicht weiter darauf geachtet, sondern nur mit niedergeschlagenen Augen schweigend verharrt, oder sei ans Fenster getreten, habe es langsam geöffnet und einen Blick in den beinahe kahlen Garten getan

Augenweide verdorrt / ich träume so viel, drei Frauen welche Lämmer sind und auf einer blutenden Wiese weiden, auf blühendem Rasengrund und unter Bäumen, Monatswachs, es fällt aus dem Kopf aus den Wolken, eine sitzende Mohrengestalt, ein Zeisig mit künstlichem Federkleid, ein musikalisches Glas aus welchem sich im Fließen der Melodie eine Schlange windet, und wieder versinkt, Java und Meersalz, die Puppe ist umgefallen und liegt auf dem Herzen / Intarsie Ihrer Lende, und Nadelgehölz / obwohl, es seien so viele Blumenfelder darüber gewachsen aber vergessen könne sie ihn nie, sie verstehe Giselle nun viel besser und daß auch sie oft und ausführlich reise, so könne sie ihrer verzweifelten Neigung entfliehen, seine, Valerians, mögliche Wiederkunft jederzeit zu erwarten, alle Nacht, und oftmals sei sie wach gelegen und hätte auf ein Zeichen von ihm gehofft, aber er habe ihr kein Zeichen gegeben /

Strahl's und / oder Reise im Landschiff im Frühling, ein plötzlicher Schnee ein Schmerz eine tiefe Versenkung, man atmet leichter, zuweilen stellt sich sogar der Schlaf ein, aber allmählich wird man in eine andere Welt getragen . .
endlich ein Aufflammen, ein Erlöschen von Licht in Fenstern ein Aufglühen in Grün Blau und Purpur –
SIE SIND JETZT SCHON ETWAS ANDERES : Sie haben sich abgelöst, von mir so habe ich mich gelöst, von Ihnen : und vielleicht sei jeder von uns, vielleicht sei wahrhaftig jeder von uns im Begriff in eine neue Bewußtseinsphase zu treten –

nämlich Giselle saß zu Tisch bei uns und sagte : wer auf einer Anhöhe steht, und steht in der

Sonne und blickt auf die weite Landschaft zu Füßen und sieht daß die länglichen Wolkenschatten Teile der Landschaft im Vorüberziehen verdunkeln und sich wie mit plötzlichen Adlerschwingen umdüsternd über sie breiten, und langsam weiterwandern, dem mag es zum Ende scheinen, es verwirrten sich ihm die Sinne im flirrenden Sonnenlicht und er könne so nicht mehr unterscheiden ob ein Wind ihm gefächelt habe oder ein plötzlicher Regen auf ihn herniedergefallen sei *oder ob der weiße Schirm ein Sonnenschirm / ein Schnee.*

April 1978 – Januar 1980

für Anregungen danke ich :
Ute F. Brodowski, Gisela Dischner, Hilde Domin, Elisabeth Dorfner, Hans Haimerl, Monika Helfer-Friedrich, Bodo Hell, Heinz Hrachowec, Ernst Jandl, Lisa Kahn, Horst-Günther Kestel, Georg Kierdorf-Traut, Hedwig Rohde, Heinz F. Schafroth, Michael Schläppi, Wendelin Schmidt-Dengler, Liesl Ujvary, Peter Weibel, Mia Williams, Helmut Winkelmayer, Lily Windhager, Gabriele Wohmann, und meiner Mutter.